Combattre la Marée

Également par Keira Andrews en Français

Vaincre les ténèbres
Combattre la marée
Défier l'avenir

Vaillant en mouvement
À cœur vaillant

Rumspringa interdit
Un nouveau départ
Trouver son chez-soi
Le voeu de Noël

Rivalité sur glace

Kidnappé par un pirate

Passion en arctique

Lune de miel en solitaire

Transfert à Ottawa

Par-delà l'océan

Un pur joyeux Noël
Un daddy pour Noël
Un faux petit ami pour Noël
Huit nuits en Décembre
Quand l'amour brille de mille feux…
Au pied du sapin
Si ce n'est qu'un rêve

Combattre la Marée

Suite de : VAINCRE LES TÉNÈBRES

Par

KEIRA ANDREWS

Remerciements

Je remercie mes formidables amis et bêta-lecteurs Rachel, Anne-Marie, Jules, Becky, et Jay. Je n'aurais pas pu le faire sans vous !

Dédicace

Je dédie ce livre à tous mes merveilleux lecteurs qui ont demandé la suite des aventures de Parker et Adam. ♥

Chapitre 1

Le Salut pointa le bout de son nez alors que l'aube chuchotait le long de l'horizon sans fin.

La voix qui provenait de la radio au-delà de la cabine fit se raidir Adam qui était agenouillé sur le lit, scrutant l'horizon par le hublot tandis que le voilier tanguait doucement. Il regarda par-dessus son épaule, Parker était vautré sur son ventre, sur le matelas, les lèvres entrouvertes murmurant dans son sommeil, les draps enchevêtrés autour de ses hanches minces et nues.

— … là. Vous êtes tous les bienvenus. Joignez-vous à nous pour construire notre nouveau foyer. Vous pouvez nous trouver sur…

Des crépitements statiques provenant de la radio se firent entendre tandis que cette dernière passait à la fréquence suivante et Adam bondit du matelas pour ajuster les réglages de l'appareil.

Ils l'avaient programmé pour scanner les ondes à dix secondes d'intervalle, gardant le volume bas pour que les crépitements soient des bruits blancs qui ne dérangeraient pas Adam, même avec son ouïe fine. Mais après la voix chaleureuse de la femme, le craquement le fit grincer des dents, ses crocs insistant pour sortir.

Il tourna le bouton pour scanner à nouveau les ondes, la chair de poule naissant sur sa peau. Cependant, il n'y eut que d'autres crépitements. Expirant, il jeta un œil sur la lueur verte de l'écran comme s'il pouvait forcer la voix à revenir. Il éteignit l'auto-scan et attendit, regardant Parker et augmentant un peu le volume.

Leur grand lit à deux places se trouvait dans la cabine à

l'avant – non, la proue – du voilier, prenant tout l'espace, à part peut-être quelques centimètres de chaque côté du matelas. La moto d'Adam, Mariah, était coincée dans l'autre cabine à l'arrière, qui était une sorte de réserve.

Les cheveux blonds foncés de Parker étaient ébouriffés et Adam mourrait d'envie d'y passer les doigts pour les aplatir. Ou de prendre sa caméra et de le filmer, même s'il l'avait enregistré pendant quelques minutes, un matin, lorsque son amant marmonnait dans son sommeil, ses cheveux décoiffés en pointes ridicules, les petits grains de beauté sur sa nuque pâle saisissants aux premières lueurs du jour.

Non qu'il y ait un but pour faire un film, surtout pas une répétition du sommeil de Parker. Adam imagina être de retour dans le studio d'édition qui se trouvait au sous-sol de l'un des bâtiments du campus. L'odeur de renfermé, le carrelage, les étagères contenant des appareils de montage avec divers écrans et un panneau de contrôle avec des équipements numériques dernier cri. Il n'y avait pas de fenêtres, et il perdait la notion du temps chaque fois qu'il s'y trouvait.

Il en oubliait de manger… il oubliait tout à part couper les séquences et les assembler, réglant l'audio et rendant le tout parfait. Le rendant permanent. *Réel.* Il n'y avait rien qui l'attendait à l'extérieur de ce petit univers. Hormis Tina, la première véritable amie qu'il n'avait jamais eue, il n'y avait eu que sa caméra et ses films, observant la vie autour de lui sans y participer. Il s'était contenté d'accorder quelques heures de bureau deux fois par semaine, pour le reste, il les avait passés seul. Jusqu'au jour où Parker y était entré.

Celui-ci roula sur lui-même et marmonna quelque chose, il ne parvenait même pas à se taire dans son sommeil. Souriant, Adam le filma pendant une minute avant de ranger sa caméra. La batterie durait longtemps, mais elle ne tiendrait pas indéfiniment. Et même si c'était le cas, il n'y aurait plus de documentaires pour lui.

Cette partie de sa vie était finie… cette partie du monde était finie. Toutefois, Parker était là et il était réel.

Adam bricola la radio. Peut-être qu'il avait imaginé la voix. Mis à part ce message bizarre et des conversations entre des survivants, il n'y avait rien en dehors des crépitements statiques. La diffusion des messages automatiques de la Garde Côtière avait depuis longtemps cessé, la semaine avant que Parker et lui n'aient longé la côte après leur départ de Provincetown.

S'humectant les lèvres, Parker marmonna quelque chose à propos de beurre de cacahouète. Il était difficile de croire que cela ne faisait que deux mois depuis que son compagnon était entré dans son bureau, exigeant une meilleure note. Adam n'aurait jamais pensé que ce gamin gâté allait tout chambouler. Bien entendu, le virus avait changé la vie de tous, mais l'impact qu'avait eu Parker sur lui était énorme.

En dépit de l'horreur qui y régnait, le monde était un endroit étrange et beau.

Parker s'agita un peu, exposant une fesse ronde. Nu, Adam caressa paresseusement son membre pendant quelques secondes, étirant le prépuce, ce qui envoya de petits frissons sur sa peau alors qu'il pensait à lécher celle de son amant et d'enfoncer sa langue dans cette fente sombre.

Il était difficile de croire que Parker était toujours un adolescent. Adam pensait parfois qu'il devrait se sentir coupable à ce propos, bien qu'il n'ait que vingt-trois ans, lui-même. Mais ce monde étrange, incroyable et terrifiant, avait de nouvelles règles et elles étaient à des millions de kilomètres de Stanford et de son code de conduite.

Ils avaient couvert la plus grande partie de ces kilomètres sur Mariah, sortant de la Californie et traversant le désert, voyageant à travers les montagnes qui divisaient le pays, une oasis apparaissant comme par magie au Colorado.

Le souvenir de s'être réveillé dans un lit étroit sous la lumière des néons emplit son esprit. Le seul autre loup qu'il avait rencontré à part sa famille l'avait trahi et les blessures avaient été profondes.

Il s'efforça d'oublier ce qu'il s'était passé aux Pins… l'impuissance et la terreur avaient été adoucies par la présence de Parker, la main de celui-ci caressant ses cheveux, la voix tremblante, mais déterminée. Sortant du laboratoire, croyant ne pas pouvoir y échapper. Disant à Parker de partir sans lui.

— *Oh, bordel, ferme-la et cours !*

Dans l'obscurité, le sourire d'Adam l'aida à respirer un peu mieux et il retourna au lit, déposant un baiser sur l'épaule de son amant et goûtant le salé de sa sueur.

La voix d'une femme d'un certain âge revint.

— Ici, l'Ile du Salut. Nous sommes à vingt-neuf virgule neuf, six, cinq, trois, degrés Nord et soixante-dix-huit virgule zéro, huit, cinq, sept degrés Ouest.

— Quoi ? fit soudain Parker en se redressant sur une main, son épaule heurtant le nez d'Adam.

— Aïe ! Chhhhhut.

Adam écouta attentivement, frottant son nez d'un air absent, sa bouche devenant sèche.

— Nous avons beaucoup de nourriture et d'eau. Nous ne sommes pas contaminés et il n'y a pas de violence ici. C'est un refuge. Vous êtes tous les bienvenus. Joignez-vous à nous pour construire notre nouveau foyer. Ici, l'Ile du Salut. Nous sommes le 07 Novembre.

D'autres crépitements se firent entendre dans le silence qui suivit cette déclaration.

— Qu'a-t-elle dit ? demanda Parker. Qui était-ce ?

— Je ne sais pas.

L'excitation bourdonnait en lui, quelque chose à propos de cette voix calme et féminine tirait sur une corde qui vibrait profondément en lui.

Le souffle de Parker effleura son nez, son cœur faisant une danse saccadée, un rythme trop rapide qui retentit dans les oreilles d'Adam. Celui-ci s'appuya contre les oreillers de leur grand lit et attira son amant contre lui pour qu'il s'assoie entre ses jambes. Puis il caressa son torse.

Parker n'avait pas besoin de savoir que le cœur d'Adam battait un peu trop rapidement.

— Qu'a-t-elle dit ? murmura Parker. Quelque chose à propos d'une île. Je croyais que je rêvais.

— L'Ile du Salut. Elle dit que c'est un refuge.

De l'eau éclaboussa doucement la coque de la *Bella Luna*. Une mouette cria au loin avidement, bientôt rejointe par une autre. Les poils qui parsemaient le torse de Parker chatouillèrent la main d'Adam alors qu'il continuait à le caresser.

Quand la femme parla à nouveau, Parker descendit du lit. Adam suivit tandis que son amant augmentait le volume. La voix retentit encore, énonçant le même message et la même date.

Pendant qu'elle terminait, Parker se tint là nu, ses cheveux légèrement ébouriffés d'avoir dormi et ses yeux bruns écarquillés, fixant la radio qui était coincée dans le panneau de commande au-dessus d'une banquette rembourrée, à l'extérieur de leur cabine.

— Waouh, tu penses que…

Il s'interrompit en haletant, sa bouche remuant pour dire quelque chose.

— Cet enregistrement est d'aujourd'hui. C'est nouveau.

— Oui.

— Peut-être que…, commença Parker en enfouissant une main dans ses cheveux, les ébouriffant encore plus. Non, c'est impossible, n'est-ce pas ?

Adam fit courir sa main sur la tête de son compagnon, descendant vers son dos.

— Nous savons qu'il y a des survivants là dehors. Peut-être que c'est une bonne idée de s'unir.

— Mais ils sont dangereux, objecta Parker en s'appuyant contre lui, son souffle chaud effleurant son cou. Ils sont tous dangereux.

La voix de la femme avait été si apaisante, cependant. Elle faisait écho en lui, calmant les contours irréguliers de son âme comme de l'eau sur les rochers.

— Nous ne le savons pas.

— Vraiment ?

Soupirant, Parker s'éloigna de lui et se frotta le visage.

— Ça doit être un piège, dit-il.

— Nous ne le *savons* pas.

— Mais si, rétorqua Parker en ricanant. Comment peut-il en être autrement ?

— Sa voix est si… apaisante.

Ses sourcils se haussèrent.

— Totalement, comme quand ma mère me lit une histoire avant de dormir. Très apaisante. Et devine quoi ? L'instant d'après, elle nous hypnotise ou un truc du genre.

Il éteignit la radio avec un rapide coup du poignet.

— Puis tout part en vrille, termina-t-il.

Adam dut rire.

— Tu es trop mignon quand tu fais ta diva.

Essayant clairement de ne pas rire, lui-même, Parker secoua la tête, en bafouillant, ce qui le rendit encore plus adorable.

— Mec, t'es diplômé de cinéma. Ne me dis pas que tu n'as jamais vu les films de zombies. Le message de la radio qui invite les gens dans un soi-disant refuge ? Ce sont toujours les méchants qui le font. Chaque. Fois.

Son sourire disparut, un tremblement le parcourant.

— Et tu te rappelles ce qu'il s'est passé aux Pins ?

Des néons blancs, impuissance.

— Je sais.

Il attira Parker près de lui, blottissant son nez contre sa joue.

Certaines nuits, son amant se réveillait en sueur, les yeux exorbités de frayeur, ses cauchemars concernaient des choses qu'Adam ne se rappelait même pas, qui le faisaient trembler jusqu'au matin.

— Adam, nous n'irons pas dans cet endroit avec leur histoire à dormir debout.

L'espoir était toujours là, pourtant, faible et insistant.

— Et s'ils sont honnêtes ?

Parker recula d'un pas avec un sourire narquois.

— Alors, c'est super ! Je leur souhaite tout le bonheur possible et beaucoup de gens pour construire leur petite communauté. Et quand tout leur explosera au visage, nous serons à des kilomètres de là. Sains et saufs.

Et seuls.

La voix de la femme retentit à nouveau, comme une corde détachée qui suppliait qu'on lui tire dessus. Parker avait une bonne raison d'avoir peur et il n'avait probablement pas tort de ne pas vouloir s'approcher de cette Ile du Salut. Pourtant…

— Nous avons un avantage auquel il ne s'attende pas, puisque je suis un loup-garou.

— Ouais, parce que ça nous a vraiment aidés aux Pins. Non. C'est trop risqué.

— À quelle distance nous nous trouvons par rapport à cette île ? Juste par curiosité.

Parker lui adressa un regard sceptique, mais alluma la lumière et s'avança vers la carte étalée sur la table du dîner dans la pièce principale du bateau, qu'il appelait le salon. Il y avait une petite cuisine à l'extérieur de leur cabine et une douche et des toilettes (ou « cabinet de toilette », comme l'exigeait Parker), sur le côté tribord. Bientôt, le soleil rayonnerait à travers des puits de lumière qui donnaient au salon une luminosité impressionnante et naturelle durant la journée.

C'était remarquablement spacieux, avec au moins une tête d'espace au-dessus d'Adam quand il se levait. Pourtant, alors que les journées passaient, le bateau sembla plus petit. Il aimait être avec Parker, toutefois, passeraient-ils le reste de leur vie ainsi ? La terre ferme sous ses chaussures lui manquait, le vrombissement du moteur de Mariah, la route ouverte.

À présent, les routes grouillaient d'infectés, qui semblaient incapables de nager ou de survivre dans l'eau. C'était plus sûr en mer, surtout parce que Parker n'était pas immunisé contre le virus comme Adam.

Mais il ne pouvait s'empêcher de rêver d'une maison où il pourrait vivre avec son compagnon. Peut-être même une communauté. Toutes ces années depuis la mort de sa famille, il s'était caché et isolé, et maintenant, il voulait plus.

La tête penchée, Parker examina la carte en marmonnant :

— Elle a dit vingt-neuf et soixante-dix-huit, n'est-ce pas ? C'est… hmm. Trop au nord des Caraïbes.

— Tu y es allé ?

Le sourire bref de Parker était trop pincé.

— Non. Papa et Éric y sont allés par bateau, en hiver, après qu'Éric ait été diplômé. Papa m'avait dit que j'étais trop jeune. J'ai suivi leur évolution sur la carte.

Il fit courir ses doigts sur le point où se trouvaient les Caraïbes.

— Éric aimait les îles Caïmans. Il me disait toujours qu'il s'y installerait une fois qu'il aurait fait fortune dans le commerce des actions boursières.

Adam s'approcha de lui et lui caressa la hanche, sans un mot. Ils avaient parlé de chercher les caïmans quand ils arriveraient aux Caraïbes. Ils avançaient relativement lentement depuis qu'ils avaient quitté Cape Cod et longé la côte, car Adam avait beaucoup à apprendre concernant la navigation.

Il était possible qu'Éric soit toujours vivant, bien que Parker n'en parle jamais. Adam savait que le frère de son amant avait appelé celui-ci le jour où le virus s'était répandu et s'était réfugié dans un quelconque abri en sous-sol avec son patron milliardaire à

Londres.

Parfois, Parker étudiait de près des graphiques qui ressemblaient plus à des cartes avec des données en plus pour Adam, et il griffonnait des notes concernant un voyage transatlantique. Toutefois, lorsqu'il avait posé la question, son jeune amant avait toujours ricané et dit que c'était un rêve éveillé… que naviguer au sud dans de bonnes conditions était une chose, mais traverser l'Atlantique serait plus difficile. Et même s'ils le faisaient, trouver Éric serait un vrai défi. S'il était encore vivant.

Pourtant, Adam s'était souvent retrouvé à regarder les cartes, et tout ce à quoi il pouvait penser pour aider Parker, c'était de le prendre dans le lit, de le tenir dans ses bras et de le faire jouir afin qu'il s'endorme.

Parker posa le doigt sur une zone bleue.

— À l'Est de Daytona. Cela n'a pas de sens. Il n'y a rien là.

— À quelle distance sommes-nous, maintenant ?

Parker lui adressa un long regard.

— Nous n'allons pas tomber dans le piège de ces gens, n'est-ce pas ? demanda-t-il.

— Mais pourquoi essayeraient-ils de nous attirer au milieu de l'océan ?

— Pour voler nos affaires ? Pour prendre *Bella* ? Pour nous manger pour le dîner ? Les possibilités sont infinies.

— Ou peut-être qu'ils veulent nous aider. Nous avons rencontré des personnes gentilles. C'est possible.

— Mon père m'a toujours dit : « si cela semble trop beau pour être vrai, ça l'est ». Et un message provenant de la radio nous disant exactement ce que nous voulons entendre ? Qu'il y a un endroit sûr et génial là dehors ? C'est trop beau pour être vrai. Depuis quand es-tu si enthousiaste de faire confiance à des inconnus ? Après ce que ces connards t'ont fait…

Il serra la mâchoire, les yeux hantés.

— Je vais bien, Parker, le rassura Adam en essayant de l'attirer à lui, mais son amant se détourna.

— Alors, que ça reste comme ça.

Il se frotta les cheveux, le pouls battant à tout rompre tandis qu'il s'avançait vers la cuisine et prenait une bouteille d'eau du petit réfrigérateur.

— Nous devons être plus intelligents.

Il avait raison, cependant, Adam voulait en découvrir plus. Cela ne faisait pas de mal d'avoir plus d'informations.

— C'est vrai. Je suis juste curieux de savoir à quelle distance nous sommes. Pour connaître toutes nos options.

— D'accord, juste pour notre information, nous sommes au large de la côte de Virginie en ce moment, déclara Parker en se retournant vers la table et en indiquant un point sur la carte. La base navale est ici. Eh bien… elle était ici.

L'estomac d'Adam se noua au souvenir de la fumée âcre bloquant ses sens, mais pas assez pour masquer l'odeur acide des infectés sur la terre ferme, le claquement de dents qu'ils faisaient était si bruyant, même Parker pouvait l'entendre dériver à travers l'eau calme de la baie.

Ils avaient espéré que peut-être la Marine organiserait… quelque chose. N'importe quoi. Une quelconque réponse officielle. Mais s'il y avait des navires militaires en mer qui pourraient aider, ils restaient silencieux.

Parker déglutit difficilement et fit descendre son doigt.

— Donc, nous sommes ici.

Il le baissa encore.

— Daytona Beach. Cette supposée île devrait être ici, de l'autre côté du Courant du Golfe.

Adam jeta un œil à la carte.

— Tu n'as jamais entendu parler des îles qui se trouvent là ?

— Non, répondit Parker.

Celui-ci gratouilla son ventre et le regard d'Adam suivit les poils sombres qui menaient à son aine avant de se reconcentrer sur la carte.

— Mais il pourrait y en avoir ?

— Je suppose. Une île privée. Je ne me rappelle pas avoir vu quelque chose sur elle, cependant.

— Tu l'aurais su ?

— Peut-être. Mon père m'avait dit que quand je serai diplômé, nous naviguerions le long de la côte. J'ai fait beaucoup de recherches. Mais lorsqu'il était temps de tout planifier en terminal, il était trop occupé au travail, donc…

Il renifla dédaigneusement.

— Je suis désolé, dit Adam en faisant courir une main sur la tête de Parker et en l'embrassant doucement.

— Ouais.

Les yeux de Parker devinrent distants comme ils en avaient l'habitude lorsqu'il se rappelait l'époque d'avant le virus.

Adam comprenait le chagrin et ses conséquences. Cela faisait plus de quatorze ans depuis que ses parents et sœurs étaient morts, mais parfois, la souffrance le frappait comme un camion, impitoyable et brutal. D'autres fois, elle se glissait à l'improviste, insidieuse et patiente.

— J'avais fait mon coming-out à ce moment-là et je pense qu'il était terrifié par un été rempli de silences gênés. Il a essayé, cependant, le fait que je sois gay le rendait mal à l'aise. C'était comme s'il ne savait pas quoi dire, donc, il a arrêté de me parler, sauf quand il s'agissait de discussions superficielles.

Attirant Parker dans ses bras, Adam fit courir ses doigts sur sa colonne vertébrale.

— J'aurais juste voulu avoir la chance de… je ne sais pas. Une chance pour lui de me connaître vraiment. En tant qu'adulte.

Il eut un rire forcé.

— C'est stupide.

— Non. Pas même un peu.

Parker s'accrocha à lui.

— Je sais que tu comprends. Et c'était pire pour toi, être dans la voiture quand ils sont morts. J'ai juste…

Il soupira.

— Je suis désolé.

Des pneus qui crissaient et le cisaillement du métal. Du verre qui explosait. Le terrible silence et tellement de sang qu'il pouvait presque le goûter, s'étouffant dans l'odeur de la mort.

Ils restèrent dans les bras l'un de l'autre pendant que la cabine s'illuminait centimètre par centimètre, jusqu'à ce qu'Adam demande dans un souffle :

— As-tu réfléchi à notre prochain itinéraire ?

S'essuyant les yeux, Parker recula et retourna à la carte.

— D'accord, alors il y a des avantages et des inconvénients à rester près des côtes. Une autre tempête pourrait se lever comme la semaine dernière. Et ça, ce n'était rien, pas une vraie tempête venue du nord-est. Il y a toujours un risque à aller ailleurs. Mais si nous le faisons, nous n'irons pas sur cette foutue île.

Adam hocha la tête, mais la voix basse de la femme retentit dans son esprit : *C'est un refuge.*

Depuis qu'ils voyageaient en mer, éviter les monstres et les survivants avait été plus facile. Quand la radio revenait à la vie avec des rapports d'opérateurs de radio amateurs et d'autres bateaux, les nouvelles n'étaient jamais bonnes.

L'infection s'était répandue sans retenue, avec de plus en plus de gens qui soit mourraient, soit étaient contaminés. Il y avait encore eu des rumeurs concernant des maniaques religieux qui auraient prétendument créé le virus et l'auraient lâché dans la nature dans une attaque coordonnée à travers le monde. Les Zacharies en avaient apparemment revendiqué la responsabilité, mais Adam et Parker n'avaient rien entendu du groupe en lui-même.

Il était impossible de savoir ce qui était vrai, et il pensait que cela n'avait pas d'importance à la fin. Ce qui avait de l'importance, c'était de survivre. De garder Parker en sécurité.

— Nous n'avons pas à décider aujourd'hui, dit Adam.

— Non.

Parker bâilla et étira ses bras au-dessus de sa tête, fléchissant ses muscles minces, sa queue flasque se balançant. Il fouilla le petit réfrigérateur et prit une autre bouteille d'eau, la passant à Adam sans un mot avant d'enfoncer son doigt dans un bol de pudding au chocolat qu'ils avaient fait avec du cacao et du lait d'amande en boîte.

La *Bella Luna* était équipée d'un hydro-générateur sous la surface de l'eau et d'une éolienne installée sur le mât principal. Parker lui avait expliqué que chacun fonctionnait mieux sous des conditions de navigation différentes pendant qu'Adam essayait d'intégrer l'information dans sa tête, avec toutes les choses qu'il apprenait toujours.

Il était tout simplement reconnaissant qu'ils aient l'électricité. Quand il se trouvait sur le pont avec une brise fraîche qui fouettait l'eau et une bière froide dans sa main, parfois, il arrivait à oublier le reste du monde.

Parfois.

Appuyant sa hanche contre la table, Adam déclara :

— Ils doivent avoir des médicaments là-bas. Un médecin, même. Sur l'Ile du Salut.

Parker expira bruyamment.

— Et ils ont peut-être des mensonges et des trahisons et des esclaves sexuels. Avec un bonus : le cannibalisme.

Tirant sur l'étiquette mouillée de sa bouteille d'eau et ignorant l'exagération de Parker, Adam regarda la carte.

— Si quelque chose m'arrive et que tu es seul, tu auras besoin de gens. Même si rien ne se passe, ce serait bien, non ? Pour nous, de ne pas être seuls ?

Les yeux toujours posés sur le pudding, le cœur de Parker manqua un battement et Adam l'entendit.

— Quoi, je ne suis pas assez pour toi ? demanda-t-il en essayant de sourire.

— Ce n'est pas ce que j'ai voulu dire. Bien sûr que tu me suffis. Tu es tout pour moi. Mais nous ne savons pas ce qu'il va se passer. Peut-être que nous pourrions aller y jeter un œil de loin. Avec ma vision et les jumelles, nous pourrions les voir à des kilomètres.

— Rien ne t'arrivera si nous restons malins.

Parker abandonna le pudding et l'étreignit, plaquant son visage contre la poitrine de son compagnon. Il était plus petit de quelques centimètres comparés à son mètre quatre-vingt et son corps s'adaptait parfaitement à celui d'Adam. Ce dernier le serra, inspirant l'odeur d'océan et de sueur qui provenait de sa peau.

— Tu es le grand méchant loup, rappelle-toi ?

Adam se mit à rire tandis que Parker frottait sa mâchoire contre son torse avec sa joue râpeuse. Ce dernier était comme un chat et lui, il était son griffoir consentant. Alors qu'il faisait courir ses mains sur le dos de Parker, la voix de la femme retentit à nouveau dans sa tête.

C'est un refuge. Vous êtes tous les bienvenus.

— Mais… et si nous…

— Mec ! s'exclama Parker en reculant brusquement. Nous sommes déjà passés par là. Je n'ai pas imaginé le désastre qui est arrivé aux Pins, n'est-ce pas ?

Il s'avança vers le cabinet de toilette et ouvrit le pommeau de douche, agitant la main sous l'eau qui tombait comme s'il pouvait forcer le générateur à chauffer plus rapidement.

— Tu t'es réveillé avec une amnésie sélective ou quoi ? demanda-t-il.

Adam but le reste de son eau, ravalant une réplique. Quand il déglutit, il déclara calmement :

— Non. Mais il y avait des avantages et des inconvénients aux Pins.

Parker tira sur le rideau de douche d'un coup sec.

— Je t'accorde que les soirées films et les suites luxueuses étaient supers, et que le Chef était très doué. Cependant, mes plus beaux souvenirs sont juste un peu assombris par la partie où le scientifique timbré et Ramon le loup garou ainsi que l'enfoiré professionnel t'ont retenu prisonnier et qu'ils ont fait des tests sur toi. Autrement dit : ils t'ont *torturé* !

— Je guéris vite.

Quand il pensait à Ramon, la colère d'Adam et sa peine étaient tempérées par le regret qu'il n'ait pas pu en apprendre plus sur son côté loup-garou. Il y avait beaucoup de choses qu'il n'avait pas eu le temps de découvrir à propos de ses parents. Aurait-il à nouveau la chance de rencontrer quelqu'un comme lui ?

— Oh, donc ce qu'ils ont fait, c'était acceptable ?

La voix de Parker s'était élevée en posant la question tandis qu'il fermait le robinet de douche et sortait d'un pas rageur, quelques anneaux de rideau s'envolant de la tringle.

— Je pense que nous sommes d'accord d'être en désaccord, conclut-il.

— Non, non, le rassura Adam en l'étreignant par-derrière, l'enveloppant étroitement. Je suis désolé. Je ne dis pas que c'est acceptable. Ça ne l'est pas. Je m'inquiète. Nous avons besoin d'alliés. Nous ne savons pas ce qui nous attend. Nous sommes plus vigilants maintenant que nous l'étions auparavant. Nous ne serons pas dupes.

Il posa ses lèvres contre les cheveux humides de Parker.

Celui-ci se détendit un peu.

— Je veux y croire, mais…

— Chhhuuut, ça va aller.

Une autre journée commençait et ce serait peut-être leur dernière. Adam ne voulait pas se disputer avec lui. Le tenant toujours contre son corps, il inspira profondément l'odeur de Parker, retenant son essence dans ses poumons jusqu'à ce qu'il n'y ait rien d'autre, la crainte et l'incertitude s'évaporant.

Il se frotta contre le cul de Parker, l'adrénaline de leur dispute se transformant rapidement en désir. Là, avec sa chaleur, les battements du cœur de son amant emplissaient les oreilles d'Adam et faisaient disparaître les autres voix, rien d'autre n'avait d'importance. Là, ensemble, ils étaient en sécurité. Embrassant le cou de Parker, Adam caressa son torse et descendit sa main vers son sexe, qui durcit dans sa main.

— Ce n'est pas juste, geignit Parker. Tu triches.

— Et tu aimes ça, murmura Adam avec un grognement bas.

Parker gémit alors que son compagnon le faisait avancer vers la cabine et le plaquait sur le lit. Adam voulait juste se laisser tomber sur lui et le couvrir complètement, tenant le reste du monde à distance.

Quand Parker écarta les jambes, Adam s'agenouilla entre elles. Il lécha les gouttes d'eau de la peau rose de son amant, l'embrassant et le taquinant. Il ne s'était pas rasé depuis des semaines, et il frotta sa barbe contre le cul de Parker jusqu'à ce que la peau rougisse joliment.

— Allumeur, marmonna-t-il. Mon cul peut prendre plus que ça. Il en a besoin de plus.

Adam écarta ses fesses et souffla sur son entrée avant de l'embrasser si légèrement que ses lèvres touchèrent à peine la peau plissée.

Parker grogna.

— Si tu essayes de me faire supplier, ça marche.

La lumière du soleil illumina la cabine à travers les longs hublots étroits et la sueur coula le long du dos d'Adam tandis qu'il gloussait et lui donnait un bref coup de langue.

Les petits cris de plaisir de Parker se joignirent aux goélands qui encerclaient le voilier et celui-ci se balança doucement au gré des marées. Adam embrassa l'intérieur des cuisses de son compagnon, caressant ses hanches, formant des cercles taquins.

Avec un grognement impatient, Parker poussa ses genoux sous lui et leva le cul en l'air, tendant sa main pour écarter ses fesses.

— *Allez.*

— Hmm. Je ne sais pas ce que tu veux.

Parker gronda et lui lança un regard noir par-dessus son épaule.

— Adam.

Ses yeux devinrent doux et vulnérables et sa voix fut à peine un murmure.

— J'ai besoin de toi.

L'envie d'étreindre Parker contre lui et de ne jamais quitter cette cabine le traversa et Adam se pencha vers lui pour l'embrasser tendrement avant de souffler dans son oreille.

— Tu veux ma queue ? Tu veux que je t'emplisse de mon sperme ? Hmm ? Tu aimes ça, n'est-ce pas ?

Il caressa ses hanches plus fort.

— Oui, siffla Parker. J'aime ça.

— Ou veux-tu ma bouche aujourd'hui ? demanda-t-il en embrassant l'ouverture de son amant. Ma langue ?

Avec celle-ci, il lécha la raie de ses fesses.

Parker frémit et haleta.

— Tout. S'il te plaît.

Adam ferma les yeux et prit une profonde inspiration, débutant sa transformation, sa fourrure s'étalant sur son visage et autour de ses yeux… juste assez pour que Parker le sente. Qu'il sente les légères pointes de ses griffes sur ses hanches et aussi le bout de ses crocs contre son entrée.

Il trembla avec un grognement et Adam put sentir le liquide pré-éjaculatoire qui emplissait le membre de son amant et qui coulait sûrement de sa fente.

— Tout de toi, murmura Parker.

La queue d'Adam pulsa, mais il ne la toucha pas. Son visage enfoui dans son cul, il continua à le lécher, se contentant de le taquiner seulement de ses crocs et de ne pas le blesser. Parker cria, se tortilla en haletant. Adam supposa que c'était une forme de contrôle… de voir s'il pouvait lâcher son animal sans aller trop loin.

— Oh, bordel, oui. C'est si bon. Tu es si bon.

C'était le *tout* que Parker sentait – pas juste son côté humain – qui fit chanter le sang d'Adam. Il n'avait jamais rêvé de se révéler à un amant et certainement pas durant l'acte en lui-même. Mais Parker le désirait ; il jouissait si fort lorsqu'Adam lâchait son loup. Il dut inspirer profondément et se contrôler pour ne pas laisser des coupures sur les hanches de son compagnon.

Il lui donna des coups de langue, celle-ci devenant de plus en plus râpeuse et légèrement plus longue quand il se transformait. Il tint le cul de Parker ouvert et le baisa pendant que ce dernier demandait plus.

— Oui, oui. Comme ça. Là… merde ! Adam !

Parker cria et jouit, tressaillant pendant qu'il explosait sur les draps sans que sa queue soit touchée. Adam fut empli d'un désir primitif en le sachant, son corps devenant brûlant. Il s'assit sur ses talons pour se caresser, jouissant à son tour après quelques caresses sur le cul et l'ouverture humide de son partenaire.

Parker se releva sur une main pour le regarder par-dessus son épaule, son torse était haletant. Ils s'effondrèrent ensemble dans un enchevêtrement de membres sur leur côté, s'embrassant passionnément tandis que les crocs d'Adam et ses griffes se rétractaient, ses traits de loup-garou disparaissant. Parker prit sa main, dénouant ses doigts. Adam n'avait même pas réalisé qu'il s'était coupé la paume avec ses griffes lorsqu'il s'était masturbé.

Les blessures s'évaporaient déjà, laissant de petites traces de sang que Parker lissa doucement de ses doigts. Il déposa un baiser sur la paume d'Adam avant de se blottir dans ses bras, son souffle humide et réconfortant. Adam enfouit sa tête dans les cheveux de son compagnon. L'ancien propriétaire du bateau avait laissé derrière lui un rasoir électrique, mais ils ne l'avaient pas encore utilisé.

L'ancien propriétaire du bateau. Comme si celui-ci leur avait été tout simplement vendu.

En dépit de lui-même, Adam pensa aux photos encadrées qu'il avait soigneusement rangées dans un tiroir dans la cabine d'à côté. Son nom était Richard Foxe, ça, ils le savaient. Il avait eu un mari ou un partenaire, dont ils ne connaissaient pas le nom puisqu'il n'y avait aucun papier ni permis qui l'identifiait près de la console radar.

Mais le mari se trouvait sur les photos. Ils avaient supposé que Richard était l'homme plus âgé avec des cheveux gris sur les tempes. Son partenaire avait une bonne dizaine d'années de moins que lui, son sourire presque aveuglant tandis qu'il tenait un énorme poisson.

Adam avait pensé à prendre la photo dans le cadre pour voir s'il y avait quelque chose d'écrit à l'arrière, mais en fin de compte, il les avait juste rangées. Richard et son mari ne navigueraient plus jamais ensemble, même s'ils étaient en vie. Pourtant, il lui semblait malvenu de les effacer.

Le souffle chaud de Parker était étouffé par le cou d'Adam.

— Ils t'ont découpé.

Repoussant ses pensées des fantômes de la *Bella Luna*, Adam fronça les sourcils.

— Hmm ?

— *Ils t'ont fait du mal.* Aux Pins. Je ne pouvais pas les arrêter. Je sais que tu étais en grande partie évanoui et que tu as guéri, mais… je ne l'étais pas.

Il frissonna, la voix rauque.

— Je m'en rappelle. Je me rappelle de tout.

Tenant Parker fermement contre lui, comme s'il pouvait faire disparaître les souvenirs et la douleur, Adam embrassa sa tête.

— Je suis désolé. Ça va aller. Nous allons bien.

— Je ne pourrais pas le supporter si ça t'arrivait de nouveau, dit-il en frissonnant dans les bras d'Adam en dépit de leur peau humide de sueur dans la cabine chauffée. Nous ne pouvons faire confiance à personne. Nous ne pouvons pas aller sur cette île.

Adam détendit son emprise et caressa le corps de Parker de ses paumes jusqu'à ce qu'ils respirent à l'unisson.

— Ça va aller. Nous n'irons pas.

Il repoussa la voix douce de la femme de son esprit et tendit attentivement l'oreille, les yeux fermés. Il n'entendit aucun autre battement de cœur. Ils avaient jeté l'ancre près de la terre ferme, cependant, si quelqu'un avait remarqué leur bateau qui se balançait sur les vagues, il gardait ses distances.

Parker et lui auraient dû sortir de la cabine pour pécher pendant que les poissons mordaient… le monde était là et il pouvait attendre.

Chapitre 2

— ALLO ? J'envoie un avertissement à tous ceux qui écoutent.

Alors que la voix de l'homme retentissait sur la fréquence d'urgence, le cœur de Parker manqua un battement. Il finit de tendre la voile et retourna à la radio près de la barre en métal, le pont en bois chaud sous ses pieds nus. Adam était perché sur la proue avec sa petite caméra numérique et il le regarda, attendant.

L'homme reprit la parole.

— Évitez l'île de Hilton Head. Elle est infestée. Nous nous sommes échappés de justesse.

Merde. Parker avait espéré que les îles ne le seraient pas. Ils avaient besoin de s'approvisionner bientôt. Ils devraient faire leur possible pour éviter les monstres de la Caroline du Nord.

Prenant l'émetteur-récepteur, il releva ses lunettes de soleil sur son nez avec son autre main. Il ne pouvait résister à l'envie de demander, même si c'était inutile.

— Merci pour cet avertissement. Avez-vous des nouvelles de l'Angleterre ?

La voix de l'homme crépita sur la radio.

— J'ai entendu dire qu'ils avaient été gravement touchés. Un signe des militaires là où vous vous trouvez ?

Parker et Adam se regardèrent.

— Non, répondit-il honnêtement. Aucun signe.

Il hésita à donner un quelconque renseignement sur leur position, mais ils étaient assez loin.

— La base navale en Virginie est foutue.

Le gars de la radio soupira.

— Je m'en doutais. On espère toujours que quelqu'un puisse venir et… je ne sais pas. Pour régler cette situation.

— Nous sommes deux, mon ami.

— J'ai entendu dire que ces connards de terroristes se sont assurés d'infecter les capitales et les bases militaires. Ainsi que Le Centre de Contrôle des Maladies à Atlanta. Donc, nous nous retrouvons seuls à gérer les dégâts.

— C'est vrai. Prenez soin de vous.

— Vous aussi.

La radio devint silencieuse. Il valait mieux ne pas trop parler et risquer de donner des indices à un étranger qui pourrait écouter, mais il était toujours bon d'entendre une autre voix. Surtout quelqu'un qui n'essayait pas de leur vendre un ramassis de conneries à propos d'un endroit magique et sûr.

Il savait qu'il y avait encore d'autres bonnes personnes là de-hors, mais quand il fermait les yeux, il ne voyait que des bocaux dans le laboratoire de fortune… du sang et des morceaux de la peau d'Adam, le Dr Yamaguchi s'émerveillant de la rapidité avec laquelle Adam guérissait. Ce dernier si pâle et si figé. Sans défense. Et si d'autres gens découvraient qu'il était un loup-garou et voulaient aussi le transformer en rat de laboratoire ? Malgré toute sa force, sa vitesse et ses atouts, Adam n'était pas immortel. Parker devait le protéger.

Une petite conversation sur la radio lui convenait, mais ça ne pouvait pas aller plus loin. C'était chercher les ennuis et ils en avaient tellement déjà. S'ils se dirigeaient vers les Caraïbes, il savait qu'ils ne pourraient pas éviter les gens pour toujours, cependant, ils traverseraient ce pont plus tard. Et peut-être que si Éric…

Il secoua la tête. Il était inutile d'espérer revoir son frère un jour. Pour l'instant, Adam et lui étaient plus en sécurité, seuls.

La voix revint.

— Hé, vous êtes encore là ? Avez-vous entendu ces messages

un peu plus tôt ? Ils sont passés sur plusieurs fréquences. L'Ile du Salut ?

Parker agrippa l'émetteur.

— Ouais. Cela me semble un peu trop beau pour être vrai si vous voulez mon avis, répondit-il.

— C'est ce que je pensais. Peut-être que ce sont ces putains de Zacharies qui essayent d'éliminer le reste d'entre nous.

Adressant à Adam un regard éloquent, Parker acquiesça.

— Ça pourrait, oui.

— Eh bien, tenez le coup. Terminé.

Il reposa l'émetteur dans son socle. L'auto-scan était désactivé pour le moment puisqu'il ne voulait pas faire face à l'expression que le visage d'Adam revêtait lorsque les messages de l'Ile du Salut leur parvenaient.

Parker regarda les penons qui virevoltaient du mât. Le vent changeait de direction et il se prépara à incliner la proue.

— Virement de bord ! Surveille la bôme !

Un jet d'eau de mer éclaboussa ses lunettes de soleil.

Adam releva les yeux de sa caméra et recula même s'il était loin de la bôme. Alors que Parker tournait la proue, le pôle horizontal attaché sur la partie inférieure de la grand-voile pivota par-dessus le bateau. Comme le mât, il était fait de carbone et était plus léger que les bômes traditionnelles, mais il pouvait vous porter un sérieux coup s'il vous clouait.

— As-tu besoin d'aide ? lança Adam.

— Nan. Le vent arrière est favorable. Ça va aller.

— Suis-je supposé savoir ce que ça veut dire ?

Parker se mit à rire, la tension dans son estomac s'évaporant un peu.

— Le vent est derrière nous. Nous avons une grande portée. Tu sens à quel point nous allons plus vite maintenant ?

— Mmmm. Nous devons penser à nous approvisionner.

— Je sais. Nous arriverons aux îles demain. Nous pourrons

alors évaluer la situation.

Adam hocha la tête.

— Y a-t-il quelque chose que je peux faire entretemps ?

— Contente-toi d'être beau.

À travers ses lunettes de soleil, Parker lui adressa un clin d'œil, sachant que même de là où il se trouvait, Adam pourrait le voir.

Rangeant sa caméra dans la poche de son short, Adam étira ses bras au-dessus de sa tête, montrant son torse nu. Il agita ensuite ses cheveux noirs ridiculement brillants, s'appuya sur ses coudes et écarta un peu les jambes.

— Bébé, tu es trop doué pour faire le beau, murmura Parker.

Les épaules d'Adam tremblèrent et il ne put cacher son sourire. La tentation de quitter son poste pour lécher son amant était forte, mais ils attrapaient parfaitement le vent et Parker devait surveiller. La voix de son père emplit son esprit.

— *Un bon capitaine surveille toujours le bon fonctionnement des choses.*

Bien entendu, il disait souvent ça pour justifier tout le travail qu'il ramenait à la maison et sa mère levait toujours les yeux au ciel et marmonnait :

— *Oui, oui…*

Lorsqu'il s'agissait de navigation, cependant, il avait raison.

Parker vérifia les penons qui virevoltaient au gré du vent juste comme il le voulait et son regard revint vers Adam, toujours étendu sous le soleil. Il se demanda ce que ses parents auraient pensé de son petit ami. *Ils seraient sûrement surpris que j'aie pu attraper un si beau morceau.* Si ce n'était pas l'apocalypse des monstres, il ne serait sûrement jamais sorti avec lui.

En dépit du ciel dégagé et de la chaleur du soleil, Parker frissonna. Il ne devrait pas être content que tellement de gens soient morts ou infectés. Il ne devrait pas du tout être content. Pourtant, la pensée de ne pas être avec Adam noua son estomac et il ne pouvait nier le fait que ce monde ravagé lui avait apporté quelque chose de merveilleux.

— Ça va aller ?

Clignant des yeux, Parker réalisa qu'Adam le regardait en fronçant les sourcils de par le pont.

— Oui. Je réfléchissais simplement. Tu sais comment je suis.

Il inspira et expira lentement pour calmer les battements de son cœur.

— Je vais bien. Retourne travailler. C'est ça… arque le dos. Mmm, parfait.

Adam sourit et Parker retourna son attention vers les voiles. Néanmoins, des pensées de ses parents ricochaient dans son esprit. Il savait qu'ils étaient morts. Il était extrêmement invraisemblable qu'ils aient survécu à la destruction de Boston. Ils s'étaient dirigés vers leur maison du Cape, mais n'avaient pas réussi à l'atteindre. En jugeant le carnage et les voitures qui bloquaient les routes, personne n'y était arrivé.

Fermant les yeux pendant un moment, il pensa aux monstres qui encerclaient le phare de Chatham. Ses parents auraient pu faire partie de ce troupeau frénétique, avec leurs yeux exorbités et leurs doigts ressemblant à des griffes, du sang tachant leurs bouches ouvertes.

— Hé.

Adam traversa le pont et enveloppa un bras autour de la taille de Parker près de la barre.

Les yeux toujours clos, le jeune homme s'appuya contre lui.

— Je vais bien. Je sais que je ne devrais pas y penser.

— Tu parles d'Éric ?

— En partie.

Soupirant, il se redressa et regarda les voiles qui flottaient. Il aimait la manière dont Adam caressait sa hanche avec sa grande main. Il embrassa l'épaule de son amant.

— Mes parents aussi. Je sais qu'ils sont morts, mais après, je me demande… je ne peux pas le faire. Je vais me rendre fou avec ça. Ils sont partis, mais Éric pourrait toujours être en vie.

— Oui, il le pourrait.

— Il pourrait toujours être dans cet abri. Ils pourraient rester là-dedans pendant des années, n'est-ce pas ? Et peut-être qu'à ce moment-là, le virus disparaîtra.

Parker ricana avant de poursuivre.

— C'est stupide, hein ? Parce que les virus disparaissent toujours. Ouais, c'est exactement l'opposé. J'ai fait de la chimie et de la biologie au lycée, pour ton info.

— Pas de C- ?

Parker éclata de rire.

— Non, pas avant toi, Monsieur J'exige Que Mes Elèves Fassent Leurs Devoirs Même Pendant Les Elections.

— J'étais très exigeant, je sais.

Ils s'embrassèrent doucement, leurs langues se caressant avec lenteur.

Parker recula, regardant les voiles et vérifiant le vent.

— Je... je déteste l'idée que ma famille soit complètement partie, tu sais ?

Bah voyons !

— Je suis désolé. Bien sûr que tu le sais.

Changeant de main sur la barre, Parker entoura la taille de son amant de l'autre. Il était la famille d'Adam maintenant, mais lui suffirait-il ?

— Si Éric est vivant, nous ferons tout pour le retrouver. Et peut-être qu'il y a un remède. Notre bon vieux Dr Yamaguchi y arrivera sûrement.

Ils partagèrent un sourire sardonique, puis Parker déclara :

— Peut-être. Au moins, tu es immunisé. Je suppose que les loups garous vont hériter de la terre.

Des ombres traversèrent le visage d'Adam, ses yeux dorés si tristes.

— Je ne pense pas que nous soyons nombreux.

Parker dut agripper la barre à deux mains quand le vent se leva. Il donna un petit coup taquin à Adam sur la hanche, sa voix devenant légère.

— Tu es certain qu'il n'y a pas de vampires ni de yetis ? Des bonshommes de neige effrayants ?

Les lèvres d'Adam se relevèrent en un sourire.

— Certain. Mais nous devrions surveiller nos arrières au cas où des sirènes nous attireraient vers les rochers.

La radio siffla et la même femme de ce matin parla à nouveau.

— Ceci est un message de l'Ile du Salut.

— En parlant du diable, marmonna Parker en coupant le volume.

— Peut-être que nous devrions entendre ce qu'elle a à dire, suggéra Adam en posant son doigt sur le bouton.

— Le vent change de direction. Nous devrions y retourner. Tu te rappelles comment je t'ai appris à ajuster les voiles ? Peux-tu aller le faire ?

Après un moment d'hésitation, Adam obéit et Parker repoussa toutes les choses, mis à part le vent, les voiles et la haute mer, de son esprit.

—Tu es sûr que tu n'as pas besoin que je vienne ? demanda Parker en faisant les cent pas sur la poupe tandis qu'Adam abaissait le canot dans l'eau agitée.

La journée était grise et tumultueuse avec une soudaine chute de température et Parker ferma sa veste, glissant ses mains dans ses poches. Ses pieds et ses jambes nus sous son short étaient froids, mais il ne se sentait pas à l'aise de porter des chaussures sur le pont. Cela le rendait moins connecté au bateau en quelque sorte.

Adam portait son jean, sa veste en cuir et de solides chaussures.

—J'en suis sûr. Si je dois m'inquiéter pour toi, cela prendra plus longtemps. Il n'y a aucun quai et la marée n'est pas assez basse pour sortir Mariah. Il y a des monstres ici et peut-être des non infectés aussi. Je ne peux pas vraiment dire, à cette distance. Il n'y a aucune raison de prendre ce risque. Je ne serai pas long.

Parker plissa les yeux vers le rivage. Ils se trouvaient au nord des îles de la Caroline du Nord.

— Essaye de trouver un peu d'eau. Juste au cas où.

La *Bella Luna* avait un système de récupération d'eau de pluie qui remplissait les réservoirs de stockage avec filtration, mais ils ne pourraient jamais en avoir assez. Il donna à Adam des sacs en toile qu'ils avaient trouvés cachés dans la cuisine.

— Je le ferai. Je reviens vite. Tu as l'arme ?

Il hocha la tête vers le banc du petit coin salon au-delà de la barre.

— Chargée et prête à tirer. Je ne peux pas croire que j'aie dit ça.

Avec un sourire, Adam l'embrassa rapidement.

— Je reviens vite, Inspecteur Harry.

Parker regarda son compagnon piloter le canot jusqu'à la rive, le petit moteur fut incroyablement bruyant. Ils avaient jeté l'ancre dans l'anse d'un port naturel, et Parker regarda à droite et à gauche, surveillant les bois une fois qu'Adam eut disparu. Il pouvait voir des branches et du feuillage, jaune parmi du vert.

Après avoir replié les voiles, il attendit et observa autour de lui, frissonnant dans le vent et refusant obstinément d'aller en bas pour chercher les chaussures de bateau qu'il avait trouvées sous le lit, ou au moins une paire de chaussettes. Il attendit.

Et attendit.

Et attendit.

Reprenant ses cent pas, il parcourut les bois nerveusement, grelottant dans la matinée venteuse.

— Reviens, reviens, reviens, marmonna-t-il.

Il aurait voulu avoir une montre pour voir depuis combien de temps Adam était parti. Cela devait faire une heure maintenant et l'estomac de Parker se noua en un autre nœud de cabestan. Une série de choses horribles qui auraient pu arriver à Adam défila dans son esprit.

Son petit ami était immunisé contre le virus, mais, et s'il y avait trop de monstres et qu'il ne pouvait pas tous les battre ? Il était un super loup-garou avec une super force… cependant, il pourrait y avoir des centaines d'infectés et il pourrait être piégé… et ils le submergeraient et le déchiquèteraient ? Et s'il était blessé ?

— Je dois le trouver, marmonna Parker en plissant les yeux vers les arbres lointains. Mais j'ai besoin de la moto. Je dois attendre que la marée soit basse. Et s'il ne revient pas dans l'heure qui suit, je vais…

Quoi ? Que diable vais-je faire ?

Le vent souffla, battant les voiles et Parker fronça les sourcils. Il les avait attachés, mais…

Se tournant, son cœur fut presque sur le point de bondir de sa poitrine à la vue d'un autre voilier – bien plus grand que la *Bella Luna*, probablement dix-huit mètres – s'approcher. Il s'avançait sans le vrombissement d'un moteur, les voiles toujours hissées. Parker n'avait entendu que ses voiles et la mer houleuse lorsque le bateau était presque sur lui. Il avait été si concentré sur le rivage qu'il n'avait pas regardé derrière lui.

Stupide, stupide, stupide !

Deux hommes tirèrent sur le cordage de leurs winchs, et le bateau s'arrêta brusquement. Une jeune femme dans la trentaine se trouvait à la proue, tenant nonchalamment un fusil qui était pointé vers le sol. Le regard de Parker se dirigea vers son pistolet posé sur le banc. Il était à trois pas de lui. Il leva la main en signe de salutation, son sourire figé menaçant de se briser, le pouls battant.

— Bonjour.

L'autre bateau dériva directement contre la coque de la *Bella*, provoquant un crissement horrible. Parker écarta les jambes et garda son équilibre pendant que le voilier se balançait à cause du choc avant de s'immobiliser. Un homme de petite taille au crâne rasé sourit largement, montrant des dents abîmées.

— Bien le bonjour. Tu es seul, gamin ? demanda-t-il.

Un pistolet dépassait de sa ceinture. Il était petit, mais tout en muscle.

Parker voulait dire non, cependant, c'était mieux qu'Adam reste une surprise. Tandis qu'il hochait la tête, il réfléchit aux chances qu'il avait de prendre son arme. Il n'y avait aucun moyen. Ces gens avaient l'air casse-cou, comme dirait sa mère. Une femme grisonnante se pencha sur la barre, mâchant un chewing-gum et émettant des bruits de langue qui lui semblèrent comme des coups de feu.

Petit Homme sourit à nouveau.

— Eh bien, c'est une bonne chose que nous soyons venus et t'ayons aperçu. Personne ne devrait être seul, maintenant.

La jeune femme de la trentaine prit une mèche de ses cheveux roux pour la coincer derrière son oreille. Elle sourit aussi et l'estomac de Parker se noua encore plus.

— C'est dangereux, dit-elle.

Ils semblaient attendre une réponse, donc Parker réussit à lâcher d'une voix rauque :

— Ça va aller.

Sa gorge était soudainement pleine de graviers.

— Je n'ai pas besoin d'aide, poursuivit-il, mais merci. C'est très gentil à vous de vous arrêter et de vérifier.

Petit Homme agita une main, magnanime.

— Pas de problème, gamin. Nous devons prendre soin les uns des autres, hein ? Il se passe des trucs effrayants.

— Ouais, murmura Parker, sentant la bile remonter dans sa bouche, l'engourdissement de ses orteils se faisant ressentir dans ses jambes.

Il voulait se retourner vers le rivage pour voir si Adam était arrivé, mais il garda les yeux sur Petit Homme. *Peut-être qu'ils ne sont pas méchants. Peut-être qu'ils sont juste amicaux. Peut-être…*

— Nous allons devoir monter à bord, déclara Petit homme d'une voix qu'il réussit à remplir de regrets. Nous sommes à court de nourriture, donc nous devons t'en emprunter un peu. Ça ne te dérange pas, n'est-ce pas ?

Le deuxième gars, bedonnant, grand et bâti comme une armoire à glace, mâchait quelque chose qui était probablement du tabac. Il se pencha en avant et cracha dans l'eau. Ils regardaient tous Parker, attendant apparemment une autre réponse. Ce dernier ne put que secouer la tête.

Petit homme bondit par-dessus les deux rampes et atterrit sur le pont de la *Bella* en deux mouvements rapides.

— Merci, gamin. C'est très gentil à toi. Juste pour être sûr, tu n'es pas en train de nous mentir, n'est-ce pas ? Il n'y a personne en bas ? Parce que nous ne voulons blesser personne. Nous avons juste besoin d'un peu d'aide. Tu comprends ?

— Il n'y a que moi.

Parker était heureux que sa voix ne tremble pas comme ses genoux.

— Allez-y. Prenez ce dont vous avez besoin.

La rousse et l'autre homme vinrent à leur tour sans la délicatesse de Petit homme.

— Merci, mon cœur, dit la femme.

Parker s'approcha du banc. S'il pouvait juste prendre le pistolet, peut-être que…

— Ne sois pas stupide, déclara sèchement Petit Homme en s'avançant pour prendre l'arme.

Parker inspira et une forte odeur corporelle emplit ses narines. Aucun d'eux ne semblait avoir pris une douche depuis des jours. Il supposa que c'était logique puisqu'ils étaient des pirates. Il ne leur manquait qu'un bandeau et une jambe en bois. Et peut-être un perroquet.

— Qu'est-ce qui t'amuse ? exigea de savoir Petit Homme.

— Rien, répondit Parker.

Sa voix sortit trop aiguë, un rire hystérique lui monta dans la gorge, le cœur battant. Il allait se pisser dessus.

Adam, où es-tu ?

Le bateau des pirates se frotta durement contre la *Bella Luna* alors que le vent frappait de plein fouet les voiles. Ils le fixèrent. Parker n'avait aucune idée de ce qu'ils attendaient.

La femme demanda :

— Tu as quelque chose d'autre sur toi ?

Il secoua la tête. C'était la vérité, du moins.

— Déshabille-toi, ordonna Petit Homme.

— Je… quoi ? bredouilla Parker, le cœur bondissant et sa voix sortant dans un couinement.

— Déshabille-toi pour qu'on s'assure que tu ne mens pas, ordonna Petit Homme en secouant tristement la tête. Désolé d'être suspicieux, mais mieux vaut prévenir que guérir, ces jours-ci.

Forçant ses mains à ne pas trembler, Parker enleva sa veste et son tee-shirt. L'humiliation lui brûla les joues et il dézippa son short et le retira. Il croisa les bras sur son torse nu.

— Le slip aussi, ajouta-t-il avec regret. Désolé. Nous voulons te faire confiance, mais… eh bien…

Il leva l'arme de Parker.

— Si tu as été honnête dès le début…

Ravalant l'envie de crier de peur et de fureur, Parker tira sur son boxer. Il l'enleva et se tint là, nu, leurs yeux parcourant son corps comme un millier d'araignées. Il serra les poings sur ses côtés, résistant au désir puissant de couvrir ses parties intimes.

— T'inquiète pas, petit, lança la vieille femme. Il fait vraiment froid, donc nous ne te jugerons pas trop sévèrement.

Elle gloussa, un sifflement rauque, probablement le résultat d'un paquet de cigarettes par jour.

Tandis qu'ils éclataient tous de rire, une nouvelle vague de honte inonda Parker de la tête aux pieds.

— Qu'est-ce que vous voulez, bordel ? Prenez la nourriture et allez-vous-en !

Petit Homme fut soudain devant lui avec le pistolet levé et une douleur explosa brusquement sur sa tempe. Il tomba à genoux, sa vision devenant floue, du blanc et du noir apparurent devant lui, puis sa vue se reconcentra sur le bois usé alors qu'il s'appuyait sur ses mains.

— Pourquoi es-tu devenu si grossier tout à coup ? cracha Petit Homme. Nous voilà tous gentils avec toi. Ne ruine pas ça. Tu m'entends ?

Sur ses mains et ses genoux, tremblants, la douleur explosive dans sa tête, Parker acquiesça. Quelque chose lui frappa durement le cul, un claquement retentissant. Une main.

— C'est un beau petit cul que tu as là, donc sois un bon garçon ou nous serons obligés d'en prendre une bouchée. Tu me saisis ?

Petit Homme le frappa plus fort. La douleur n'était rien comparée à celle qui pulsait dans sa tête, brûlante, lui coupant le souffle.

Pendant qu'ils pillaient le bateau, Parker ne put que se recroqueviller sur un côté du pont, ravalant la bile qui remontait et goûtant le sang qui dégoulinait de sa tempe. Il voulait crier le nom d'Adam comme un petit bébé pathétique et des larmes pitoyables lui piquèrent les yeux.

— Tu vois ? Nous avons juste pris ce dont nous avions besoin. C'est équitable.

Parker réalisa que Petit Homme lui parlait quand il le poussa du pied.

Va te faire foutre, sale connard. J'aurais voulu que tu sois mort. J'aurais voulu qu'Adam revienne et arrache la tête de ton corps stupide.

Il resta bien entendu silencieux tandis que son esprit hurlait.

Petit Homme se pencha vers lui et lui claqua les fesses.

— Tu as été un bon petit garçon, alors nous allons y aller. Bon voyage.

La jeune femme rousse se mit à rire.

— T'es sûr, Mick ? On pourrait s'amuser avec cet adorable petit chiot. Je parie qu'il est doué avec sa bouche.

Les yeux clos, Parker se recroquevilla en une boule plus serrée, le cœur battant la chamade. Il pouvait voir les bottes sales de Mick. L'homme se pencha vers lui, son haleine puante de cigarettes effleurant son visage. Parker n'osa pas respirer.

Allez-vous-en. S'il vous plaît, partez. Laissez-moi seul.

— Nan. La tienne me plaît toujours, chérie.

La femme se mit à rire et il y eut des bruits de baisers puis ceux des pas. La *Bella* se balança alors qu'ils passaient par-dessus la rambarde, les coques gémissant l'une contre l'autre. Le moteur de l'autre bateau démarra et Parker se força à se concentrer. Sa vision était toujours floue, mais il aperçut le nom du voilier pendant qu'il s'éloignait du port et se dirigeait vers la mer.

La Belle Vie.

La tête de Parker retomba sur le pont. Frissonnant, il s'ordonna de se lever et de remettre ses vêtements. *Debout et sois un homme. Tu vas bien. Lève-toi.*

Il cracha du sang, les yeux vagues. Le bateau flottait dans la marée, le vent toujours aussi vif. Il avait si froid. Il devait bouger. Il devait se lever. Il devait… il devait…

Chapitre 3

Où est Parker ?

Il ne se tenait plus debout sur le pont à le surveiller tandis qu'Adam s'éloignait du rivage avec le canot, laissant derrière lui un groupe d'infectés qui s'éclaboussait dans son sillage.

S'approchant du bateau, ses poils se hérissèrent quand il remarqua que Parker n'apparaissait toujours pas. Un poids lourd s'installa dans son estomac alors qu'il se concentrait, utilisant ses sens pour essayer d'entendre les battements de cœur de son amant. Ils étaient là en dépit du rugissement du moteur du canot, mais ils étaient faibles. Peut-être qu'il faisait une sieste et était en train de rêver. Peut-être que ce n'était rien.

— Parker ? appela Adam en chargeant le canot à sa place, à l'arrière du bateau.

Il se redressa sur la petite plateforme et l'attacha en nouant la corde comme Parker le lui avait appris. Puis un fouillis d'odeurs flotta vers lui avec la brise. C'était comme…

Des étrangers.

Le cœur battant à tout rompre, Adam bondit sur le pont. Pendant un moment, il ne put que fixer la scène avec horreur. Puis il fut à genoux aux côtés de Parker, un rugissement impuissant retentit dans sa tête.

— Parker ?

Il toucha le sang sur la tempe du jeune homme, le tapota avec précaution et son amant ouvrit les yeux.

Merci, merci, merci.

— Ça va aller. Je suis là. Ça va aller.

— Je n'ai pas pu les arrêter.

Parker commença à frissonner tellement fort que ses dents claquaient et pendant un instant horrible, Adam pensa qu'il était infecté. Non, il était juste gelé. Il était nu et blessé et *quelqu'un avait fait ça.*

Adam pouvait à peine distinguer quelque chose à travers le voile de fureur qui lui obscurcissait la vue, ses crocs et ses griffes s'allongeant tandis qu'un grondement sortait de sa gorge. Il lui fallut quelques instants pour reprendre le contrôle et laisser son côté humain s'occuper de la situation. Il le devait. Parker avait besoin de lui.

Repoussant toutes ses pensées, Adam le prit dans ses bras et le descendit en bas. Tout avait été saccagé… le réfrigérateur était à présent ouvert et vide, les placards vides aussi et leurs effets personnels éparpillés sur le sol. Il amena Parker vers leur lit, l'étendant doucement et le couvrant d'une couette et d'une couverture supplémentaire.

Les cris et les éclaboussements provoqués par les infectés près du rivage ne s'étaient pas estompés. Il détesta l'idée de le quitter, mais avec une prudente caresse sur ses cheveux, Adam remonta les escaliers et alluma le moteur. Si la marée était trop forte, ils allaient s'échouer et les monstres pourraient facilement avancer dans leur direction. Il n'y avait aucun signe d'un autre bateau et une fois qu'ils furent à une bonne distance du rivage, Adam jeta l'ancre à nouveau.

De grosses gouttes de pluie tombèrent et le voilier se balança sur les vagues. Toutefois, le ciel n'était pas trop sombre, donc il espéra que tout se passe bien. Les nouvelles provisions se trouvaient encore dans le canot et il les hissa rapidement.

Parker était toujours là où il l'avait laissé, recroquevillé en boule sous les couvertures, sa tête se voyant à peine. Il enleva ses bottes et grimpa sur le lit, son amant se tendit, son souffle devenant haletant. Il s'agenouilla à son niveau, espérant savoir ce qu'il fallait faire ou dire.

— Parker ?

Il baissa les couvertures.

— Est-ce ta tête seulement ? Peux-tu m'entendre ?

— J'ai froid, murmura Parker, essayant de se couvrir à nouveau, la voix rauque.

— Je sais. Je suis désolé.

Il fit courir ses mains sur la taille de son compagnon, tentant de le réchauffer et de voir s'il avait d'autres blessures. La rage qui bouillonnait au plus profond de lui-même augmenta lorsqu'il vit les marques rouges sur le bassin et les hanches de Parker.

— Est-ce qu'ils t'ont touché ?

Parker essaya de relever les couvertures de nouveau.

— Ça va aller. Je vais bien.

Adam ne voyait aucun signe de blessure mis à part le gonflement sur le côté de sa tête et la peau rougie de son cul. Il n'y avait aucune autre coupure ou du sang, mais cela ne voulait pas dire que quelqu'un ne l'avait pas blessé. Il pouvait sentir une personne en particulier, quelqu'un qui s'était approché de Parker... qui avait laissé son odeur sur sa peau.

Il dut prendre quelques profondes inspirations pour se calmer avant d'aller chercher la trousse de secours, une boîte hermétique que les pirates avaient heureusement manquée durant leur pillage, qui semblait s'être seulement porté sur la nourriture. Tapotant un peu d'antiseptique sur la blessure, il essaya de penser à la meilleure manière de le bander.

— Douche, murmura Parker. J'ai besoin d'une douche.

Adam allait être malade, cependant, il contint la rage et la culpabilité. Il ouvrit le robinet de douche et enleva ses propres vêtements puisqu'il ne pensait pas que Parker pourrait tenir debout seul. Ils rentraient à peine dans la cabine et Adam tint son compagnon sous le flux d'eau chaude.

— Mmm, fit Parker en posant sa tête sur l'épaule d'Adam et en s'accrochant à lui. C'est si bon. J'avais si froid.

Ils restèrent immobiles jusqu'à ce que l'eau s'épuise puis Adam enveloppa Parker dans un peignoir de bain que Richard Foxe avait gentiment laissé derrière lui. De retour au lit, il banda la plaie sur sa tête en s'agenouillant près de lui tandis que Parker s'allongeait sur le dos. La douche sembla le réveiller un peu. Adam lui mit plus d'antiseptique et Parker grimaça.

— Tu sais quel est ton nom ? demanda Adam.

Parker leva les yeux au ciel… un bon signe.

— Harry Potter, sorcier. Ce qui fait de toi le professeur Lupin.

Il pressa le bandage contre la plaie, heureux de voir qu'elle s'était arrêtée de saigner et qu'il n'avait pas besoin de points de suture.

— Je m'assure que tu n'as pas de commotion.

— Oh, c'est vrai. Mon nom est Parker Osborne. OK, voyons voir. Nous sommes en Novembre… le 08 ? Peut-être le 09 ou 10. Je vais bien, Adam.

— Quel est ton film préféré ?

— *Shaun et les Zombies*. Oui, c'est ironique, je sais. Et ton film préféré, c'est *Presque Célèbre* et ton documentaire préféré, *Grey Gardens*. La seule chose dont je me rappelle à propos de ton film est la scène dans le bus où ils chantent tous cette magnifique vieille chanson et je n'ai jamais vu le documentaire, à ta grande consternation.

Son regard vacilla et il se lécha les lèvres, la voix assombrie.

— Et comme je te l'ai dit, je le regarderais avec toi si Netflix faisait toujours partie de nos vies.

Adam sourit.

— Tu vas les adorer tous les deux. C'est des…

— … classiques, je sais, finit Parker.

Adam caressa sa joue couverte de chaume et posa un baiser sur ses lèvres sèches.

— Allez, reste éveillé.

Maladroitement, Adam enroula le bandage autour de la tête de son amant.

Ce dernier grommela.

— Ça ne saigne plus, n'est-ce pas ?

Le saignement avait ralenti, mais du sang coulait encore de l'entaille et Adam n'allait pas prendre de risque.

— Juste un peu, répondit-il, le ton neutre. Avec quoi t'ont-ils frappé ?

Après quelques moments de silence, Parker soupira.

— Mon arme. Ils l'ont pris aussi, probablement. J'espère qu'ils n'ont pas trouvé celle du bas.

— Qui sont « ils » ? demanda-t-il calmement.

— Juste des personnes. Quatre – deux hommes et deux femmes. Je regardais le rivage et quand je les ai aperçus sur un autre bateau, il était trop tard. Ils avaient tous l'air amicaux, mais c'était comme ce jeu bizarre que nous jouons en ce moment. Je savais qu'ils allaient me faire quelque chose et ils l'ont fait.

Il frissonna et joua avec le bandage.

— Est-ce qu'ils t'ont fait du mal ? Mis à part ça ?

Adam en montra sa tête.

Leurs deux cœurs battaient rapidement et il se détesta d'être parti si longtemps.

— Je suis fatigué.

— Parker…, commença Adam en déglutissant difficilement. Est-ce qu'ils ont fait autre chose ? Tu peux me le dire.

Il pensa à ces étrangers sans visages, souhaitant leur arracher la tête tandis qu'ils criaient. Découper leurs membres et enfoncer ses griffes dans leurs entrailles.

Parker croisa son regard.

— Ils m'ont obligé à me déshabiller. J'ai essayé de prendre l'arme, mais ils m'ont frappé à la tête. Ils m'ont menacé de… tu sais. Cependant, ils ne l'ont pas fait. Leur chef m'a claqué le cul quelques fois, mais c'est tout.

Adam expira lentement, le souffle tremblant, voulant toujours goûter leur sang. Il prit en coupe le visage de Parker.

— Je suis tellement désolé. Je suis désolé d'être parti si long-temps.

— Où étais-tu ?

La voix de Parker était celle d'un tout petit garçon apeuré et Adam voulut crier et hurler sa rage.

— J'aidais un couple. Leur voiture est tombée en panne.

Il pensa au garçon et à la fille, des adolescents et la fumée qui était sortie du moteur de leur Ford Focus. Il *les* avait aidés alors que Parker avait besoin de lui. Il s'était penché sous le capot de leur voiture… pendant que son compagnon était nu et seul.

— Je suis tellement désolé, répéta-t-il. J'aurais dû être ici.

— Tu ne savais pas. Ce n'était pas ta faute.

Parker humidifia ses lèvres sèches. Adam prit un verre en plas-tique où il avait roulé sur le sol avec d'autres ustensiles de cuisine éparpillés. Il le remplit de l'eau de pluie du lavabo et aida Parker à boire avant de remonter sur le pont pour surveiller les alentours.

Il pleuvait régulièrement et le bateau se balançait au gré des vagues, mais il ne lui sembla pas qu'une tempête allait frapper. Les yeux plissés, il fit un lent cercle. Les monstres sur le rivage au loin s'étaient noyés ou étaient partis. Il ferma les paupières et écouta. Ils étaient seuls.

De retour en bas, il lutta contre le bouchon d'une bouteille d'eau qu'il avait prise dans un magasin abandonné, se forçant à être patient et à baisser le bouchon de sécurité.

— Là.

Revenant vers le lit, il souleva la tête de son compagnon et l'aida à avaler les comprimés.

Parker se réinstalla contre les oreillers.

— Merci.

Il ferma les yeux et tenta de sourire.

— As-tu trouvé plus de la nourriture et d'autres choses ? Je pense que nous sommes à sec.

— J'ai trouvé tes cookies préférés. As-tu faim ?

Ses yeux se rouvrirent.

— Peut-être plus tard, répondit-il, puis il fronça les sourcils. Ne fais pas cette tête, je vais bien.

Adam déglutit difficilement avant qu'il ne puisse parler à nouveau.

— Tu avais raison. Il y a des gens mauvais partout. Je n'aurais pas dû te laisser seul.

— Les monstres sont mauvais aussi. C'est un dilemme. Je sais que tu ne voulais pas que je sois blessé. Tu ne peux pas être ici tout le temps. Nous avons besoin de provisions. Mais nous devons faire attention. Il faut éviter les gens.

Adam hocha la tête, mais… devaient-ils continuer comme ça ? Il devait y avoir des personnes bien dans ce monde. Était-ce plus dangereux d'être seuls ? Si l'Ile du Salut était réelle, peut-être que…

Il ne put empêcher l'espoir de fleurir, fragile et petit.

— *Espère le meilleur, attends-toi au pire et mets la radio à fond !*

Alors que la voix de Tina emplissait son esprit, l'amour et la douleur l'envahirent. Elle lui envoyait régulièrement des messages contenant des citations inspirantes qui représentaient souvent un élément du documentaire parodique, *Spinal Tap*.

Qu'elle soit morte, il n'avait aucun doute là-dessus. Peut-être qu'il avait tort et qu'elle avait en quelque sorte survécu au bain de sang de San Francisco, mais cela lui semblait impossible.

Ça lui paraissait impossible aussi que quelques mois seulement soient passés depuis qu'ils avaient regardé leur film de la semaine, assis dans le coin d'une salle presque vide en se murmurant leurs avis. Elle avait été la seule personne à laquelle il avait avoué sa nature avant Parker.

Il avait filmé d'innombrables séquences vidéo d'elle quand elle répondait à ses questions avec bonne humeur, parlant de sa famille, de ses amis et des gens proches, ses boucles noires encadrant son visage rond.

— *Qu'en est-il de toi ? Tu te caches derrière ta caméra et tu ne parles jamais de ta famille ni de ta vie. Ton documentaire parle de « familles choisies », mais tu n'as pas vraiment d'amis, excepté ton humble amie ! Les coups rapides, ça ne compte pas. Comment es-tu censé te connecter aux gens si tu te contentes de regarder à travers un objectif ?*

Elle adressa un sourire à la caméra, ses fossettes se creusant et ses yeux étincelants.

— *Hé, t'as entendu ça ? C'était assez profond, hein ? Ça mérite un A+. Je t'en prie.*

Tout était perdu maintenant, toutes les vidéos. Son documentaire. Si par un quelconque miracle, son appartement n'avait pas brûlé, les fichiers numériques sur son disque dur seraient toujours là, inutiles pour les pilleurs. Bien entendu, ils auraient tout aussi bien pu être sur la lune. Il ne retournerait jamais en Californie, à moins que les choses ne changent radicalement. La seule option, c'était d'aller de l'avant.

Et avec ses vidéos disparues, la voix de Tina s'évaporerait avec le temps, ses fossettes aussi, ainsi que les petits détails qui faisaient partie *d'elle*, comme une photo qui serait blanchie par le soleil. Comme avec sa famille, il n'y aurait que des bribes de souvenirs, mais dans l'ensemble, ils se brouilleraient dans un mélange d'affection et de vide.

Ses mains se resserrèrent sur les bras de Parker, voulant le soulever et l'attirer vers lui. Cependant, il s'en empêcha, faisant attention à sa blessure.

— Je peux faire une sieste ? demanda Parker. La météo n'est pas trop mauvaise ?

— Ça va aller. Dors. Mais je te réveillerai dans peu de temps au cas où tu aurais une commotion.

— Cool.

Il prit la main d'Adam de ses doigts glacés.

— Je vais bien. Je suis content que tu sois de retour. J'étais inquiet.

Ses yeux se fermèrent.

Et si ces gens avaient davantage blessé Parker ? Lui avaient tiré dessus ? Et si Adam était rentré pour ne trouver aucun battement de cœur ni de rire doux, juste un corps froid et des mouches grouillantes ?

Et si cette île était sûre ? Et si Parker pouvait être en sécurité ?

Incapable d'émettre un bruit sans gronder, Adam se pencha vers lui et posa un baiser sur ses cheveux humides.

LES PIEDS ECARTES sur le pont, Adam balaya l'horizon vide. Le soleil se couchait, le ciel était dégagé pour le moment, sauf quelques petits nuages, de l'orange et du rose zébrant la voûte, ce serait une photo magnifique, une parfaite lumière chaleureuse. Il prit la caméra de sa poche. Il était inutile de filmer toutes ces petites séquences vidéo, mais lorsqu'il cadra cette vue, un peu de tension dans sa nuque s'évapora.

Le froid restait, humide. Quand la respiration de Parker s'entrecoupa en bas, Adam se raidit, attendant qu'elle redevienne régulière. Son ouïe surveillait Parker comme une station radio.

Cela faisait une journée et son compagnon avait toujours mal. Adam voulait enfoncer ses griffes dans les entrailles de ceux qui avaient fait ça, mais ils étaient apparemment partis depuis longtemps. Il se demandait s'ils avaient attendu, le surveillant pendant qu'il se dirigeait vers le rivage. Le regardant s'éloigner de Parker et le laisser seul. Il pensait avoir bien vérifié l'endroit avant son départ, mais peut-être que…

Ou peut-être qu'ils étaient juste venus et avaient vu une opportunité et la seule chose qu'Adam aurait pu faire différemment, c'était de ne pas laisser son amant derrière lui. Il avait pensé à la menace que représentaient les monstres ; à la peur qui l'avait saisie chaque fois que l'un d'eux s'approchait de Parker, le manquant de quelques centimètres avec leurs mains avides et leurs dents démentes.

Le bateau roula sur une vague. Ils étaient toujours à la même place, tanguant. Adam pouvait probablement ouvrir les voiles et les guider vers le sud, cependant, il préférait attendre que Parker le fasse, se tenant à la barre, inspectant le vent et lui décrivant ses gestes avec son jargon de navigation.

Il balaya à nouveau la zone, une partie de lui fut soulagée lorsqu'il ne trouva rien, l'autre partie mourant d'envie d'un quelconque signe de vie. Un souvenir traversa son esprit.

—Nous sommes ensemble. Nous n'avons besoin de personne d'autre, déclara fermement la mère d'Adam, mais Maddie renifla.

— Mais pourquoi ? Où sont les autres loups ? Pourquoi Papa et toi, vous n'en connaissez pas ? Nous n'avons pas de cousins ou quelque chose comme ça ?

Adam regarda de la porte de la cuisine alors que ses sœurs aînées insistaient sur le sujet. Il aurait voulu qu'elles laissent tomber et arrêtent de protester, elles rendaient l'atmosphère tendue avec leurs questions. C'était quoi le problème ? Mais Christine se tenait à la table du petit déjeuner, hochant la tête vigoureusement tandis que Maddie confrontait maman.

— Parce qu'ils sont dangereux, répondit maman. Nous sommes mieux seuls.

Christine serra les dents.

— Tu n'as toujours pas dit pourquoi.

Maman posa bruyamment un carton de lait sur le comptoir, l'éclaboussant.

— Parce que nous le disons. Mangez votre petit déjeuner.

Le cœur battant, Adam s'assit, versant des céréales dans son bol, quelques-unes atterrirent sur la table, et d'autres tombèrent au sol. Il se pencha pour les ramasser dans un lourd silence. Quand il se redressa, maman fit courir une main dans ses cheveux et déposa un baiser sur son front.

— As-tu besoin d'argent pour la visite au musée, mon chéri ?

Il secoua la tête, mais ses sœurs levèrent quand même les yeux au ciel. Lorsque sa mère se tourna vers le réfrigérateur, Maddie murmura :

— Bébé.

À présent, il donnerait n'importe quoi pour connaître la raison pour laquelle leurs parents les avaient isolés du reste des loups. Il savait qu'il devait y avoir une bonne raison, mais s'il avait eu quelqu'un après leur mort, quelqu'un qui comprendrait…

Le bateau remua pendant que d'autres vagues passaient. Cela n'avait plus d'importance, de toute manière. Il avait Parker et celui-ci représentait tout pour lui.

— Joignez-vous à nous pour construire notre nouveau foyer.

La voix de la femme de l'Ile du Salut retentit dans sa tête, profonde et persistante. C'était vraiment un chant de sirène, l'attirant malgré son propre scepticisme et la résistance acharnée de son amant. Et regardez ce qu'il était arrivé, ce que d'autres personnes avaient fait. Pourtant, une seule pensée l'appelait : *foyer*.

Les battements de cœur de Parker augmentèrent et Adam descendit le petit escalier menant aux cabines. Son petit ami s'était réveillé en sursaut.

— Hé, là doucement, le rassura Adam en grimpant sur le lit et tendant sa main timidement. Ça va aller.

Clignant des yeux, Parker se redressa en position assise.

— J'ai fait un rêve stupide.

Grattant son torse, il ne portait qu'un boxer. Le bandage autour de sa tête s'était dangereusement relâché.

Adam était assis là, les mains serrées sur ses genoux, ne sachant pas quoi faire.

— Tout va bien ?

— Ouais. Je vais bien, répliqua Parker en grimaçant. J'ai trop dormi. Je me sens mal.

— Une migraine ? Tu veux prendre plus d'aspirine ?

— Je crois.

Parker enleva le bandage et inclina la tête.

— De quoi ça a l'air ? demanda-t-il.

Que s'il t'avait frappé un peu plus fort, tu n'aurais pas pu te réveiller.

— Bien, mentit Adam.

Ça guérissait, mais voir la peau de Parker si meurtrie, au violet profond, était loin d'être *bien*.

— Peut-être que je mangerai quelques cookies, dit Parker en se mettant à genoux.

— Je vais te les chercher. Repose-toi.

Avec un petit reniflement, son amant descendit du lit.

— Je dois pisser, de toute façon. Je peux marcher dix pas.

— Je peux…

— Quoi ? Me porter ?

Levant les yeux au ciel, Parker trébucha vers les toilettes pendant qu'Adam attendait inutilement.

Quelques minutes plus tard, il s'assit sur l'un des longs bancs dans le salon et prit une bouchée d'un cookie. Il tendit la boîte et Adam en prit un, même si le beurre de cacahouète avait le goût de craie sur sa langue sèche.

—Alors, nous devrions y aller, demain matin. Je me sens mieux.

Il jeta un coup d'œil à l'écran radar vert.

— Tu as remarqué quelque chose ?

— Un peu plus loin, il y avait un autre bateau. Mais c'était ce matin. À des kilomètres de nous et il est parti maintenant, répondit Adam.

Cela aurait pu être eux. J'aurais dû les suivre. Les pourchasser.

Parker grignota un autre cookie.

— Tu as entendu quelque chose ?

Adam pensa à dire non, mais il dit la vérité.

— Un autre message de l'Ile du Salut. Le même.

— Persistants. Ils essayent vraiment d'attirer les gens dans leur piège.

— Ou de les aider.

— Je ne pense pas que quelqu'un veuille aider maintenant, marmonna Parker, le regard perdu au loin.

Adam pensa à la Ford Focus, les larmes dans les yeux de la jeune femme tandis qu'elle lui serrait la main, son petit ami et elle le remerciant d'un air désespéré.

— Je veux dire…

Les narines de Parker s'évasèrent en continuant :

— Ces connards agissaient comme s'ils me faisaient une faveur. J'aurais dû les voir venir.

Les épaules affaissées, il les haussa sans conviction.

— Peu importe. C'est fini.

Il se dirigea vers la table et les cartes.

— Donc, nous devons planifier notre itinéraire. Il est temps d'avoir un plan sérieux. L'hiver approche. As-tu apporté de l'essence hier ? Ces salopards ont pris la nôtre, n'est-ce pas ?

Adam le rejoignit.

— Oui. Et non. La station-service était vide. Il nous en faudra dans les prochains jours.

Bien sûr, cela voulait dire aller sur le rivage. Son estomac se tordit. Il ne laisserait plus Parker derrière lui, mais… et si ça tournait mal sur la terre ferme ?

Parker consulta une carte. Puis il déclara simplement.

— OK.

Comme si ce n'était pas grand-chose, toutefois, Adam put entendre son cœur battre rapidement. Il voulait l'attirer à lui et il ne savait pas si c'était la bonne chose à faire. Il voulait embrasser Parker et l'emmener au lit, le tenir contre son corps. Il savait que la migraine n'était pas partie… en fait, une autre vague le frappait probablement maintenant d'après la manière dont Parker frottait sa nuque. Adam allait empirer ça.

Il essaya de respirer profondément, mais ne put prendre que des inspirations tremblantes, des images représentant son amant mort sur le pont de la *Bella* malmenaient son esprit. Les yeux vitreux, la poitrine ne bougeant pas. Cette âme gentille, aimable, suspicieuse, énervante, belle, partie… juste *partie*. L'odeur du sang lourde dans l'air…

Coulant sur lui, traversant sa peau de là où il était à l'arrière de la voiture. Les quatre battements de cœur qui constituaient tout son monde à présent silencieux.

Adam inspira profondément, espérant que l'air salé puisse faire disparaître sa mémoire sensorielle. Non, il ne pouvait pas laisser Parker seul, même avec la menace qui se trouvait sur la terre ferme. Mais et si… Et s'ils n'avaient pas à chercher ? Et s'ils pouvaient trouver un endroit qu'ils pourraient appeler maison quelque part au sud, là où ils pourraient cultiver des plantes. Peut-être même trouver du bétail. S'épanouir au lieu de survivre.

Et si l'Ile du Salut était ainsi ?

Après une minute, Parker releva la tête avec un froncement de sourcils.

— Quoi ?

Adam cilla.

— Hein ?

Parker s'impatienta et laissa tomber son crayon.

— Je peux sentir tes yeux s'enfoncer en moi. Qu'est-ce qui se passe ?

— Rien, répondit-il en se levant. Je vais faire le guet.

— Cool, marmonna son compagnon.

L'hématome violet sur sa tempe était une ombre sur son visage alors qu'il baissait la tête à nouveau.

Sur le pont dans la nuit qui tombait, Adam regarda et écouta.

Avec sa vision nocturne et ses jumelles, il pouvait voir à des kilomètres. Ils étaient toujours seuls, cependant, l'air était lourd. Tandis qu'il faisait les cent pas, le vent fouetta ses cheveux et l'horizon resta vide.

ILS N'ALLERENT PAS loin dans la matinée avant que le vent qui les avait fait avancer doucement ne se lève soudainement, le bateau se penchant dangereusement dans un angle aigu. Adam agrippa la rambarde, attendant que Parker crie ses instructions. Le ciel se déchaîna et les voiles s'ébranlaient d'une façon inquiétante.

— Nous devons trouver un port ! lança Parker.

Puis il lui dit d'arriser les voiles, mais Adam ne comprit pas.

— Prends la barre !

Il obéit et son amant pointa vers la droite.

— Continue dans cette direction.

Parker bondit, défaisant des nœuds et s'efforçant de garder son équilibre sur le pont incliné. Il tira habilement et les voiles devinrent plus petites. Le bateau se redressa et la bôme se balança dans tous les sens. Mais Parker se baissa avant même qu'Adam ne crie un avertissement et il continua son travail, son tee-shirt et son jean complètement trempés.

Il ouvrit l'un des sièges et arracha des gilets de sauvetage orange, les fermant solidement avant de lancer un deuxième à son compagnon. Puis il noua la corde autour de sa taille et cria plus d'instructions. Adam obéit en tournant la barre.

Contrairement à la semaine passée quand ils avaient jeté l'ancre dans un port et s'étaient terrés dans leur cabine à baiser pour passer le temps et se sentant en sécurité dans leur cocon, Adam ne s'amusait absolument pas à cet instant. Du sel piquait ses yeux et il fit de plus en plus sombre tandis que le vent hurlait et devenait plus fort. Le ciel déferla, d'un gris dense et le bateau tangua comme un jouet.

Même avec sa vision accrue, il pouvait à peine distinguer la terre ferme, bien qu'ils s'y approchent. Parker se précipitait d'un côté à un autre, s'affairant avec les cordes et les gréements, ses pieds glissant dans la pluie torrentielle. Sans crainte et maitrisant la situation, les yeux de son amant se plissaient intelligemment, ses lèvres se pinçaient et il bougeait sans hésitation, fort et capable.

La fierté réchauffa le torse d'Adam à la vue de Parker dans son élément. Il agrippa la barre humide alors qu'ils chevauchaient une autre vague. Puis quelqu'un parla et il lui fallut quelques secondes pour réaliser que la voix n'appartenait pas à son amant. Adam regarda bêtement la radio tandis que la voix de l'homme hurlait :

— SOS, SOS ! Aidez-nous, s'il vous plaît ? Est-ce qu'il y a quelqu'un ?

Parker noua un nœud avec des mouvements rapides, puis s'avança sur le pont et regarda la console. La voix retentissait clairement à travers l'averse et le vent sifflant.

— Nous nous noyons ! SOS ! Est-ce que quelqu'un nous entend ? À l'aide !

Le pouls d'Adam battit plus vite.

— Reconnais-tu la voix ? Est-ce l'un d'eux ?

Fixant la radio comme s'il pouvait y lire la réponse, Parker essuya des gouttes d'eau de ses yeux. Le bateau s'inclina, chevaucha une autre série de vagues et ils s'accrochèrent.

— Je ne le pense pas, répondit-il en croisant le regard d'Adam. Mais nous ne pouvons aider personne. Nous devons trouver un abri ou nous aurons, nous-mêmes, de gros ennuis.

Il cligna des yeux avant de demander :

— Pourquoi n'es-tu pas attaché ? Ne m'as-tu pas entendu ?

Il arracha le couvercle de l'un de sièges et prit une corde orange qu'il enroula autour de la taille d'Adam.

— Tu as dit beaucoup de choses !

Adam tint la barre et laissa son amant s'occuper de lui, le sécurisant au voilier. La rapidité avec laquelle il fit des nœuds complexes était étourdissante. Adam regarda la radio, ses doigts mourant d'envie de prendre l'émetteur-récepteur pour offrir leur aide. Il savait qu'ils devaient s'occuper d'eux-mêmes, mais une terreur sans nom l'enveloppa à la pensée d'ignorer l'appel.

La radio aboya à nouveau.

— Nous sommes au sud de Cape Hatteras. Aidez-nous, s'il vous plaît !

— Sommes-nous proches ? cria Adam.

Parker se glissa à côté de lui et maintint son équilibre tandis qu'une autre série de vagues les ébranlaient. Il se pencha vers l'écran du radar et l'inspecta en se mordillant la lèvre inférieure.

— Oui, mais… Merde, nous ne pouvons pas. Et si c'était un piège ? Et si…

— Est-ce que vous nous entendez ? Nous vous donnerons de la nourriture et de l'essence ! Nous vous donnerons tout ! S'il vous plaît, aidez-nous !

En arrière-plan, une autre voix cria :

— *Papa* !

La voix de la petite fille envoya un frisson sur la colonne vertébrale d'Adam et Parker et lui échangèrent un regard. Ce dernier prit l'émetteur.

— Accrochez-vous bien… nous arrivons !

Chapitre 4

À LA BARRE, Parker plissa les yeux en regardant le compas, essayant d'enlever l'eau glacée qui lui obstruait la vue. La température avait chuté et ses doigts étaient engourdis sur le volant en métal.

Le bateau qui avait des ennuis était heureusement près de l'île Hatteras, mais Parker n'était pas certain d'arriver à temps. Il avait l'impression que sa poitrine était vide, son cœur battait à tout rompre, l'adrénaline donnant de l'énergie à ses membres raides. Le pistolet que Petit Homme et ses pirates avaient manqué et qui se trouvait dans la chambre était à présent pressé contre le dos de Parker, l'acier froid sur sa peau. Peu importait ce qu'il se passerait, il serait prêt cette fois-ci.

Du vent et du sel frappaient son visage impitoyablement alors que le cri de la petite fille appelant son père retentissait dans son esprit et un souvenir refit soudain surface.

L'eau s'agitait autour de lui, ses poumons sur le point d'exploser tandis qu'il donnait des coups de pieds désespérés. Il avait toujours eu peur d'ouvrir les yeux sous l'eau depuis qu'Éric lui avait parlé des poissons qui les dévoraient. Mais il les ouvrait maintenant, cherchant la sécurité et ne voyant que l'obscurité.

Les mains qui l'agrippaient étaient fortes et quand il haleta dans l'air et la pluie, maintenu à flot par son père, il se sentit aimé, même lorsque ce dernier lui cria dessus, lui reprochant de ne pas avoir porté son gilet de secours.

Il ne pouvait pas laisser cette petite fille se noyer, mais…

Frissonnant, il flancha, comme si Petit Homme était à nouveau là, sa paume frappant sa peau nue. Lui ou n'importe qui d'autre aurait pu être encore là dehors, voulant leur faire du mal. Attendant qu'ils arrivent. Utilisant un enfant pour le faire. Ce serait un piège risqué étant donné la tempête, mais ce n'était pas improbable.

Et si l'enfant était prisonnière ?

Il regarda Adam qui jetait un coup d'œil anxieux du côté tribord. Il ne saurait jamais si la *Bella* changerait de cap. Parker pourrait lui dire que le bateau avait sûrement dû couler et qu'ils pourraient rester en sécurité, rien qu'eux seulement. Ce ne serait même pas un mensonge étant donné la férocité des vagues de plus en plus croissantes…

À ce moment-là, Parker se détesta plus qu'il ne l'avait jamais fait dans sa vie, si c'était possible et ça disait quelque chose.

— Là ! cria Adam en pointant un doigt dans la brume grise et tourbillonnante.

Il repoussa ses horribles pensées. Il n'allait faire confiance à personne, mais il n'allait pas non plus devenir un sociopathe.

— Prends la barre !

Après avoir actionné le treuil et abaissé les voiles complètement, Parker scruta le bateau qui virait dangereusement à tribord. Il maudit ces gens d'avoir toujours les voiles levées qui se balançaient follement, battant dans le vent hurlant, puis il cria à Adam d'allumer le moteur, leur donnant autant de contrôle qu'il était possible pour s'approcher. Le bateau était plus petit… de six mètres de long et il allait chavirer d'une seconde à l'autre.

Scrutant la mer écumeuse, Parker chercha des survivants, passant en revue dans sa tête la liste des vérifications d'urgence. Il y eut un éclair d'orange et des cheveux blonds avant qu'une vague ne les avale. Des cris étouffés retentissaient sourdement et il aperçut un homme et un garçon accrochés au pont qui s'inclinait. Aucun signe de la petite fille.

— Adam ! Éteins le moteur ! Il y a quelqu'un dans l'eau. Jette-leur la bouée de sauvetage !

Les doigts engourdis de Parker coopéraient à peine, mais il arriva à nouer la corde autour de sa taille. En bas dans le canot, il lui fallut trois coups désespérés pour mettre de l'essence dans le moteur externe. Il y avait neuf mètres entre lui et le bateau endommagé, il cracha de l'eau de mer, pratiquement aveugle dans la pluie qui s'abattait sur eux. Il essaya de repérer n'importe qui dans les vagues.

— Parker ! Reviens !

Le cri d'Adam fut presque perdu dans le vent.

Parker l'ignora, parce que s'ils risquaient tout pour sauver ces gens, il allait le faire. Ils étaient clairement paumés et si c'était un piège, ils le regretteraient.

Il s'arrêta à côté d'eux et le soulagement le traversa lorsqu'il eut un bon aperçu de l'homme : grand et mince, Afro-américain. Personne de *La Belle Vie*.

— Défaites la grand-voile et le foc ! ordonna Parker.

L'homme releva la tête de l'enchevêtrement des lignes et cria :

— Quoi ?

Le garçon et lui étaient accrochés à un côté de la cabine, le bateau s'inclinait dangereusement et chavirait. Au moins, ils portaient tous deux des gilets de sauvetage.

Après avoir étouffé une vague d'irritation, car ils avaient pris un bateau sans connaître les règles de navigation, Parker cria à nouveau :

— Allez ! Venez !

Les voiles battaient violemment au-dessus de lui, et le mât se penchait dans un angle anormal.

L'inconnu hocha la tête et tint le bras du petit garçon tandis que celui-ci tentait de marcher sur le pont glissant sans trébucher.

— Mets-toi sur les fesses ! lui conseilla Parker.

Le garçon, un enfant mince et blanc, ayant l'air d'avoir treize ans, obéit et glissa le reste du chemin avant de grimper par-dessus bord. Il cligna des yeux en regardant Parker qui se trouvait à trois mètres de lui, agrippant durement la rambarde, ses cheveux noirs cachant presque ses yeux.

— C'est trop loin ! s'exclama le garçon en enjambant la rambarde.

— Je ne te laisserai pas tomber !

Parker essayait de paraître aussi rassurant que possible.

— Descends dans le bateau !

La voix d'une femme les atteignit à travers le tonnerre et il aperçut la blonde qui s'était trouvée dans l'eau et qui avançait tant bien que mal sur le pont de la *Bella*, Adam à ses côtés.

— Jacob ! Fais-le maintenant !

L'homme fut soudainement là, s'écrasant sur la rambarde tandis que ses jambes prenaient l'impact. Une fille de huit ans était accrochée à lui. Après un instant suspendu, Jacob perdit l'équilibre et plongea dans le canot, bondissant à moitié. Parker le hissa et tendit la main vers la fille qui hurla lorsqu'il vacilla sur le côté.

Le mât grinçait de façon inquiétante.

— Allons-y !

Parker se mit debout et attrapa ses chevilles, ses muscles se tendant au maximum pendant qu'il essayait de garder l'équilibre.

— Je l'ai !

Eh bien, il l'avait à peine, mais il réussit à l'empêcher de tomber et à la garder dans le canot, donc c'était gagnant-gagnant. Il la donna à Jacob.

— Ça va aller, vous allez bien, les rassura-t-il.

Puis il cria à son amant :

— Jette-moi une corde !

Parker pouvait entendre Adam hurler son nom, mais il l'ignora en se hissant sur la rambarde.

— Allez sur le canot ! Je m'en charge !

Parker se jeta sur le pont vers le winch. Il regarda par-dessus son épaule, vers l'homme qui se tenait toujours à la rambarde.

— Allez-y !

Il n'allait pas laisser ce bateau chavirer complètement, ou pire, se retourner sur lui-même. Il venait juste de finir de défaire l'écoute et relâcher le hale-bas quand Adam apparut à côté de lui, ses yeux dorés étincelants et ses doigts s'enfonçant dans les épaules de Parker, ses griffes l'éraflant.

— Que fais-tu, bon sang ?

Haletant, Adam secoua son compagnon. Puis il cligna des yeux et regarda ses mains, reculant rapidement et laissant tomber ses bras.

— Qu'est-ce que *tu* fais ? Tu as nagé jusqu'ici ? Tu as laissé ces gens-là à bord de la *Bella* ? Putain de merde !

Le sang se précipitant vers ses oreilles, le jeune homme plissa les paupières à travers la pluie. Mais les inconnus semblaient les attendre sur le pont.

— Ils vont bien, Parker. C'est juste une famille qui a besoin d'aide.

— Personne n'est plus rien maintenant ! Tu as intérêt à avoir raison, dit-il avant de se tourner vers les voiles.

— Qu'est-ce que tu fais ? Le bateau coule !

— Pas sous ma putain de surveillance !

Il ne restait pas grand-chose au monde qu'il pouvait régler.

— Nous n'avons pas le temps pour ta stupide routine !

— Tu veux aider ? Va te tenir près de la dérive ! Nous allons redresser ce bébé !

Il tourna pour la lui indiquer, mais Adam grimpait déjà sur le pont à quatre pattes et avant que Parker ne puisse faire quoi que ce soit, il était de l'autre côté et tirait. Avec un grognement glacial de bois et de fibre, le bateau se redressa, Parker s'accrochant au gréement tandis qu'il se relevait.

— Ou tu peux juste utiliser ta force de loup-garou flippante. Bonne idée, marmonna-t-il.

Ils étaient assez proches pour jeter l'ancre et Parker s'affaira rapidement, se préparant autant qu'il le pouvait, et allumant les pompes pour drainer l'eau qui était sous le pont. Avec un peu de chance, il résisterait à la tempête. Lui seul avait l'expérience de la navigation, donc il devrait se débrouiller.

Adam se hissa sur le pont.

— Quoi maintenant ?

— Nous retournons à la *Bella*. Nous allumons le moteur et nous atteignons la terre ferme. Il doit y avoir une crique ou un port à proximité.

L'homme était retourné dans le canot et ils étaient à la poupe. Parker toussa tandis qu'une autre vague s'abattait sur eux. Le bateau abandonné se balança dans le tumulte, mais il n'était pas en danger immédiat d'après l'estimation de Parker. Si la tempête devenait plus violente, cela pourrait changer.

Quand ils furent de nouveau à bord et qu'il fut derrière la barre, il vérifia les instruments de navigation et ajusta le cap. Garder les voiles complètement baissées consommerait de l'essence, mais ils devaient se mettre à l'abri.

— Nous vous remercions beaucoup. Nous vous sommes reconnaissants.

La voix de l'homme était proche et Parker sursauta en pivotant.

— Mon Dieu, elle semblait venir de nulle part ! ajouta l'inconnu.

— Reculez ! aboya Parker.

Il se concentrait sur le contour d'une surface terrestre qui se rapprochait de plus en plus dans la grisaille, l'arme bien enfouie dans son jean était un poids rassurant. Ils devaient s'éloigner de ce vent...

Il y eut de l'agitation et plusieurs cris, et Adam fut brusquement là. Parker cligna des yeux en le regardant avant de les baisser sur l'homme qui était étendu sur le sol. Cela lui prit un moment pour comprendre que son amant était venu à sa rescousse et l'avait repoussé.

La femme et ses enfants s'accrochaient les uns aux autres, les yeux écarquillés. La tension se dégageait de lui en vagues, un grognement bas sortant de sa gorge.

Parker attrapa le bras d'Adam.

— Je vais bien.

Il était sur le point de montrer les crocs.

— Je voulais juste vous dire merci, déclara l'homme en levant les mains, sur la défensive. Je suis désolé !

Parker s'éclaircit la gorge.

— Ça va aller. Tout va bien. Nous allons tous bien. Éloignons-nous de cette tempête.

Il espérait qu'il n'y aurait pas un autre problème.

Une crique devrait faire l'affaire. Parker les avait dirigés de l'autre côté d'une île au large de la côte principale, où la pluie continuait à tomber, mais au moins, ils étaient protégés des vagues qui déferlaient avec fracas. Si ses calculs étaient exacts, ils allaient atteindre un refuge d'animaux. Il ne voyait aucun signe de vie, cependant, il avait demandé à Adam de s'en assurer. Non qu'ils aient d'autres options pour se cacher de la tempête.

Adam joua à son truc de Terminator, scannant chaque direction avec une intense concentration, puis il adressa un pouce levé à Parker. Les nouveaux venus étaient recroquevillés sur un siège près de la barre. Après avoir jeté l'ancre et coupé le moteur, la *Bella* se balança d'un côté à l'autre. Parker garda sa voix calme. Il devait agir normalement. Ces gens allaient probablement bien. Et s'ils avaient prévu quelque chose, il était prêt pour eux. Sans mentionner le fait qu'Adam pouvait les déchiqueter en un battement de cœur.

— Allons dans la cabine, leur lança Parker. Nous devons attendre que l'orage passe.

La petite fille trébucha dans les escaliers et Parker tendit sa main automatiquement pour prendre son bras. Elle releva son regard vers lui et se plia en deux, vomissant sur les pieds du jeune homme.

L'inconnu se précipita vers elle et la prit dans ses bras.

— Lilly !

À Parker, il ajouta :

— Oh mon Dieu ! Je suis tellement désolé.

— Ça va aller. Dans des mers aussi agitées, même les marins les plus aguerris peuvent finir par nourrir les poissons.

Parker essaya de sourire à l'enfant.

Son père se raidit.

— Dormir avec les poissons ?

Il éleva la voix par-dessus le hurlement de la tempête.

— Non, *nourrir* les poissons. Vomir par-dessus bord.

Le sourire de l'homme était tendu.

— Oh, d'accord.

Les inconnus coururent vers le sas pendant que Parker descendait vers la plateforme du canot et se lavait les pieds. Quand il remonta, Adam l'attendait.

— Tu vas bien ?

Il regardait Parker prudemment. *Trop* prudemment.

Repoussant un éclair d'irritation, Parker s'efforça de prendre un ton léger. Il n'allait pas pleurer ni vomir, pour l'amour du ciel.

— Ouais, bien sûr. Pourquoi un étudiant d'université qui se respecte ne pourrait pas gérer un petit vomi ? Oh, mais je ne suis plus un étudiant, puisque l'université n'existe plus. Bon, je m'en fous, je vais bien.

— Non, je veux dire…

Adam secoua la tête, enfonçant ses mains dans ses poches.

— Eh bien, ils m'ont semblé être de bonnes personnes, remarqua-t-il.

— Ouais. Nous verrons. Jusqu'ici, tout va bien.

Ils descendirent à leur tour dans la cabine, Parker fermant le sas derrière eux. Les inconnus étaient assis sur un long banc rembourré, portant toujours leurs gilets de sauvetage. Celui de Lilly était trop grand et était serré par une ceinture, qui devait être celle de son père. Adam dézippa le sien, mais Parker secoua la tête.

— Nous devrions tous garder nos gilets de sauvetage jusqu'à ce que ce soit fini. On ne sait jamais.

Bien que ce soit le matin, la lumière qui filtrait à travers les longs hublots et les lucarnes carrées au-dessus de la cabine était trouble. Parker alluma une lampe, mais y réfléchit un moment avant de l'éteindre.

— Juste au cas où il y a des infectés sur cette île. Ils sont attirés par la lumière.

La jeune femme hocha la tête.

— Nous avons découvert ça. Nous étions cachés avec d'autres personnes dans une cabane. C'était… C'était une mauvaise nuit.

— Nous devrions les couvrir pendant la nuit, en fait, songea Parker à haute voix en regardant les ouvertures en plastique transparent. Je ne veux pas attirer d'autres personnes non plus.

Il pensa à Petit Homme et à quelle distance la lumière pouvait être vue sur l'eau.

Il s'assit avec raideur en face de leurs invités, qui étaient perchés avec gêne sur la banquette. Après être resté quelques instants à faire son radar silencieux de loup, Adam le rejoignit.

Tout le monde était trempé jusqu'aux os, ne portant que des tee-shirts et des vêtements décontractés. Parker serra et desserra les poings, essayant de faire revenir un peu de sensation dans ses mains. Ces dernières devraient être fonctionnelles si les choses dégénéraient. L'arme s'appuyait inconfortablement dans le bas de sa colonne vertébrale, mais il ne la déplaça pas.

L'homme se tenait à peine debout, Lilly s'accrochait à lui

comme s'il allait disparaître. Il tendit la main.

— Je suis Craig Washington. C'est ma fille, Lilly, et Abigail Lowenstein et son fils, Jacob.

Adam tendit la sienne et se présenta, ensuite Parker fit la même chose à contrecœur.

La jeune femme se leva et se pencha vers eux pour leur offrir sa main.

— Appelez-moi Abby. Nous ne vous remercierons jamais assez.

Ses cheveux blonds étaient plaqués contre sa tête, s'échappant d'une queue de cheval, et elle avait quelques centimètres de racines plus froncés. Craig et elle devaient avoir la quarantaine et quand elle sourit, son visage rond dégageait une telle chaleur que cela rappela à Parker sa mère dans certains moments, comme durant les dimanches matins où elle ne se coiffait pas et ne portait pas ses perles. Les joues pâles d'Abby étaient roses. Elle donna un coup de coude à Jacob.

Celui-ci se mit debout et serra leurs mains d'une façon solennelle, sa main mince et sa prise timide. Ses genoux bosselés dépassaient de son short, et sa peau était rougie aussi. Lilly s'était blotti contre son père, son visage enfoui dans son gilet de sauvetage bien trop grand, ses cheveux bouclés tirés en chignon et ses pieds chaussés remontrés sous elle sur le banc. Elle frissonna, et son père frotta son bras nu.

Après qu'ils se soient regardés tous pendant un moment, Adam s'éclaircit la gorge.

— Je suis désolé de ce qu'il s'est passé sur le pont. Je me suis un peu emporté. Toute cette adrénaline. Ça n'arrivera plus.

— Il est surprotecteur, ajouta Parker en tentant de sourire.

Oh, mon Dieu, faites que cette tempête se termine.

L'agonie qu'il ressentait à cette petite discussion combinée à sa suspicion et sa crainte, c'était le pire.

Craig leva les mains.

— Pas besoin d'être désolé. Je n'aurais pas dû surprendre Parker. On ne distrait pas le conducteur, pas vrai ? C'est ce que mon père a toujours dit.

Le silence s'abattit sur eux à nouveau, en dehors de la pluie violente qui frappait les lucarnes et Jacob qui tapait du pied sur le sol d'un rythme saccadé. Abby immobilisa sa jambe avec une main sur son genou.

— Hum, voulez-vous boire quelque chose de chaud ? demanda Parker. Il y a une machine. Nous avons du chocolat chau…

Se rappelant les placards vides après la visite des pirates, il rougit.

— Désolé, nous n'avons plus rien, en fait.

— Il y a du café, dit doucement Adam. J'en ai pris un peu.

— Ce serait génial, répondit Abby et Craig hocha la tête.

Pendant que la machine à café intégrée dans le comptoir infusait, Parker se réinstalla sur le banc.

— Donc, hum, comment avez-vous fini sur un bateau ? demanda-t-il.

Même s'il détestait ce petit bavardage, le silence était horrible.

— Nous venons de Winston-Salem, répliqua Craig. Au début, nous avons pensé essayer Washington. Nous pensions que les choses pourraient être meilleures là-bas.

Il grimaça.

— Apparemment, c'était pire, donc nous nous sommes dirigés vers la côte. Je ne connais pas grand-chose aux bateaux, comme vous devez le savoir. Mais nous avons pensé que peut-être… peut-être que ce serait mieux puisque les infectés ne pouvaient pas nager, continua-t-il en soupirant. Merci encore. Je ne croyais pas vraiment qu'on allait répondre à la radio. Du moins, personne qui voulait vraiment nous aider.

Qu'il ait songé une seconde à ignorer leur signal de détresse fit tortiller Parker sur son siège, mal à l'aise, et la honte l'envahit, son visage devenant rouge. Dieu merci, il n'avait pas laissé la crainte le submerger.

Il haussa les épaules, choisissant de paraître décontracté et échouant probablement.

— Nous n'étions pas loin. Donc, ce n'est pas un problème.

Bien sûr que c'était un énorme problème pour diverses raisons, mais ils étaient coincés ensemble pour l'instant.

Le silence pesa sur eux pendant que le café se préparait. Parker essaya de se détendre, toutefois, c'était des étrangers sur son bateau et, peu importait à quel point, ils semblaient inoffensifs… non. Impossible qu'il se détende. Il chercha une autre question à poser, puisqu'il n'avait jamais pu supporter le silence.

— Vous êtes-vous rencontrés sur la route, ou bien vous connaissiez-vous auparavant ?

Craig et Abby échangèrent un sourire fatigué et elle répondit :

— Eh bien, nous finissions notre troisième rendez-vous quand le monde est parti en vrille. Et vous connaissez le reste. Et vous ? Vous vous connaissiez auparavant ?

Parker ne put s'empêcher de sourire.

— Ouais. Nous venions juste de nous rencontrer, mais nous ne pouvions pas nous supporter. Nous avons dépassé ça. Maintenant, il est fou de moi. Et je suppose qu'il fait l'affaire.

À côté de lui, Adam renifla doucement.

— Donc, vous êtes un couple ? demanda Craig.

La tension revint dans les membres fatigués de Parker.

— Nous le sommes, cracha-t-il. Si c'est un problème…

— Non, non, le coupa rapidement Craig en secouant la tête. Pas du tout.

— Bien sûr que non, renchérit Abby avec un sourire sincère.

Elle regarda Jacob, qui baissa brusquement la tête.

Parker fronça les sourcils.

— Bref, c'est incroyable le fait que tout le monde meurt ou se transforme en monstres sanguinaires remets ces conneries en perspective.

Il regarda Lilly.

— Hum… ces choses, je veux dire.

— Monstres, répéta Jacob.

Il enveloppa ses bras autour de son ventre et maintenant, il regardait Parker de ses yeux noir intense. Quelques boutons rouges parsemaient son menton et son front.

— Tu sais ce qui cloche chez eux ?

— C'est apparemment un virus, répondit Parker. Certains disent qu'il a été créé par des illuminés religieux. Mais nous ne savons pas vraiment.

— Difficile de savoir quoi que ce soit, ces jours-ci, intervint Craig en essayant de sourire. Je n'aurais jamais pensé que les chaînes de nouvelles me manqueraient.

La machine à café tinta et Parker bondit sur ses pieds pour remplir les tasses. Il prit de l'eau pour les enfants et ouvrit aussi la boîte de cookies. Ils se servirent tous en les passant à chacun, sirotant et mâchouillant tout en partageant des rumeurs qu'ils avaient entendues à la radio et d'autres survivants.

— Que vous est-il arrivé ici ? demanda Abby, indiquant un côté de sa tête et hochant le menton vers Parker.

Adam devint rigide et Parker essaya de calmer les soudains battements de son cœur.

— Nous avons croisé quelques pirates modernes, l'autre jour. Un petit avertissement : si vous voyez un bateau nommé *La Belle Vie* ? Ne vous en approchez pas. Ils ont volé la plus grande partie de nos réserves, mais je vais bien. Adam se trouvait sur la terre ferme pour nous approvisionner.

Il leva un cookie.

— C'est bon, hein ?

L'enfonçant dans sa bouche, il le mâchouilla. Tout allait bien. *Il* allait bien. Oui, sa tête lui faisait encore mal, mais il l'avait à peine remarqué avec la tempête.

Pour le reste, il était un grand garçon. Il n'allait pas laisser ça l'atteindre. En plus, rien ne s'était *vraiment passé*. Donc, il était stupide que sa peau le gratte et qu'il imagine toujours sentir la main sale de ce connard sur lui.

— Je suis tellement désolé, déclara Abby, son visage se faisant compatissant. C'est horrible. Nous avons croisé quelques individus peu recommandables, mais nous avons été chanceux.

— Nous avions pensé essayer l'Ile du Salut. Avez-vous entendu leurs messages ? s'enquit Craig.

Le cookie était comme une pierre descendant dans le système digestif de Parker.

— Nous n'irons pas, décréta-t-il.

Adam était un mur de tension à côté de lui et Parker pouvait presque entendre le *« et si… »* dans la tête de son compagnon.

— Oh, avez-vous entendu quelque chose de mauvais à leur sujet ? demanda Craig en fronçant les sourcils. Dîtes-nous, s'il vous plaît.

Adam s'éclaircit la gorge.

— Nous avons seulement entendu les messages qu'ils ont envoyés. Parker est juste prudent.

Ce dernier serra les dents, essayant de repousser l'éclair d'irritation qui allait exploser d'une minute à une autre.

— Je pense que nous venons de comprendre pourquoi je dois être *prudent.*

Ne fais pas comme si j'étais devenu paranoïaque, tout à coup.

Il espérait qu'il avait bien passé le message dans son regard noir.

Les yeux adoucis, Adam hocha la tête.

— Tu as raison. Nous sommes tous deux prudents, à juste titre.

— Ce serait stupide de baisser notre garde, renchérit Parker en tendant sa main à travers la cabine. Je suis certain que Craig et Abby sont d'accord.

Un silence gênant régna pendant un moment avant que Craig

ne le brise.

— C'est vrai, déclara-t-il en prenant une gorgée de son café. J'avoue que ça semblait trop beau pour être vrai.

— Oui ! Exactement ! répliqua Parker en hochant vigoureusement la tête. Trop beau pour être vrai. Ce sont probablement des cannib…

Il s'interrompit en voyant les yeux de Lilly s'écarquiller.

— Euh… probablement pas des gens gentils, rectifia-t-il.

Abby et Craig échangèrent un regard, et ce dernier serra Lilly plus fort contre lui.

— Je suppose que nous n'y avons pas trop réfléchi, dit-elle. Nous espérons trouver le meilleur, vous savez ? Vous pensez vraiment que ces gens sont dangereux ?

— Je ne sais pas vraiment, mais je ne pense pas que ça vaille la peine de vérifier. Ça m'a l'air d'un piège.

— Et puis, il y a le fait que nous ne connaissons pas grand-chose à la navigation pour sortir du port, déclara Craig. Les maudites cordes des voiles se sont complètement emmêlées. Même avant la tempête, nous n'étions pas dans notre élément. Vous semblez en savoir beaucoup, Parker.

Parker fut reconnaissant à ce changement de sujet, même si ce n'était qu'un simple bavardage.

— J'en connais assez. J'ai navigué pendant la plupart de mes étés. À Cape Cod.

— Tu dois être riche, marmonna Jacob.

— *Jacob*. Ne sois pas grossier, déclara sèchement Abby, puis elle sourit à Parker. Ça doit être génial.

— Ouais. C'était super. Et oui, mes parents étaient très riches. J'étais riche. J'étais très chanceux aussi. Nous avions notre propre bateau et une maison au Cape.

Une soudaine sensation de nostalgie pour Éric et leurs parents lui coupa le souffle. Quelques bribes de souvenirs traversèrent son esprit :

Dans le bateau, se balançant durant une parfaite journée d'été avec le ciel si bleu au-dessus d'eux que maman l'avait décrété « officiellement azuré ». Se prendre en photo avec un gars portant un costume de langouste. S'endormir sur l'épaule d'Éric sur le siège arrière en rentrant à la maison de la marina, sa peau raide à cause du sel et du soleil.

— Est-ce qu'ils sont morts ? demanda Jacob, direct.

Les narines évasées, Abby lança un regard noir à son fils.

— *Jacob* !

— Ce n'est rien.

Parker croisa les yeux ouvertement curieux du garçon.

— Ouais. Je pense qu'ils le sont. Mes parents, je veux dire. J'espère que mon frère est toujours en vie, lui. Éric. Il était à Londres. Avez-vous entendu quelque chose sur Londres ?

Abby et Craig secouèrent la tête.

— Nous avons juste entendu dire que l'Europe est infestée, répliqua ce dernier. La population est si dense là-bas…

Jacob découpa son cookie en mille morceaux.

— Tu as entendu parler de San Francisco ?

Abby soupira.

— Chéri…

— Nous étions là-bas, en fait, répondit Parker.

Jacob se redressa soudain et il grandit de quelques centimètres, son regard était intense.

— C'est vrai ? Où ? Le centre-ville ? Oakland ?

— Palo Alto. Nous étions à Stanford. Mais toute la Baie a été frappée durement. C'était vraiment mauvais.

Le jeune garçon se lécha les lèvres.

— Si nous allions là-bas, penses-tu que…

— Nous n'irons pas, l'interrompit Abby en l'entourant de son bras. Chéri, il n'y a aucun moyen pour que nous puissions traverser tout le pays. Nous avons à peine atteint la côte. Même si c'est le cas, je ne vois pas comment nous allons le trouver.

En repoussant le bras de sa mère, Jacob bondit sur ses pieds et se précipita vers le sas.

— J'ai besoin d'un peu d'air.

— C'est dangereux ! Rassieds-toi ! s'écria Abby, en s'élançant après lui.

— Je vais le rejoindre, offrit Adam.

Abby hésita pendant que son fils disparaissait sur le pont, regardant entre les escaliers et Adam.

— J'ai besoin d'un peu d'air aussi, dit ce dernier. Mais si vous voulez…

— Ça sera bon pour lui de parler à quelqu'un d'autre, intervint Craig. Pour avoir une opinion différente.

Elle réfléchit pendant quelques instants avant de hocher la tête et de se rassoir, ses doigts s'entremêlant à ceux de Craig.

— OK, merci.

Parker ouvrit la bouche et Adam posa une main douce sur son genou.

— Oui, je vais m'assurer que nous soyons tous les deux attachés à la ligne de sécurité.

Il regarda son amant intensément.

— Ça ira pour toi ?

— Nous allons bien, le rassura Parker. Va partager un peu de sagesse.

Adam suivit Jacob sur le pont et ferma le sas derrière eux.

Parker sourit faiblement à la jeune femme.

— Ne vous inquiétez pas. Adam ne laissera rien lui arriver. Je suis certain que cette tempête va se calmer bientôt.

Comme pour le traiter de menteur, une nouvelle rafale de pluie éclaboussa les lucarnes.

Abby frotta son visage.

— Je suis désolée à propos de ça. Son père vit à Oakland. Eh bien, il y vivait.

Elle s'interrompit en riant sans humour, murmurant presque :

— Ce fils de pute nous a laissé tomber il y a des années et il a emménagé là-bas avec sa nouvelle petite amie. Il a deux enfants que Jacob n'a jamais rencontrés. Mais à présent, il est obsédé par l'idée de trouver son père. Ce connard ne le méritait pas avant et il ne le mérite sûrement pas maintenant.

Puis elle regarda Lilly comme si elle avait oublié sa présence et elle posa une main sur l'épaule de la petite fille. Elle grimaça en se tournant vers Craig.

— Désolée, ma chérie.

La voix de Lilly était étouffée par son gilet de sauvetage où elle était tout contre son père.

— Ça va aller. Je pense aussi que le papa de Jacob est un crétin.

Alors que Craig se mettait à rire et déposait un baiser sur la tête de sa fille, Parker se demanda où était sa mère. Il résista à l'envie de l'interroger, mais à peine.

— Vous ne voulez sûrement pas essayer de traverser le pays. Nous y sommes parvenus, mais ce n'était pas facile.

— Je veux bien le croire, dit Abby en souriant tristement. J'aimerais juste savoir où aller. Apparemment, nous ne pouvons pas y retourner, cependant, le chemin à parcourir ne nous enchante pas non plus.

Dans le silence, ils se fixèrent tous les uns les autres, les yeux noirs de Lilly examinant Parker par-dessus son gilet de sauvetage. Il se demanda de quoi Jacob et Adam parlaient sur le pont.

Il s'éclaircit la gorge.

— Eh bien, nous pouvons vous déposer sur la terre ferme si votre bateau n'est plus là après la tempête. Je suis sûr que vous pourrez trouver une voiture.

— Merci, déclara Craig, le sourire tendu. Nous apprécierons.

Ils sursautèrent tous quand la radio s'alluma avec un sifflement. Parker se rendit compte qu'il avait augmenté le volume un peu plus tôt.

— Ici l'Ile du Salut. Nous avons des médicaments et de la

nourriture. Vous serez en sécurité ici.

Tandis que la femme continuait sur sa lancée, Parker se tortilla sous le regard fixe de Lilly.

— Peut-être que nous pourrons vous aider à trouver une voiture, suggéra-t-il dans le silence qui suivit. Mais après, nous devrons reprendre notre chemin.

— Bien sûr, le rassura Abby. Nous vous sommes reconnaissants pour tout ce que vous pourrez faire pour nous aider. Vous nous avez déjà sauvés la vie et nous n'attendons rien d'autre.

Parker enfonça un autre cookie dans sa bouche, essayant de savourer le beurre de cacahouète crémeux et ignorer l'éclair de culpabilité qui lui nouait l'estomac et le métal froid qui pressait contre son dos.

Chapitre 5

— TU ES supposé dormir.

Adam n'avait pas besoin de se tourner de sa place sur la proue pour voir Parker s'avancer derrière lui. Il pouvait sentir son odeur, oui, mais c'était comme s'il l'avait senti se rapprocher de tout son corps, les poils sur ses bras se hérissant pour le saluer, sa peau chantant et une conscience primitive l'emplissant. La chose qui se rapprochait le plus de sa relation avec son compagnon était le lien familial qu'il avait partagé avec ses parents et ses sœurs, cependant, c'était différent.

Les mains enfouis dans les grandes poches de son sweatshirt, Parker haussa les épaules, se tenant à côté d'Adam.

— Ils sont endormis sur notre lit. Ils voulaient rester ensemble, donc j'ai dit que nous allions prendre l'autre cabine. Nous pouvons retourner à leur bateau, demain matin. Heureusement, il est toujours là.

Il rejeta la tête en arrière.

— Nous pouvons voir les étoiles, poursuivit-il. On dirait que la tempête est passée.

Il s'était arrêté de pleuvoir quelques heures plus tôt, bien que l'air restait humide, le pont toujours trempé sous les bottes d'Adam.

— Tu n'as pas froid aux pieds ?

Parker traça une ligne dans le bois avec son gros orteil.

— Pas vraiment.

Adam fut frappé par le souvenir d'un hiver sans fin au Minnesota et d'un chalet pour le week-end. Ses parents s'étaient transformés sous leur forme de loup et avaient bondi dans la neige en traversant le lac gelé pendant que ses sœurs et lui les pourchassaient, les filles exigeant de savoir quand ils allaient leur apprendre les secrets de la transformation. Adam avait voulu le savoir aussi, mais il avait principalement été heureux tout simplement d'être avec sa famille et d'être libre, à des kilomètres de tout le monde, et qu'ils soient en mesure d'être eux-mêmes.

Après ça, dans le chalet, ses parents s'étaient assis devant le feu avec leurs orteils sortant d'un enchevêtrement de couvertures, Adam et ses sœurs tous blottis les uns contre les autres, tout en battements de cœur et en chaleur.

À présent, il pouvait entendre la respiration de la famille qui se trouvait en bas, pouvait sentir leurs battements de cœur et leur chaleur d'être pressés l'un contre l'autre, leurs murmures d'espoir surpassant la crainte et l'inquiétude qui grandissaient de plus en plus, à chaque moment qui passait dans cette sécurité éphémère. Chaque moment passé ensemble.

Il parcourut à nouveau des yeux l'île sombre. Il pouvait voir clairement à travers les arbres et il n'y avait aucun monstre ni personne. C'était paisible, le bateau se balançait doucement de temps à autre et le vent était calme. Les respirations faibles et régulières qui venaient d'en dessous firent écho sous ses pieds, renforçant la sienne.

— C'est agréable, n'est-ce pas ? demanda Adam. Les avoir avec nous.

Le sourcil de Parker se fronçait tellement qu'il aurait sûrement des rides. *S'il vit aussi longtemps.* Adam fit courir une main sur la tête de son compagnon, ayant besoin de le toucher. Peut-être qu'il pourrait le filmer plus tard, le faire parler pour la caméra. Mais il sentait que Parker n'était pas d'humeur en ce moment même.

— C'est… je ne sais pas, répondit Parker en frissonnant. Ça va aller. Pour l'instant. Je veux dire…

Il fit rouler son cou nerveusement, ses mains toujours enfoncées dans ses poches.

— Qu'allons-nous faire à propos d'eux ? demanda Parker.

Adam regarda les arbres.

— Ils ont l'air corrects. C'est utile qu'Abby soit secouriste.

— C'est vrai. C'est dommage cependant que Craig soit juste un Responsable des relations publiques. Je ne pense pas que nous aurons besoin de communiqués de presse ni de conseil en image.

Adam se mit à rire timidement.

— Probablement pas. Mais… ils semblent être des gens de confiance. N'est-ce pas ?

— Oui. Cependant, nous avons déjà été piégés auparavant.

Des pensées bondirent dans la tête d'Adam : le sourire étincelant de Ramon, son réveil attaché à un lit et impuissant, accroché à Parker sur Mariah. Il n'aurait pas dû faire confiance à Ramon, mais il souffrait encore de la perte d'avoir connu un autre loup-garou. Des années étaient passées et pendant aussi longtemps, il avait repoussé l'idée d'en retrouver un et s'était toujours dit que cela n'arriverait pas.

Ensuite, il avait rencontré Parker, et c'était quelque chose qu'il ne pensait pas avoir non plus : un amant et un partenaire, quelqu'un qui remplissait les vides en lui, quelqu'un qui était plus qu'un coup rapide. Et à présent, ces gens avec eux… cette *famille* qui s'accrochait les uns aux autres et voulait être en sécurité, et si Adam pouvait avoir un partenaire, peut-être qu'il pourrait avoir une meute aussi. S'ils allaient sur cette île…

Ensuite, plus d'images s'infiltrèrent dans son esprit : Parker… nu et blessé, saignant et seul. L'impuissance qu'Adam avait ressentie déferla sur lui.

— Quoi ?

Adam réalisa qu'il fixait son compagnon et l'hématome qu'il avait à la tempe.

— Rien.

Soupirant et fronçant toujours les sourcils, Parker regarda son petit ami pendant quelques instants avant de prendre l'une des cordes qui s'alignaient sur un côté du bateau et de l'envelopper autour de ses doigts.

— Ils semblent être des gens décents. Nous pouvons les ramener à leur bateau demain pour voir s'il est toujours là. Pour apporter leurs affaires. Mais ensuite quoi ? Je leur ai dit que nous pourrions les déposer sur la terre ferme. Ils ne savent même pas ce que hisser un foc veut dire. Même toi, tu le sais maintenant. Ils vont mourir sur l'océan.

— Tu pourrais leur apprendre, suggéra Adam.

— Je suppose.

Parker défit la corde et recommença, l'enveloppant autour de ses doigts.

— Je pourrais leur donner un cours rapide, et ensuite, nous pourrons reprendre notre chemin. La saison des ouragans devrait être finie. Nous pouvons nous diriger vers les Caraïbes. Nous ne sommes pas loin de Beaufort. C'est l'un des bons endroits pour traverser le Courant du Golfe.

— De quoi s'agit-il exactement ? Mis à part l'endroit où Dexter a jeté ses corps. C'est un courant fort, pas vrai ?

Un sourire effleura les lèvres de Parker et Adam voulut l'attirer plus près et capturer sa bouche. Cependant, il garda ses mains près de lui. Son compagnon guérissait toujours, et il ne voulait rien faire de… mal.

— C'est vrai, c'est un courant fort, répondit Parker. C'est presque comme un fleuve dans l'océan qui se dilue vers le nord. Il est plus étroit là où il commence en Floride. Il fait cinquante à soixante kilomètres, je pense ? Il devient plus large en allant vers le nord, et il s'écoule à une vitesse de 9 kilomètres par heure. Ça ne semble pas beaucoup, mais si tu es piégé dans un vent qui souffle du nord, tu es foutu. De grandes vagues se forment. Tu ne peux traverser que lorsque le vent souffle du sud ou du sud-ouest. Mais nous n'avons plus de bulletins météorologiques, donc ça sera difficile de juger. Les vents changent vite.

Adam y réfléchit.

— Donc, si nous traversons le Courant du Golfe, nous irions… au sud vers les Caraïbes ? Pratiquement au beau milieu de l'océan ?

— Ouep. Nous essayerons de trouver les vents alizés qui nous dirigeront vers le Sud-est. C'est le bon moment de l'année pour ça.

— Tu sais où ces vents seront ?

— À peu près. Ça dépend de la saison. Mais comme je l'ai dit, ils peuvent changer et avec le réchauffement climatique, les schémas ne sont pas aussi stables que d'habitude. Nous ne devrions pas avoir d'ouragans maintenant que nous sommes en novembre, mais je ne l'exclus pas. Et c'est toujours un risque de naviguer en haute mer. Tu ne sais jamais ce qui peut arriver là-bas. Nous ne pouvons pas jeter l'ancre, donc nous continuerons à naviguer pendant la nuit aussi. Éviter les routes maritimes était un gros problème, mais plus maintenant, je suppose, déclara Parker en dénouant la corde enroulée autour de sa main. C'est bizarre, n'est-ce pas ? C'est parfois difficile de croire à quelle vitesse le monde est parti en fumée.

— Tout ce que nous croyions était important, murmura Adam en secouant la tête. J'ai l'impression que c'est une autre vie. Surréaliste. Je ne te connais que depuis *deux mois*.

— C'est vraiment trop bizarre. Je ne peux pas imaginer ne pas te connaître.

La pensée de vivre dans ce Nouveau Monde sans Parker le rendit malade. Il mourrait d'envie de le plaquer contre son corps et de se fondre en lui, mais ce dernier parlait toujours et Adam se reconcentra.

— Donc, je ne pense pas que ce soit une bonne idée. Je ne suis pas un expert en navigation. Je connais des trucs, mais je pourrais tout aussi bien me planter si nous nous aventurons dans l'océan.

Nous avons été chanceux jusqu'ici.

— OK. Donc, nous allons vers le sud en longeant la côte. Rester près de la terre ferme ?

Parker hocha la tête.

— Normalement, je prendrais les CI. Désolé. Je veux dire, les canaux internes. C'est pratiquement un moyen plus sûr pour aller en Floride. Ils longent la côte, mais ce sont des rivières, des lacs et des canaux.

— Pourquoi ne pouvons-nous pas les prendre maintenant ?

— Il y a beaucoup d'écluses. Tu sais, dans les canaux, où le niveau d'eau change ? Je ne pense pas que nous pouvons ouvrir ou fermer ces portes nous-mêmes. Et certains ponts doivent être levés puisqu'ils sont trop bas pour les mâts. Il y a des risques dans tous les cas, mais être piégé dans une écluse ou fissurer notre mât sur un pont bas n'est pas un scénario auquel je veux songer.

Adam pouvait imaginer des monstres grouillant dans leur direction de chaque côté avec les bras tendus, les doigts sanglants. Même s'il pouvait les combattre, il ne le voulait pas.

— D'accord.

Il releva son regard sur la Grande Ourse dans le ciel.

— Alors, nous restons sur l'océan. La question est : est-ce que nous le faisons seuls ?

Parker agrippa la corde.

— J'aimerais dire oui. Que nous le fassions seuls.

Il attendit.

— Mais ? demanda Adam.

Avec un soupir, Parker secoua la tête.

— Ils semblent être des gens décents. Ils ont des enfants. Ils ont besoin de notre aide. En plus, ils peuvent nous aider. Avoir une secouriste avec nous pourrait vraiment être important. La force en nombre.

— Je pense que nous pouvons leur faire confiance, dit Adam. Jacob n'a pas dit grand-chose quand nous étions sur le pont, mais il m'a un peu parlé. Je ne pense pas qu'ils feraient du mal à qui que ce soit. Nous irons lentement. Nous garderons chacun notre bateau. Et nous ne leur dirons pas à propos de moi.

— Sûrement pas, décréta Parker. Ils doivent faire leurs preuves pour que nous leur confiions ça. Nous verrons bien où ça nous mènera. Si nous sentons que nous devons couper la corde, nous le ferons. Hop, c'est coupé. OK ?

— OK.

Parker laissa échapper un long soupir.

— Merde. Quelle journée. J'espère que leur bateau est toujours là, murmura-t-il en passant une main sur son visage.

— Va dormir. Il se fait tard.

— Tu devrais toi aussi. Viens.

Il prit la main d'Adam, mais ce dernier resta immobile.

— Je vais faire le guet. Je ne suis pas fatigué.

Parker enfonça ses poings dans la grande poche de son sweatshirt. Il regarda son amant pendant un long moment.

— Qu'est-ce que…

Il s'interrompit en secouant la tête.

— OK. Réveille-moi dans quelques heures et nous échangerons nos places.

Adam hocha la tête et Parker disparut dans la cabine. Il n'y avait aucune chance qu'il réveille son compagnon et ils le savaient tous les deux. Il étouffa un bâillement et s'étira la nuque. Dormir serait fantastique, cependant, il était de son devoir de le protéger. Il n'échouerait pas, cette fois-ci.

ALORS QUE LA *Bella* se balançait au doux roulis des vagues, Adam écarta ses jambes et jeta la ligne de nouveau, savourant le son de cette dernière sortant de la bobine. Il n'avait jamais pêché auparavant, mais il avait toujours associé ces bruits distincts avec la relaxation.

Ils étaient assez loin, par conséquent, il ne pouvait pas entendre les marmonnements des infectés qui se trouvaient sur la terre ferme. Ainsi que les cris plaintifs des goélands et l'eau claquant la coque, les seuls sons emplissant ses oreilles tandis que la journée déclinait étaient la voix de Parker qui retentissait de l'autre bateau, et les battements de cœur d'Abby, de Craig et des enfants.

— D'accord, donc quelle est la différence entre la barre et la quille ? demanda Parker, se tenant sur le pont du *Saltwater Taffy* avec les autres qui étaient assis à ses pieds.

Il leur avait dit tellement de nouveaux mots qu'Adam serait surpris s'ils pouvaient se rappeler leurs propres noms.

Mais la petite Lilly leva la main.

— Hum, la barre est faite pour diriger, et la quille est faite pour rester stable.

— Exactement !

Adam regarda l'eau, envoûté par la ligne de pêche. Maintenant qu'ils avaient décidé de garder les nouveaux venus, Parker souriait plus facilement. Il avait fallu une longue journée pour récupérer l'autre bateau, qui dansait miraculeusement sur les flots. Il avait fallu des heures à Parker pour défaire les lignes et les rendre navigables encore une fois. Il leur avait appris ce qu'il avait appelé « les bases », une litanie étourdissante de termes et de procédures nautiques.

Ils avaient finalement continué leur route et avaient trouvé une crique isolée près d'une petite île dans le sud des Outer Banks. Adam avait plongé dans l'eau pour aller sur le rivage et parcourir les alentours, s'assurant qu'ils étaient bel et bien seuls. Il avait pris son temps, et Craig et Abby ne lui avaient pas demandé pourquoi il y était allé seul. Ils avaient juste semblé soulagés d'avoir le feu vert.

Les deux bateaux étaient ancrés à une certaine distance l'un de l'autre après que Parker ait fait ses calculs sur la profondeur, le « rayon de rotation » et la « barre » d'ancrage. Tout le monde l'avait fixé d'un regard vide pendant qu'il expliquait qu'ils ne voulaient pas qu'ils dérivent et se heurtent dans la nuit ou que les lignes d'ancrage s'entremêlent.

Parker avait marmonné qu'il avait du pain sur planche s'il devait leur apprendre à tous les règles de navigation et Seigneur, Adam avait voulu l'embrasser à ce moment-là. Ses lèvres tressaillaient toujours d'ailleurs.

Au lieu de ça, il sortit la caméra de sa poche et commença à filmer l'autre bateau. Personne ne le remarqua, et il filma tout le monde à bord, passant de l'un à l'autre, capturant leurs visages et leurs voix.

— OK, maintenant, nous allons lever les voiles encore une fois, dit Parker. Euh, Jacob, qu'en penses-tu ?

La tête de ce dernier se releva brusquement.

— Moi ?

— Oui, bien sûr, pourquoi pas ? La seule manière d'apprendre vraiment est de le faire.

— Tu vas réussir, chéri, l'encouragea Abby alors que Craig lui tapotait l'épaule.

Parker tendit sa main vers le garçon pour le remettre debout.

— Je le faisais quand j'étais plus jeune que toi. Fais-moi confiance.

Le cœur de Jacob bondit en prenant la main de Parker et Adam inclina sa tête sur le côté tandis qu'il observait la scène, sa ligne de pêche complètement oubliée pour le moment.

— OK, donc rappelle-toi que la manière dont les voiles sont positionnées dépend de plusieurs conditions : là où nous nous dirigeons et d'où le vent souffle. Tu dois ajuster tes voiles pour qu'elles fonctionnent plus efficacement. Nous voulons minimiser la résistance de frottement et optimiser le levage. Presque comme les ailes d'un avion. D'accord, regarde la grand-voile.

Avec sa main posée sur le dos de Jacob, Parker le positionna.

Pendant que la leçon se poursuivait, Adam éteignit sa caméra et écouta le cœur du garçon faire des bonds comme un chien joyeux. Il sourit intérieurement. Ce gamin n'avait pas peur… sa sueur sentait bon, avec un soupçon de désir. Non, il n'avait pas peur du tout et Adam se rappela ces mêmes sentiments agités chaque fois qu'il se rapprochait de Henry Chen quand ils étaient partenaires de labo au lycée.

Il jeta sa ligne de nouveau, se concentrant sur le son des vagues et le chant des oiseaux, la voix de Parker demeurant un murmure plaisant et indistinct. Au cours des années, il s'était entraîné à restreindre son champ d'écoute pour ne pas devenir fou à entendre les autres, surtout lorsqu'il voulait du silence et du calme.

Il réussit à attraper deux poissons décents lorsque Parker revint avec le canot.

— La leçon s'est bien passée ? demanda Adam.

— Je pense, oui. Tu sais que tu as besoin d'un petit rappel. Ou de cinq. Dix, probablement.

Parker disparut dans le sas et apporta les cartes nautiques.

— Ouais, ouais.

Adam jeta sa ligne.

— Je n'ai pas vraiment besoin d'apprendre. Je t'ai. Je suis juste le garçon de cabine sur ce paquebot, rappelle-toi ?

Il se mit à rire.

— Ton manque d'ambition peut se retourner contre toi si je ne suis pas là, un jour.

Toute l'aisance qu'il avait ressentie disparut et un étau se resserra sur son estomac.

— Ce n'est pas drôle.

Expirant d'un air exaspéré, Parker s'étendit sur le pont.

— Je plaisantais. Détends-toi.

Adam ne répondit pas, retournant à sa pêche. Le crayon de Parker gribouilla sur le papier de là où il était étendu sous le soleil couchant, à examiner ses cartes.

La brise était fraîche, mais en dehors de son sweatshirt et de son jean, ses pieds étaient nus. Il se grattait la nuque et Adam se concentra sur le passage des ongles courts de Parker sur ses cheveux qui s'allongeaient, le bruit du frottement lui donnant envie de le toucher. Ensuite, malgré ses efforts, le regard d'Adam fut attiré par l'hématome violet sur la tempe de son compagnon, les bords rouges commençant à disparaître et à devenir jaunes.

Il repensa à son corps effondré sur le pont, frissonnant violemment, exposé et seul. Inspirant difficilement, Adam sentit ses dents lui faire mal et il serra la mâchoire pour contrôler ses crocs.

— Oh, mon Dieu, tu vas arrêter à la fin !

Clignant rapidement des yeux, il se concentra sur la fine ligne que formaient les lèvres de Parker. Il essaya de penser à ce qu'il avait fait de mal et ne trouva rien, alors il haussa un sourcil.

— Arrête de me regarder ! siffla le jeune homme, se positionnant sur les genoux et pliant les cartes avec des mouvements brusques.

— Que j'arrête de te regarder ? répéta-t-il.

Quelque chose tira sur sa ligne et il la releva trop rapidement, parce qu'il ne trouva que le crochet et le leurre. Il tenta de plaisanter, baissant sa voix et la rendant sensuelle.

— Je pensais que tu aimais quand je te regardais.

Parker le fixa un moment.

— Tu ne comprends pas, n'est-ce pas ?

Serrant la mâchoire, il se dirigea d'un pas rageur vers la poupe, les pieds frappant le bois.

Après avoir laissé tomber la canne à pêche sous les bancs situés à la proue, Adam le suivit, le rattrapant au sas grâce à ses longues enjambées. Il voulut prendre son bras, cependant, il laissa planer sa main à quelques centimètres seulement.

— Parker, qu'est-ce que...

Pivotant sur lui-même, Parker regarda la main tendue de son

compagnon avec une expression accusatrice, puis il croisa son regard.

— Arrête de me regarder comme si j'étais *brisé* !

Tandis que le cri du jeune homme retentissait sur l'eau, Adam remarqua la cessation de toute discussion dans l'autre bateau. Parker descendit rapidement les escaliers.

— Tout va bien ! leur lança Adam en agitant la main vers les autres avant de suivre son amant.

Il faisait les cent pas dans la cabine, l'écran radar projetant une faible lumière verte dans la pièce, chassant l'obscurité.

— Je ne suis pas…

Adam s'interrompit en essayant de penser aux mots justes.

— Si !

À quelques pas de lui, Parker s'arrêta, faisant de grands gestes de ses mains.

— Je vais bien, Adam. Je vais bien. Ce n'était rien !

— Ça l'était.

Il tapota un côté de sa tête.

— Je le sens à peine, donc arrête d'agir comme si c'était grave ! cria-t-il.

— Tu étais blessé, murmura Adam, gardant sa voix calme. Ils t'ont blessé et je…

— Tu quoi ? demanda-t-il en levant les mains au ciel.

— Je n'étais pas là ! Je n'ai pas pu les arrêter !

Ses paroles restèrent lourdement suspendues dans l'air humide.

La lumière verte vacilla sur le visage de Parker pendant qu'il s'avançait vers lui.

— C'est le monde dans lequel nous vivons maintenant. Des monstres et des pirates et je ne sais quoi d'autre. Ça craint, mais c'est fait et je vais bien.

— Tu sais ce que j'ai ressenti quand je t'ai trouvé comme ça ? lâcha Adam.

Les sourcils de Parker se haussèrent.

— Ouais, je sais. Parce que je t'ai vu inconscient et impuissant dans ce laboratoire où ils t'ont découpé pour leurs expériences. Et j'ai détesté ça, mais je sais que tu es fort et je n'en pense pas moins de toi.

— Quoi ? Je n'en pense pas moins de toi non plus !

Une douleur sans nom traversa le visage de Parker, faisant bondir le cœur d'Adam.

— Alors, pourquoi tu me touches à peine ?

— Quoi ? Non, je te touche.

Adam tendit sa main comme pour le prouver, mais son compagnon s'esquiva.

— Pas de la même manière. C'est différent maintenant. C'est comme si tu pensais que j'allais me briser. Et tu n'as même pas essayé de me baiser.

— Nous avons à peine été seuls ! Nous étions occupés, protesta-t-il en faisant un geste vers l'autre bateau.

— Ou est-ce juste une excuse parce qu'à présent, je suis…

Parker s'interrompit et déglutit difficilement.

— … je suis faible, termina-t-il.

Adam s'avança vers lui rapidement et agrippa l'arrière de sa tête, l'attirant dans un baiser sauvage, leurs bouches écrasées l'une contre l'autre. Parker enfonça ses doigts dans les côtés d'Adam, attrapant son tee-shirt. Ils ouvrirent les lèvres, leurs dents claquant ensemble et leurs barbes grattant la peau de l'autre.

Quand Adam recula pour reprendre son souffle, il resserra les doigts autour de la tête de Parker.

— Tu es la personne la plus forte que je n'ai jamais connue. Et tu es *à moi*. Je te veux tout le temps. Ne pense jamais le contraire.

— Alors, baise-moi.

En grognant, Adam enleva les vêtements de son petit ami et sortit la table rétractable, le plaquant dessus. Les marques rouges sur le cul de ce dernier avaient disparu et maintenant, il faisait courir ses mains rudement sur cette peau pâle, jusqu'à ses épaules bronzées et ses cuisses, laissant ses propres marques tout en suçant le cou de Parker.

Il pouvait sentir l'odeur du désir de ce dernier et cela fit gonfler sa propre queue, qui se pressait contre la fermeture éclair de son jean. Toujours habillé, il donna des coups de reins contre le cul de Parker, le faisant trembler.

— Arrête de me taquiner, siffla celui-ci. Baise-moi !

— Chhhut. On va nous entendre.

— Je m'en fic…

Adam enfonça deux doigts dans la bouche de Parker et celui-ci les suça avec avidité, sa langue s'enroulant autour. Adam grogna.

— *Merde*, ta bouche, murmura-t-il.

Bien sûr, quand il l'entendit, Parker suça plus fort, et la queue de son amant pulsa un peu plus.

Parker marmonna autour de ses doigts :

— Baise ma bouche, mon cul. Baise-moi partout !

Adam retira ses doigts avec un *pop* humide et écarta ses fesses pour taquiner son trou, enfonçant juste son index à l'intérieur. Se frottant contre la table, Parker soupira et Adam ne put s'empêcher de rire. Son compagnon lui lança un regard noir par-dessus son épaule, mais il sourit quand même.

— Vas-tu me baiser, ou dois-je le faire moi-même ? demanda-t-il en se léchant les lèvres. Je peux me trouver quelque chose à utiliser dans la cuisine. Je vais me baiser fort si tu ne le fais pas. Ou vas-tu me donner ce que je veux ?

La pensée que Parker utilise un gode de fortune avait certainement son attrait, mais alors qu'Adam enfonçait un doigt dans sa chaleur serrée, son sexe mourrait d'envie d'être là.

— Je vais te donner exactement ce que tu veux, murmura-t-il, se penchant vers son oreille pendant qu'il faisait passer son doigt humide à travers l'anneau de muscles. Parce que tu peux le prendre, n'est-ce pas ?

Hochant rapidement la tête, Parker se resserra autour de lui.

— Donne-moi tout.

Il faisait sombre maintenant à part la lumière du radar, mais Adam pouvait voir clairement. Il se déshabilla et se caressa lentement, retirant le prépuce de son gland étincelant. Il écarta ensuite les fesses de Parker et cracha dans son trou.

— Tu le veux comme ça ? Durement ?

— Oui, gémit Parker. Baise-moi jusqu'à ce que ton sperme s'écoule et que j'ai ton odeur partout et…

Adam ne put attendre un moment de plus avant d'enfoncer sa queue dans son entrée. Ils grognèrent tous les deux et Parker se tendit, s'agrippant à la table, ses muscles noués et sa joue plaquée contre le bois lisse.

— Merde, marmonna-t-il. J'adore quand ta queue m'ouvre en deux.

Son souffle devint haletant pendant qu'Adam se retirait et le baisait plus profondément.

Il se pencha vers lui et grogna, envoyant un frisson à travers Parker. Il était tenté de se transformer un peu, dépasser cette limite. Mais trop d'émotions se pressaient contre son torse… du désir, de la culpabilité, de l'affection et de la colère. Il ne savait pas s'il pourrait se contrôler, et avec sa force, il pourrait sérieusement blesser Parker, plus qu'il n'en fallait, peu importait à quel point ils le voulaient tous les deux.

Donc, il resta sous sa forme humaine et baisa Parker, s'agrippant à ses hanches, leurs peaux claquant l'une contre l'autre bruyamment. La table craqua et s'inclina, et Adam releva son amant avant de se laisser tomber sur le sol. À quatre pattes maintenant, Parker se rejeta en arrière, rencontrant ses coups de reins furieux, sa tête pendant tandis qu'il haletait.

La sueur coulait sur son dos et Adam lécha la chute de sa colonne vertébrale, aimant la saveur salée. Le bateau se balançait doucement au gré des vagues et le sol de la cabine était dur sous leurs genoux. Adam ralentit ses mouvements, essayant de trouver le bon angle. Parker grogna de frustration.

— Allez. Plus fort.

Adam l'ignora, ralentissant un peu plus et faisant courir une main sous le corps de Parker pour tordre ses tétons et caresser son sexe humide.

— *Adam.* Je veux…

Parker cria tandis qu'Adam frappait sa prostate et ce dernier plaqua sa main sur sa bouche, parce que les enfants n'avaient pas besoin d'entendre ça. Inspirant brusquement à travers son nez, la respiration chaude de Parker effleura les phalanges de son amant.

— *Plus fort*, marmonna-t-il derrière la main d'Adam.

Étouffant les cris de Parker, il le baisa, son autre main s'enfonçant dans sa hanche pour le garder en place.

— Voilà ! Prends ça. Tu es assez fort pour le prendre !

Il garda Parker immobilisé, s'enfonçant en lui en petits mouvements brusques qui le fit trembler contre la main d'Adam, le relevant pratiquement de ses genoux. Ce dernier prit la queue et les testicules de son amant dans sa main libre, les caressant durement tandis qu'il gémissait bruyamment contre sa paume.

— Tu as besoin de ça ? marmonna Adam à son oreille. Tu as besoin de jouir ? C'est assez fort pour toi ?

Hochant la tête désespérément, Parker mordit la main d'Adam et s'empala sur le membre de son compagnon, resserrant son entrée sur son sexe. Adam haleta, perdant presque le contrôle avant de s'en empêcher. Il caressa la queue de Parker et effleura sa prostate à nouveau, ce dernier s'immobilisa, éjaculant de longs jets de sperme sur le sol, quelques gouttes coulant sur la main d'Adam. Les cris étouffés de son compagnon étaient comme de la musique à ses oreilles.

On aurait dit que du feu enveloppait son membre et Adam ondula des hanches, ses testicules contractés et Parker geignit contre son épaule. Il se lâcha, jouissant profondément en lui, sa bouche ouverte dans un cri silencieux, ses crocs glissant juste un peu.

— Je t'aime, murmura-t-il contre la peau rougie, léchant les marques légères que ses crocs avaient laissées, mais pas assez pour le faire saigner.

Les bras tremblants, Parker marmonna contre la paume d'Adam. Celui-ci se rassit sur les talons et attira son amant à lui, sa queue flasque toujours enfoncée dans son entrée. Adam abaissa sa main et tint son compagnon contre son torse. Parker inclina sa tête en arrière, embrassant le menton et la joue d'Adam d'une manière désordonnée, inspirant profondément son odeur.

Adam leva ses doigts collants vers la bouche de son compagnon, sa queue pulsant d'une autre vague de plaisir tandis que Parker les léchait. Adam releva les hanches, essayant de rester en lui le plus longtemps possible.

— *Nnngh*, gémit Parker, ses bras pendants.

— Mmm.

Embrassant sa mâchoire, Adam le tint plaqué contre lui, la poitrine de Parker montant et descendant rapidement.

— Douche ?

Parker sembla y réfléchir.

— Je veux nager. Je veux voir les étoiles.

Quand ils marchèrent nus sur la pointe des pieds sur le pont, Adam ne vit personne dans l'autre bateau. L'air de la nuit envoya des frissons sur leurs peaux, et l'eau fut froide pendant qu'ils se glissaient de la plateforme basse à l'arrière de la poupe.

— Oh merde, oh merde, marmonna Parker lorsqu'il descendit de l'échelle et que ses pieds touchèrent l'eau. OK : un, deux, trois.

Il bondit, disparaissant sous la surface sombre, aussi intrépide que toujours.

Adam déglutit difficilement l'émotion qui lui nouait la gorge. Une gratitude immense pour avoir été assez chanceux de faire face au monde avec Parker à ses côtés le réchauffa alors qu'il plongeait dans les profondeurs glacées.

La température devint rapidement supportable, et ils pataugèrent paresseusement. Entremêlant leurs jambes ensemble tandis
qu'il se rapprochait, Adam prit le visage de son amant dans ses
mains et murmura tout contre ses lèvres :

— Indéfectible.

Après des baisers salés, Parker pencha sa tête en arrière et regarda les étoiles pendant qu'Adam gardait ses yeux fixés sur son
cou, sa peau pâle étincelante, et son pouls qui battait régulièrement.

Chapitre 6

— BONJOUR, CRAQUELA la voix d'Abby de la radio. Nous préparons des pancakes si vous voulez vous joindre à nous pour le petit déjeuner ?

— Mmm, des pancakes, marmonna Adam d'un air endormi, étendant ses bras au-dessus de sa tête.

Nu, Parker descendit du lit et prit le micro brièvement.

— Merci, mais ça va, répondit-il.

Il ouvrit le réfrigérateur pour prendre de l'eau, savourant la douleur dans son cul. Buvant de la bouteille, il revint au lit, où Adam le regardait avec une expression qui pouvait être appelée « exaspérée ».

— Quoi ?

— Tu n'es pas obligé d'être grossier.

— Grossier ? Je n'étais pas grossier ! J'ai dit merci.

Adam ricana.

— À peine. Pourquoi tu ne veux pas que nous prenions le petit déjeuner avec eux ?

Parker enleva le bouchon de sa bouteille et recula de nouveau.

— Rien. Je n'aime pas les pancakes, c'est tout, mentit-il.

Les sourcils broussailleux d'Adam se haussèrent brusquement.

— Vraiment ? Parce que je peux sentir leur odeur et laisse-moi te dire : ils ont l'air bons.

— Alors, vas-y, toi. Je ne t'arrête pas, dit-il en finissant son eau, sachant très bien qu'il était vexé tandis qu'il s'allongeait à côté d'Adam. Ne te gêne pas.

— Ça ne te tuerait pas d'être plus amical avec eux.

— Je suis très amical !

Adam parut sceptique.

— Hum.

— Je leur apprends comment naviguer, protesta Parker. Ce n'est pas assez ? Je pensais que nous avions convenus d'être prudents avec eux. De ne pas être trop proches. Ça fait… quoi ? Deux jours seulement.

Adam soupira.

— C'est vrai. Mais c'est juste un petit déjeuner. Ça ne te… je ne sais pas. Ça ne te manque pas ?

— Mec, nous pouvons encore avoir un petit déjeuner. Ils ne nous attendent pas avec un Monopoly.

Adam ne répondit pas, fixant le plafond à la place. Parker fronça les sourcils.

— Qu'est-ce que je ne comprends pas ? demanda-t-il.

Après quelques moments, son compagnon soupira à nouveau.

— Oublie ça. Nous devrions nous lever.

Il s'assit sur le lit.

Parker roula sur lui-même et plaqua doucement son compagnon sur le lit, chevauchant ses cuisses poilues.

— Non. Dis-moi. Pourquoi es-tu si triste ? Ça ne peut pas être à cause des *pancakes*.

Il écarta ses mains sur le torse d'Adam, frottant délicatement sa peau. Sa queue flasque s'incurvait sur son ventre.

— Je peux entendre Lilly rire là-bas, commença-t-il en fermant les yeux. Elle taquine Jacob, qui l'ignore. Et ils mettent du chocolat sur les pancakes. Je peux le sentir fondre.

Il inspira profondément.

— Ça me rappelle les dimanches matins quand j'étais petit. Christine essayait de lire un livre à table pendant que nous attendions que maman amène les pancakes. Parfois avec du chocolat, parfois avec des myrtilles. Maddie embêtait Christine et je le faisais à mon tour avec elles. Papa lisait le journal et sirotait son café, nous ignorant tous. C'était il y a trop longtemps, mais ça m'a toujours manqué. Ma famille.

Déglutissant difficilement, Parker aurait voulu savoir quoi dire.

— La mienne me manque aussi. Et je suis désolé de ne pas te suffire.

Les yeux d'Adam s'ouvrirent brusquement et il tendit sa main pour prendre en coupe la joue de son compagnon.

— Ce n'est pas parce que tu ne me suffis pas. Tu m'entends ?

Il semblait attendre une réponse, donc Parker hocha la tête.

— Je ne voulais pas le dire d'une mauvaise manière.

Eh bien, peut-être un peu, s'il devait être complètement honnête.

— Mais… la prochaine fois, nous irons manger des pancakes, d'accord ?

— Ce n'est rien. Si tu ne te sens pas en sécurité, je ne devrais pas te pousser à le faire.

Parker se pencha vers lui et l'embrassa.

— Tu pousses tellement bien, pourtant, murmura-t-il.

Avec un sourire, Adam caressa son cul, enfonçant ses doigts entre ses fesses et touchant doucement son entrée gonflée.

— Tu vas bien ici ?

— Absolument.

Parker était certain qu'un psychiatre trouverait son cas intéressant avec son amour pour le sexe brutal, mais tout ce qu'il savait, c'était qu'il se sentait plus fort et plus en contrôle quand Adam le prenait durement. Peut-être que ça n'avait pas de sens, toutefois avoir un cul endolori lui donnait de l'assurance.

Un petit sourire étira les lèvres d'Adam tandis qu'il continuait ses caresses.

— C'est une bonne chose.

Son sourire disparut et ses sourcils se froncèrent.

— Tu me dirais si c'est trop ? Si c'est trop brutal ?

Parker frotta sa joue contre les poils rêches du torse d'Adam.

— Mmm hmm.

— Parker.

Adam lui releva la tête et le regarda sérieusement.

— Je le pense. Je pourrais…

Il eut une brusque inspiration.

— Quoi ? Je sais que tu ne me feras jamais du mal.

— Pas intentionnellement. Et je sais que tu es un dur. Je…

— Tu m'aiiiiiiiiiiimes ? continua Parker en chatouillant les côtes de son amant avec un sourire. Je sais. Tu es fou de moi.

Adam se mit à rire.

— Je pense que c'est ta modestie que j'apprécie le plus.

Ils s'embrassèrent tout en souriant et Parker aurait voulu rester au lit toute la journée. Il soupira.

— Je suppose que nous devrions nous lever. Il est temps de nous ravitailler, n'est-ce pas ? Je pense que Mariah a besoin d'un tour.

— Tu viendras avec moi.

Ce n'était pas une question.

— Ouep, acquiesça Parker.

Il se pencha ensuite vers son amant et frotta leurs nez l'un contre l'autre. Adam l'embrassa durement.

Quelques heures plus tard, ils étaient amarrés dans une petite marina. Le soleil apparaissait entre les nuages duveteux, le vent sifflait fort. Sur le patio d'un restaurant, des tables étaient renversées, un grand parasol au-dessus d'elles. Au loin, du sang se trouvait sur les portes vitrées qui conduisaient à l'intérieur, mais il ne semblait pas frais.

Le *Saltwater* était amarré de l'autre côté du quai, et Parker alla les distraire pendant qu'Adam faisait rouler Mariah hors de la cabine et sur la jetée. Les sourcils de Craig se froncèrent lorsqu'il vit la moto, cependant, Parker l'ignora et commença à citer ses instructions sur la manière la plus rapide de quitter la marina et de lever les voiles.

— Avec un peu de chance, ce sera calme et vous nous attendrez ici, déclara Parker. Vous avez des armes ? Et vous savez comment les utiliser ?

Abby hocha la tête.

— J'ai fait un peu d'entraînement quand je suis devenue secouriste. Mon district voulait nous armer, ce qui était fou, mais je suppose que ça va m'être utile maintenant.

— Cool. Nous essaierions de ne pas être longs.

Parker regarda Adam, qui hocha la tête.

— OK, nous nous verrons sous peu.

Adam démarra Mariah, et son compagnon grimpa derrière lui, portant un simple sac à dos avec un autre enfoui à l'intérieur. Les clés de la *Bella* se trouvaient dans sa poche. Il ne pensait pas que Craig et Abby auraient l'idée lumineuse de voler un grand bateau, mais… juste au cas où.

— Et si vous ne revenez pas ? demanda Jacob.

Parker se tourna pour croiser le regard sérieux de l'enfant pendant que sa mère lui donnait une tape sur l'épaule et sifflait son nom.

Jacob se dégagea brusquement.

— Ce n'est pas une question stupide. Et s'ils ne reviennent pas ? Combien de temps devrons-nous attendre ?

— Ça se passera bien, le rassura Craig en enroulant un bras autour de Lilly. Ils reviendront bientôt, n'est-ce pas, les gars ?

— Exactement, répondit Adam. Ne t'inquiète pas pour nous.

— Je m'en fous, marmonna Jacob, tournant les talons et s'avançant vers la proue, les bras croisés alors qu'il regardait l'océan.

Adam tourna la clé et le moteur de Mariah ronronna, vibrant entre les cuisses de Parker. Il se pressa étroitement contre Adam tandis qu'ils conduisaient le long du quai et montaient les marches jusqu'à la marina. Plus près, Parker put voir les mouches qui volaient et l'odeur de mort envahit ses narines.

Ils traversèrent un parking à moitié rempli, zigzaguant entre les voitures abandonnées, quelques-unes avaient des portières ouvertes avec au moins, un corps à l'intérieur. Adam portait sa veste en cuir et Parker plaqua sa joue contre la matière chaude, fermant ses yeux tandis qu'ils se mettaient en route, ses bras enroulés autour de la taille de son compagnon. L'arme était bien cachée à l'arrière de son jean, sous son sweat.

Pendant une minute, il se laissa rêver qu'il n'y avait aucun virus, aucun corps éviscéré, où à une époque, des gens avaient bu des bières froides durant des journées ensoleillées. C'était…

Parker se redressa, ses yeux s'ouvrant brusquement quand il sentit Adam se tendre. Une voiture s'avançait sur la route à deux voies et son souffle se bloqua dans sa gorge lorsqu'il vit les lumières rouges au-dessus. Un véhicule de police ralentit et s'arrêta. Attendant.

Adam avait ralenti aussi et il regarda Parker par-dessus son épaule.

— Nous ne pouvons pas quitter la route.

En effet, des clôtures se trouvaient de chaque côté, délimitant des champs où les récoltes étaient négligées.

— Accroche-toi si nous devons fuir rapidement.

Son arme toujours en main, Parker enleva la sécurité et hocha la tête. Il pouvait voir une personne à l'intérieur, mais il ne pouvait pas l'apercevoir clairement. La portière de la voiture s'ouvrit et un homme en sortit. Il portait un uniforme de police. C'était une vision tellement étrange après ces derniers mois que Parker ne put que le fixer.

Le soi-disant policier avait la quarantaine et il s'appuya contre sa voiture, les mains dans ses poches. Ses cheveux marron étaient bien coiffés, son uniforme bien repassé et un badge étincelant y était accroché. Il ne lui manquait qu'un café et un donut pour compléter le tableau.

Alors qu'Adam ralentissait, l'homme leva la main en signe de salutation. Son compagnon arrêta la moto à une bonne distance de lui.

— Bonjour ! lança l'inconnu. Belle journée pour ça !

Il ne spécifia pas ce qu'il voulait dire par « *ça* » et le pouls de Parker battit plus vite. En regardant autour de lui, il pouvait constater qu'il n'y avait personne d'autre, ou le quelconque signe d'un piège. Adam le saurait, de toute façon.

— Bonjour, le salua Adam.

— Je suis l'officier Hanson. Avez-vous besoin d'aide ?

— Nous ne faisons que passer.

— Très bien. Si vous avez besoin de vous approvisionner, il y a une station-service à un kilomètre d'ici qui n'a pas été complètement vidée.

Le bon endroit pour nous piéger.

Parker serra son emprise sur son arme.

— Merci, dit-il avec un faux sourire.

— Il ne devrait pas y avoir d'infectés. Je m'en suis occupé. J'essaye de sécuriser l'endroit pour ceux d'entre nous qui restent.

La radio dans la voiture de patrouille crépita. Parker pouvait à peine entendre.

— Salut, bébé. C'est moi. Peux-tu trouver plus de Clarytine après ta patrouille ? Les allergies d'Ollie font encore des siennes.

Hanson se pencha par la fenêtre ouverte et prit le micro.

— Bien reçu, chérie. Terminé.

Il grimaça.

— Mon fils est allergique aux pollens. Je ne sais pas comment nous allons faire quand les médicaments ne seront plus disponibles. Je suppose que nous allons devoir trouver un quelconque traitement naturel.

En dépit de lui-même, la curiosité de Parker prit le dessus.

— Vous patrouillez tous les jours ?

— Oui, répondit-il en souriant tristement. Je crois que je ne sais rien faire d'autre. Au début, nous attendions que l'armée intervienne, mais… eh bien, maintenant, j'essaye juste de garder le calme ici. Je me débarrassais des corps au début, mais il y en a trop.

— Vous croisez beaucoup de gens qui viennent par ici ? demanda Adam.

— De moins en moins.

Il ouvrit sa portière.

— Je devrais y retourner. Restez prudents et que Dieu vous bénisse.

Ils hochèrent la tête et reprirent rapidement la route. À l'extérieur de la station-service, Adam écouta attentivement autour de lui avant de donner le feu vert. À l'intérieur, les réfrigérateurs éteints étaient ouverts et vides, mis à part quelques bouteilles de soda. Des magazines étaient éparpillés sur le sol.

Perdez votre poids grâce au style Hollywood ! Portez un mini bikini en huit semaines ! La nouvelle romance secrète de Taylor révélée !

Parker leur donna des coups de pieds et avança plus loin dans le magasin, heureux de trouver les rayons partiellement pleins, comme promis.

— La voie est-elle toujours libre ? demanda-t-il.

— Ouep, répondit Adam en tournant lentement sur lui-même. Allons nous ravitailler.

Parker examinait une boîte de tomates légèrement dentée quand il réalisa que son amant se tenait immobile près des fenêtres, une boîte de pâtes agrippée dans sa main.

— Adam ? Qu'est-ce qui se passe ?

Il prit son arme et alla se poster derrière lui. Jetant un œil à travers les fenêtres sales, il ne put voir que les pompes à essence abandonnées et la route déserte. De l'autre côté, un champ semblait tout aussi vide.

Adam prit une respiration tremblante à travers ses lèvres entrouvertes, ses yeux concentrés sur quelque chose au loin. Parker suivit son regard et n'aperçut rien.

— Que vois-tu ? murmura-t-il.

Pendant un moment étrange, il eut l'impression qu'Adam allait éclater en sanglots. Puis il cligna des yeux et se détourna de la fenêtre.

— Rien. Allons-nous-en.

Il attacha l'un des sacs à dos à son torse.

— Attends ! Ce n'était pas rien, l'arrêta Parker en jetant un œil à la fenêtre. Est-ce que tu sens quelque chose ?

Il entassa des boîtes dans le sac.

— Ouais, répondit Adam. Les monstres sont tout près. Nous devons y aller.

— Merde, vraiment ?

Parker lui prit le sac et l'attacha à son propre dos.

— Nous devons prendre de l'essence, mais je parie que nous pouvons siphonner des voitures à la marina. Les pompes ne marchent pas sans électricité, de toute façon.

— Bonne idée, dit Adam.

Ce dernier courrait pratiquement à l'extérieur, où ils avaient laissé Mariah près de la porte. Il alluma le moteur et Parker venait juste de grimper lorsqu'ils s'élancèrent sur la route.

L'inquiétude noua son estomac. Quelque chose avait paniqué son compagnon, mais quand Parker regarda derrière lui, aucun monstre n'apparut.

— C'EST DELICIEUX, Parker, déclara Abby en plongeant sa cuillère dans sa soupe. J'adore les pois chiches.

— Euh… merci. J'ai juste mélangé quelques trucs du ravitaillement que nous avons récupérés et le poisson qu'Adam a attrapé.

Je parie que vous pouvez faire mieux.

— Ha ! Non. J'ai toujours eu du mal de ce côté-là, répondit-elle, puis elle donna un coup de coude à son fils. Je suis certaine que Jacob peut le confirmer.

— Tu cuisines bien, marmonna-t-il.

Ils étaient assis à table sur le pont de la *Bella*, près de la barre. C'était assez spacieux pour convenir à six personnes sur les bancs en forme de « L », surtout parce que Lilly était petite. Parker essaya de trouver un sujet de conversation, mais en vain. Il avala la soupe qu'il avait cuisinée. Ce n'était pas mal, bien que les légumes frais lui manquaient plus qu'il ne l'aurait cru possible. Un grand bol de salade aurait été bien aussi. Peut-être lorsqu'ils iraient un peu plus au sud.

Ils avaient navigué pendant quelques kilomètres le long de la côte, jusqu'à ce que le vent tombe. À présent, ils avaient jeté l'ancre dans une crique avec le soleil couchant pour tableau. Ce dernier se couchait de plus en plus tôt alors que novembre approchait, et il n'aimait pas l'idée d'être dehors en pleine mer dans l'obscurité. Ils voulaient rester près du rivage, cependant, il y avait le risque des hauts fonds et d'abîmer leur coque. Il était plus facile de voir les bornes dans la journée et il était inutile de prendre des risques. Du moment qu'ils se dirigeaient directement vers le sud avec l'approche de l'hiver, tout se passerait bien.

Le dos de Parker faisait face à l'entrée de la crique et il jeta un coup d'œil par-dessus son épaule. C'était vide et il savait que son compagnon pourrait entendre ou voir quelqu'un, mais il devait quand même s'en assurer. Ils n'avaient aperçu aucun autre bateau ce jour-là, cependant, cela ne voulait pas dire que les gens n'étaient pas là, dehors.

Quand il se retourna, Adam le fixait. Parker sourit et son amant lui adressa un sourire distrait en retour avant que son regard ne se perde au loin, de nouveau.

— Mais Craig est un fin gourmet, ajouta-t-elle, puis elle fronça les sourcils. Ou est-ce gourmand ?

— Je n'en ai aucune idée, mais merci, ma chérie, répondit Craig.

Abby et lui se sourirent pendant que Jacob examinait sa soupe et que Lilly mangeait calmement, tout en trempant méthodiquement des biscuits salés un par un dans son bol, les effritant avant de les manger.

— Adam, vous avez appris la pêche tout petit ? demanda Abby.

Il fallut un moment à son compagnon pour se concentrer sur elle.

— Désolé, qu'avez-vous dit ?

— Avez-vous appris à pêcher quand vous étiez enfant ? Vous semblez avoir un don.

— Oh, non, pas vraiment. Je suppose que je suis juste chanceux.

— Tout est dans le poignet, n'est-ce pas ? dit Craig.

— Je suppose.

Adam prit un peu de soupe avant de fixer l'horizon.

Craig et Abby échangèrent un regard, et Parker intervint tandis que le silence devenait gênant.

— Il y avait cette fois, au Cape ? Mon père a attrapé un poisson avec des dents.

Lilly écarquilla les yeux.

— Comme un piranha ?

— En quelque sorte. C'était un poisson-baliste. Une tempête tropicale a dû l'emporter. Je vous jure que c'était le truc le plus moche que j'ai jamais vu.

— Plus moche qu'un serpent ? demanda la petite fille.

— Oh ouais. *Plus* moche. Il se tortillait autour de la ligne comme un fou, claquant des dents quand Éric a essayé de le libérer de l'hameçon.

— Est-ce qu'il l'a mordu ? s'écria Lilly.

— Il lui a mangé le doigt, répondit gravement Parker.

— *Vraiment* ? laissa échapper Jacob.

Puis les joues rouges, il baissa rapidement la tête et continua de prétendre qu'il n'entendait rien.

— Nan, c'était juste le bout. Mais c'était super dégoûtant !

Riant joyeusement, Lilly demanda une autre histoire et Parker obéit. Alors qu'il lui racontait celle où il avait aperçu un grand requin blanc – il était en sécurité dans le bateau familial et non dans le kayak –, une chaleur inattendue lui traversa la poitrine et il accepta l'idée qu'en dépit de ses efforts pour garder ses distances, il appréciait ces personnes. Il était inutile de combattre ce sentiment.

Si Craig et Abby avaient prévu quelque chose, ils les auraient sûrement attaqués maintenant ? Ils écoutaient son histoire avec avidité et mangeaient sa soupe médiocre comme si c'était Jamie Oliver qui l'avait faite. Ils taquinaient leurs enfants et se tenaient la main sous la table.

— Quel est l'appel le plus fou auquel tu aies eu à répondre ? demanda Craig à Abby.

— Hmm. Eh bien, la pleine lune et les substances hallucino-gènes ne sont pas une bonne combinaison, mais si je vous racontais l'appel le plus stéréotypé ? J'ai dû faire descendre une chatte d'un arbre. Je vous jure ! Quelqu'un a appelé le 911 parce que sa chatte était coincée dans un arbre. Le truc, c'est que ce n'était pas un très grand arbre. Il était juste assez grand pour être hors d'atteinte seulement, mais les branches étaient trop minces pour les pompiers. Puisque j'étais la plus légère, j'ai dû grimper.

Lilly et Jacob écoutaient avidement, et Parker pensa à Jaden et Evie aux Pins. Seigneur, il espérait qu'ils étaient toujours vivants. Jacob croisa son regard et baissa rapidement la tête. Il fixa d'un air morose les restes de sa soupe et Parker se demanda pourquoi l'enfant semblait avoir un problème avec lui. Il n'aurait probable-ment pas dû s'en soucier, mais avec agacement, il se rendit compte que c'était le cas. Pendant ce temps, Adam s'était isolé, regardant au loin et n'écoutant même pas.

Lorsque le dîner se termina et que les autres les quittèrent dans leur canot, Parker coinça Adam dans la cuisine.

— Qu'est-ce qui se passe ?

Il ne releva pas les yeux de la casserole qu'il lavait.

— Rien.

— Oh, allez. Je suis sympa avec eux comme tu le voulais et tu as la tête dans les nuages.

Frottant toujours le récipient, Adam secoua la tête.

— Ce n'est pas eux ni toi. Je suis juste épuisé.

Parker prit une profonde inspiration et se força à rester calme et à ne pas commencer à crier pour exiger des réponses.

— Un peu plus tôt à la station-service. Qu'as-tu entendu ?

Son compagnon poursuivit sa tâche.

— Ça n'a pas d'importance maintenant, répondit-il.

— Bien sûr que si ! protesta Parker en baissant la voix. C'était un autre loup, n'est-ce pas ?

Adam croisa enfin son regard. Puis il hocha la tête.

— OK. Est-ce qu'il te semblait… dangereux ?

— Non. Je n'ai aucun moyen de le savoir. Mais je pouvais le sentir, comme… comme si un interrupteur a été actionné. Je me suis senti… vivant.

— Alors pourquoi t'es-tu enfui ?

Non que Parker se plaigne ; après Ramon, il ne voulait rencontrer aucun autre loup-garou. Surtout s'ils étaient comme ce connard et qu'ils pensaient qu'ils devaient être avec leur espèce pour procréer.

— Parce que c'est ce que j'ai toujours fait, répondit Adam, en ayant un sourire sans humour. C'est ce que nous ont appris nos parents. Nous étions isolés et ils disaient que nous n'avions besoin de personne d'autre. Nous avions les uns et les autres. Notre famille. Notre meute. Puis j'ai été seul et je me suis toujours enfui.

Ses phalanges étaient devenues blanches autour de la casserole.

— Aujourd'hui, une partie de moi voulait hurler et courir vers la personne qui était là. Mais j'ai fait ce que j'ai toujours fait. Et en plus, je ne pouvais pas…

Quand Adam ne termina pas, Parker l'encouragea doucement :

— Quoi ?

— Je ne pouvais pas te laisser seul.

Puis il le regarda, les yeux doux.

— Je ne le voulais pas, termina-t-il.

— Je ne veux pas te retenir.

— Non. Tu me fais *tenir*.

Parker aurait voulu savoir quelle était la bonne chose à dire. Il se contenta de faire lâcher à Adam la casserole qu'il tenait et l'enveloppa dans une étreinte. Il frotta son dos et se blottit contre son cou. Après un moment, Adam frissonna et le serra très fort en retour. Parker avait de la difficulté à respirer, mais il s'y accrocha.

La voix d'Adam gronda :

— Je n'arrête pas de me demander pourquoi mes parents insistaient tellement pour m'éloigner des autres loups. Si je suis attiré par eux systématiquement, pourquoi est-ce si mal ? Je sais que ça ne s'est pas bien passé avec Ramon. Mais il y en a sûrement d'autres ? Des gens comme moi ? Il doit y en avoir. N'est-ce pas ?

Il avait la voix faible en dépit des bandes d'acier que constituaient ses bras autour de Parker.

— Je suis certain qu'il y en a d'autres. Ça va aller. Nous… nous les trouverons un jour.

Cette pensée envoya un frisson de peur le long de sa colonne vertébrale, mais pour Adam ? Il allait le faire et gérer ça.

— Je n'aurais pas dû m'enfuir. Pourquoi me suis-je enfui ? Pourquoi je le fais toujours ?

— Parce que tes parents t'ont dit de le faire.

— S'ils avaient su à quel point je serais seul. À quel point c'est toujours…

Il frissonna et s'accrocha un peu plus à Parker.

— Toujours quoi ? Tu peux me le dire.

— La plupart du temps, ça allait, mais ensuite, c'était comme une caverne, sans fin. Je me sens beaucoup mieux maintenant que je suis avec toi. Tina a essayé de m'empêcher de fuir lorsque je sentais un autre loup, mais je n'ai pas pu. Avant toi, je ne savais pas à quel point je me sentais vide.

Tu m'as. Je t'appartiens tout entier. Ne suis-je pas suffisant ?

Il leva mentalement les yeux au ciel face à ses pensées pathétiques. Il ne s'agissait pas de lui. Il s'agissait d'Adam.

— C'est comme si tu ne réalises pas à quel point tu as faim parfois jusqu'à ce que tu commences à manger ? Et ensuite, t'es comme Macaron Le Glouton qui va en ville ?

Les épaules d'Adam tremblèrent de rire.

— Exactement comme ça. Seigneur, je t'aime. Je t'aime tellement, Parker, murmura-t-il en le serrant contre lui.

— Je t'aime aussi.

Ils s'embrassèrent, doucement d'abord, la chaleur se transformant en quelque chose de plus étincelant. Le souffle de Parker devint plus rapide, l'anticipation parcourant sa peau.

Adam prit la bouche de son amant dans un baiser brutal.

— Vas-tu me baiser ? S'il te plaît. J'en ai besoin. J'ai besoin de toi.

— D'accord, d'accord. Je suis là, le rassura Parker.

Ce dernier l'attira vers leur lit. Il avait rapidement baisé Adam une fois quand ils étaient aux Pins. Il aimait qu'on le pénètre, donc ça ne l'avait jamais dérangé que son compagnon ne semble pas aimer ça.

Mais tandis qu'ils se mettaient nus et qu'Adam se positionnait à quatre pattes sur le matelas, l'excitation parcourut ses veines. Il chercha le lubrifiant dans un petit tiroir dans le buffet, mais son amant secoua la tête.

— Je n'en ai pas besoin. Contente-toi de le faire.

— Tu es certain ? Je ne veux pas te faire mal.

Parker se lécha la main et masturba sa queue pour devenir dur. D'habitude, ils préchauffaient le four avant d'y mettre la dinde, mais Adam vibrait de tension et de désir.

— Non. Fais-le.

Les testicules d'Adam étaient lourds entre ses cuisses poilues, son dos large fléchissait.

Écartant ses fesses autant qu'il le pouvait, il cracha sur son entrée. Adam se rejetait déjà en arrière, attrapant la cuisse de Parker. Heureusement, ce dernier pouvait durcir même durant un vent glacé, donc il était prêt, et il connaissait cette nécessité profonde d'être empli.

Il aligna son sexe et s'enfonça dans le cul d'Adam, dépassant le cercle de muscles qui le fit grogner bruyamment alors qu'une merveilleuse chaleur l'enserrait, ses doigts se plantant dans les hanches de son compagnon.

— Seigneur, tu es incroyable. Merde, haleta Parker.

Adam gémit en réponse et Parker le pénétra complètement. Sans lubrifiant, il était surpris de voir avec quelle facilité il avait plongé en lui, ses testicules effleurant déjà ses fesses. Sa queue n'était pas épaisse, elle avait, toutefois, une taille décente. Il aimait la sensation de celle d'Adam prête à le briser en deux, et il donna des coups de reins, essayant de procurer à son amant la même sensation.

Le lit trembla et grinça, et ils haletèrent pendant que Parker le baisait aussi brutalement que possible, sa main empoignant les cheveux de son amant tout en se penchant sur son dos humide. Il ne pouvait pas se débarrasser du sentiment qu'Adam aurait dû être plus serré que ça, étant donné qu'il n'était habituellement pas le passif. Même si leurs peaux étaient trempées de sueur et qu'ils baisaient vraiment, quand il prit le sexe d'Adam dans sa main, elle n'était qu'à moitié dure.

— Mec, est-ce que ça t'excite ou pas ?

En grognant, il changea l'angle de ses coups de reins et essaya de trouver la prostate d'Adam. Peut-être qu'il n'était pas doué pour être l'actif. Il s'enfonça plus durement. Il devait donner du plaisir à Adam… devait faire ça bien, être tout ce dont il aurait besoin.

Adam accompagna ses mouvements.

— Continue. Ne t'arrête pas.

Parker n'était pas certain de le croire, mais il poursuivit ses ondulations, tentant de le baiser de la manière dont il aimait. Leur peau claqua l'une contre l'autre dans le silence de la cabine, l'air était humide de leur sueur et de leur respiration.

— S'il te plaît, s'il te plaît, marmonna Adam.

Il remua contre ses hanches, ses cuisses fléchies et les griffes sorties, déchirant les draps alors qu'il se tendait.

Parker y était presque, ses testicules se contractaient, mais il ne pouvait jouir avant qu'Adam le fasse. Il devait faire jouir Adam. Il devait faire ça pour lui. En se penchant en avant, il masturba la queue de son compagnon pendant qu'il s'enfonçait dans son canal, si brutalement qu'il était certain que quelqu'un d'autre aurait sûrement pleuré à sa place.

Je dois lui suffire.

Grognant, il caressa sa queue plus durement, sans même cracher pour faciliter son emprise. Adam était dur, mais aucun liquide ne sortait de sa fente, et Parker essaya un autre angle pour trouver sa prostate, puis un autre. Adam se repoussait toujours en arrière, resserrant son entrée et le jeune homme ne put arrêter son orgasme qui le frappa tandis qu'il éjaculait en de longs jets.

Le souffle court, il sortit facilement et Adam geignit, la tête entre ses bras. Parker le poussa sur le dos.

— Je suis désolé, je suis désolé, marmonna-t-il en écartant les jambes de son compagnon et en plongeant sur sa queue.

Il l'engloutit complètement dans sa bouche. Le besoin de faire jouir Adam l'enflammait avec un soupçon de honte. Il l'aspira violemment et profondément, les larmes aux yeux et la salive coulant du coin de ses lèvres, ses narines s'évasant pour respirer.

Lorsqu'Adam jouit enfin avec un gémissement doux, il avait toujours l'impression que ce n'était pas assez. Parker déglutit autant qu'il le put et lécha tout le reste, son visage enfoui dans les poils pubiens de son amant, essayant d'avoir chaque goutte.

La main d'Adam était posée sur la tête de Parker.

— Ça va aller, murmura-t-il. C'était bon.

Parker s'essuya la bouche et s'assit sur les talons, son torse se relevant et descendant rapidement.

— Mais ça ne l'était pas, n'est-ce pas ? Qu'ai-je fait de mal ?

— Rien, rien. Chhhut.

Il attira Parker dans ses bras. Allongés sur le côté, ils s'embrassèrent avec un désespoir silencieux tandis qu'Adam caressait son dos et ses fesses.

— Ce n'était pas toi. Je te le promets. Tu étais bon.

— Mais ce n'était pas ce que tu voulais, insista Parker. Je le sais. Ne me mens pas.

Adam passa une main dans les cheveux de son petit ami.

— Ce n'est pas toi. C'est moi.

Il grimaça ensuite.

— Aussi horriblement cliché que ce soit. Je suppose que c'est approprié vu que je suis un cliché ambulant. J'avais l'impression d'être vide après avoir senti ce loup, donc j'ai essayé de t'obliger à remplir ce trou.

Parker éclata de rire.

— D'accord, bien vu. Mais il y a plus. Dis-moi.

Le souffle chaud d'Adam effleura le visage de son amant.

— C'est quelque chose que j'ai mis longtemps à comprendre. Je ne sais pas pourquoi j'ai pensé que ce serait différent ce soir. Je n'ai jamais été en mesure de jouir de cette manière.

— Pourquoi ? demanda Parker. Je ne suis pas assez gros ?

Il appuya sa tête sur sa main, faisant courir ses orteils sur la cheville poilue d'Adam.

— Je ne dis pas ça parce que je manque d'assurance ou quelque chose comme ça. C'était serré au début, mais après, c'est devenu trop… facile.

— C'est ça le problème. Tu sais que je peux guérir rapidement. Eh bien, je pense que cela a un rapport avec ça. C'est comme si… mon corps guérit et s'accommode très rapidement. Je ne peux pas en avoir assez.

Il effleura les lèvres de Parker de son pouce.

— Peu importe à quel point mon partenaire est incroyable.

Une petite voix lui siffla : *je ne suis pas assez*.

Parker tenta de bannir son apitoiement et le mal que ça lui provoquait. Il s'éclaircit la gorge.

— Mec, ça craint. N'y a-t-il pas quelque chose que nous pouvons faire ?

— Ce n'est rien. J'aime te baiser. Je jouis à chaque fois. Je ne ressens pas ça d'habitude. Ce besoin. Ça va passer.

— Ouais, mais il doit y avoir quelque chose. Je n'abandonne pas ce problème, déclara Parker, en réfléchissant et en dessinant des cercles sur le bras de son amant. Je n'étais pas vraiment sérieux lorsque j'ai dit que j'allais utiliser un gode l'autre jour, mais nous pouvons le faire. Quelque chose de gros. Il doit y avoir une limite à l'étirement de ton cul.

Adam se lécha les lèvres et déglutit difficilement.

— Oui, ça, ou bien…

Il rougit violemment en s'interrompant.

— Ou quoi ? demanda Parker, le rythme de son pouls s'accélérant, sa queue durcissant déjà.

— Tu pourrais utiliser ta main. Me baiser avec ton poing, murmura-t-il.

L'appréhension et un éclair de *désir* firent battre le cœur de Parker.

— Waouh ! Je n'ai même jamais vu un porno de fisting. Et

merde, je suppose que c'est trop tard maintenant. C'est dans des moments comme ça qu'internet me manque vraiment.

Sa gorge était sèche.

— Tu l'as fait auparavant ?

Adam secoua la tête.

— J'y ai pensé. Mais je n'ai jamais fait suffisamment confiance à quelqu'un pour lui permettre de le faire. Pas question que je laisse un étranger enfoncer sa main dans mon cul.

— Et moi ? Tu m'autoriserais à le faire ? demanda Parker.

Il se pencha vers lui.

— Je te laisserai faire tout ce que tu veux, souffla Adam contre ses lèvres.

Parker ne put que l'embrasser en réponse, le cœur battant rapidement. Il ferait ça bien… il serait ce dont Adam avait besoin. Il le devait ou son petit ami allait toujours chercher, même si c'était inconsciemment. Et ça le conduirait vers plus de gens, et peut-être même à cette maudite île. Non, Parker les protégerait. Il devait les arrêter avant qu'ils ne tombent dans un piège comme cela avait été le cas pour eux auparavant, lorsqu'Adam avait été impuissant.

Aucun d'eux ne le serait à nouveau.

Il rompit leur baiser, la salive coulant de sa bouche à celle d'Adam.

— Faisons-le. Je vais te baiser de la manière dont tu en as besoin.

Le sourire d'Adam illumina ses yeux dorés et il effleura sa joue.

— Demain. La nuit porte conseil et je vais m'assurer de me préparer. Si tu veux toujours le…

— Je le veux. Je le voudrais quand même, répondit Parker en enfonçant ses doigts dans les bras de son amant et en le regardant dans les yeux. Je te le promets. Je prendrai soin de toi.

Souriant toujours, Adam le releva et le colla à lui dans une étreinte qui réchauffa Parker de l'intérieur.

— Tu le fais toujours.

Chapitre 7

— CHERI, TU es sûr que tu ne veux pas aller dans l'autre bateau ? demanda Abby, pendant qu'Adam attendait avec Lilly et Craig dans le canot de la *Bella*.

— Non, pourquoi je voudrais faire ça ? fut la réponse maussade de Jacob.

Abby se pencha par-dessus la rambarde et adressa à Adam un regard désolé avant de se retourner.

— Pour en apprendre un peu plus sur la navigation.

— Je n'ai pas envie.

Adam s'éloigna, tout en lançant à Abby :

— Pas de problème !

Après avoir déposé Lilly et Craig sur la *Bella*, où Parker les attendait avec des cordes qu'il avait nouées d'une manière compliquée, Adam retourna au *Saltwater* et grimpa sur l'échelle.

— Très bien. Apparemment, il n'y a que toi et moi, Adam.

Les mains posées sur ses hanches minces, Abby observa le mât.

— La première chose que je fais… oh d'accord, ça, dit-elle en tirant sur une corde. C'est ça, n'est-ce pas ?

— Je pense. Je suppose que nous allons le découvrir.

Dans sa tête, Adam réfléchit rapidement aux étapes que Parker lui avait apprises. Jacob s'était apparemment caché dans la cabine et alors que les voiles attrapaient le vent, Adam pensa qu'il était dommage de manquer le soleil et la brise.

— Là ! Nous avons réussi !

Abby leva la main et il tapota son poing contre le sien.

— C'était du gâteau !

Puis elle fronça les sourcils.

— Oh, attends, elles claquent trop fort. Nous devons les orienter maintenant.

Pendant qu'Abby et lui ajustaient les voiles, Adam regarda l'autre bateau, qui les suivait à une bonne distance, Parker réglant les voiles tandis que Lilly et Craig l'observaient. Son compagnon parlait du foc avec animation, ses paroles se détachant comme d'habitude, comme si les syllabes encombraient sa bouche et qu'il devait les déverser.

— Un sou pour tes pensées.

Il se tourna vers Abby, qui lui adressa un sourire entendu. Il gloussa, souriant toujours comme un ado énamouré.

— Je suis transparent, j'imagine, dit-il enfin.

— Tu l'es et c'est magnifique.

Son regard alla vers l'autre bateau et Adam le suivit. Voir Parker avec Craig et Lilly adoucissait les bords rugueux de son âme. Il avait toujours envie de trouver d'autres loups, un besoin léger qui ne disparaîtrait peut-être jamais, mais il était étouffé comme le bruit sous l'eau.

— Nous sommes tous les deux chanceux, déclara Abby. Bien sûr, nous serions plus chanceux si ce n'était pas la fin du monde.

— Parfois on gagne, parfois on perd.

Ils se mirent à rire et vérifièrent les voiles, qui semblaient marcher impeccablement. Adam tourna en cercle et regarda rapidement autour de lui, s'arrêtant brusquement, les poils hérissés. Il lutta contre l'envie de sortir ses griffes et ses crocs, l'envie de protéger qui le consumait.

— Quoi ? demanda Abby en levant ses mains pour couvrir ses yeux, le rejoignant à la rambarde. Je dois vraiment remplacer les lunettes que j'ai perdues dans la tempête. Tu vois quelque chose ?

— Sur le côté gauche.

Il pouvait entendre la voix de Parker dans sa tête qui insistait que c'était le *bâbord*.

— Un bateau. Pas de voiles. Apparemment, c'est un… bateau à moteur.

— Je ne vois rien. Eh bien, on dirait que ta maman t'a nourri de carottes avec ta vue.

Il essaya de sourire, les yeux fixés sur le bateau, les souvenirs de sa mère faisant écho au loin.

Aux fourneaux, lui adressant un clin d'œil et le laissant voler un cookie du placard avant le dîner. Riant alors que les filles et lui la plaquaient au sol, papa qui applaudissait. Le cliquetis de son bracelet tandis qu'elle se penchait par-dessus le lit pour l'embrasser et lui souhaiter bonne nuit.

Il expira lentement son souffle.

— Il ne semble pas s'approcher. Cependant, je vais le garder à l'œil.

— OK, bonne idée, dit Abby en allant à la barre, jetant un œil aux témoins lumineux. Et désolée, j'espère que je ne t'ai pas bouleversé en évoquant ta mère.

— Non, ça va aller.

Adam se pencha par-dessus la rambarde la plus proche.

— Elle était… elle est morte depuis longtemps déjà.

— Je suis désolée de l'entendre. La mienne est à Seattle. Ou était.

Elle repoussa ses cheveux de son visage, le vent refusant de les laisser tranquilles.

— Au moins, mon père n'est pas vivant pour voir ça, poursuivit-elle. C'était un homme calme, paisible. Ce Nouveau Monde l'aurait horrifié.

Adam n'avait aucune idée de ce que ses parents auraient pensé de ça. Peut-être qu'ils auraient bien accueilli le monde qui les entourait et l'étrange et terrible liberté qu'il apportait. Il s'éclaircit la gorge.

— Donc, tu es de Seattle ?

— Non, après la mort de mon père, ma mère s'est remariée et

ils se sont installés là-bas, il y a quelques années.

— C'est bien qu'elle ait retrouvé l'amour.

La jeune femme haussa les épaules, faisant courir ses paumes sur le volant.

— Il est gentil, mon beau-père. Ils se sentaient tous les deux seuls, je pense. Ce n'était pas une romance rocambolesque et passionnante, mais ils s'aiment bien et ils se tiennent compagnie.

Elle jeta un œil vers la porte de la cabine et baissa la voix en poursuivant.

— Jacob et moi étions supposés leur rendre visite à Noël. Aller à Vancouver et faire un peu de ski à Whistler. Offrir à Jacob un Noël blanc.

Ses lèvres se tordirent en un sourire amer.

— Il aurait aimé ça. Maman aussi. Elle me demandait constamment quand nous allions lui rendre visite. Mais j'étais si occupée, tu vois ? Le travail et Jacob. J'essayais d'aller à des rendez-vous galants. Je remettais toujours à plus tard…

Elle cligna des yeux pour repousser ses larmes.

— Merde, désolée.

— Ne le sois pas, la rassura Adam en posant une main sur son épaule.

— Bon sang, je déteste pleurer, déclara-t-elle en essuyant ses paupières. D'habitude, je peux me contrôler. Au travail, je vois beaucoup de choses horribles.

— Je peux très bien l'imaginer.

— Ouais.

Elle secoua la tête.

— Je donnerais tout pour prendre un vol et aller voir ma mère pendant quelques heures. La vie était si dure, mais c'était sacrément facile.

— Je sais ce que tu veux dire, murmura Adam.

Cela avait été difficile pour lui de cacher qui il était à tout le monde, tout le temps, mais il avait pris beaucoup de choses pour acquises.

— Les films me manquent, lâcha-t-il avant qu'il ne puisse s'en empêcher.

Le visage d'Abby s'illumina.

— Oh, moi aussi ! Les films, c'était le meilleur. Aller au cinéma et acheter du popcorn stupidement cher. Ah, c'était le bon temps !

— Du beurre au milieu et au-dessus.

— Tout le reste, c'était de l'amateurisme, continua-t-elle en souriant tristement. Je ressentais toujours… pas de l'excitation, mais de la satisfaction peut-être ? Quand les lumières s'éteignaient et que la bande-annonce commençait. Enfin, la demi-heure de publicité et *ensuite*, la bande-annonce.

— Je détestais manquer la bande-annonce. Je ne voulais presque pas voir le film si je ne pouvais pas le faire bien.

Il réalisa que cela avait été une sorte de rituel. Dans son esprit, il pouvait voir la lumière argentée de l'écran, le son bas qui vibrait dans ses os, les sièges moelleux, le murmure de Tina dans son oreille.

— Ouep. Et ensuite, le film commençait et s'il était bon, il m'emportait.

— Et s'il était mauvais, je faisais des remarques sarcastiques avec mon amie, poursuivit-il en riant. C'était presque aussi rigolo que les bons films. Le dernier que nous avons vu était un mauvais film d'horreur où les acteurs étaient si stupides qu'on préférait encore les fantômes. Tina était si énervée lorsque la fille est allée seule dans le sous-sol en entendant un bruit.

— Amen ! Ne jamais aller au sous-sol ! Il n'y a rien de bon en bas ! Jamais. C'est une règle assez facile à retenir.

Adam soupira, scrutant l'horizon.

— Rien n'est facile maintenant.

Le regard d'Abby se dirigea vers la cabine.

— Parfois, je me demande si j'ai fait les bons choix. Tu sais, quand tout est parti en vrille.

— Nous avons tous fait ce que nous devions faire pour rester vivants. Je dirais que tu t'en es bien sortie.

— Dis ça à Jacob, dit-elle en souriant et en secouant la tête. Les ados.

— C'est dur.

— Oui, il l'est. Il ne le sait juste pas. Mais il me blâme. Quand tout est arrivé, je voulais essayer d'aller à Seattle pour retrouver ma mère, mais les routes vers le nord étaient encombrées. Les parents de Craig sont morts et il a pensé que Washington serait mieux. Nous espérions que le gouvernement prendrait le contrôle.

Elle grimaça.

— Ce n'est jamais arrivé. Mais nous avions bon espoir. J'étais déchirée. Je pensais qu'il valait mieux nous séparer, pour aller vers la côte ouest avec Jacob. Il voulait retrouver son père.

Puis elle baissa la voix.

— Je ne comprends pas pourquoi. Cet homme n'a jamais été là pour lui.

— Il fait partie de sa famille, cependant. C'est important.

— Non, c'est un pénis ambulant avec des oreilles.

Adam rit.

— C'est… suggestif.

— Comment j'ai pu me marier avec cet homme, ça me dépasse. Je regarde en arrière et je pense toujours : était-il vraiment différent au début ? Ou étais-je aveugle et stupide ? Comment ai-je pu aimer quelqu'un de si égoïste ? Mais je l'ai fait. Oh, je l'ai aimé. Et il m'a probablement trompé plusieurs fois. Je l'ai attrapé une fois et c'était suffisant.

Adam ne pouvait pas l'imaginer, trahir Parker comme ça, rejetant sa famille pour du sexe.

— Merde, nous devons orienter les voiles.

Une fois ces dernières repositionnées, Adam pensa qu'il devait dire quelque chose.

— Craig me semble être un mec super.

Les yeux d'Abby étincelèrent tandis qu'elle sourit.

— Il l'est. Je remercie Dieu d'avoir décidé que c'était trop risqué d'aller seule avec Jacob. Je veux dire, Craig et moi, nous nous connaissions à peine.

— Troisième rendez-vous, n'est-ce pas ? demanda Adam en sortant sa caméra de sa poche. Ça ne te dérange pas de m'en parler ? J'étais étudiant en cinéma. Je ne dois pas gâcher ma batterie, mais je ne peux pas résister à l'envie de filmer ici et là. C'est idiot, vraiment. Ce n'est pas comme si j'aurais la chance de finir mon film, un jour.

— Ce n'est pas du tout idiot.

— Même si je le faisais, qui le verrait ?

Abby sembla y réfléchir.

— Voudrais-tu toujours le finir ? Même si personne ne le voyait ?

— Oui.

Il n'avait pas besoin d'y penser. Même s'il n'avait jamais d'audience, ses images seraient capturées. Elles seraient réelles. Il essaya de sourire.

— Non que beaucoup de gens l'auraient vu de toute manière à part mon responsable et le comité du département du cinéma.

— Eh bien, si tu en fais un nouveau, je le verrai. Nous trouverons un moyen, le rassura Abby. Avec du popcorn aussi. Et beaucoup de beurre. Je le préparerais moi-même s'il le faut.

L'envie de lui faire un câlin fit tortiller ses doigts.

— Merci.

— Quel genre de films as-tu étudié ?

— Tous, mais la thèse de mon master se portait sur les documentaires. J'en faisais un sur les familles choisies.

— Eh bien, c'est un bon sujet, dit-elle en souriant largement et en relevant le menton d'une manière exagérée. Est-ce que j'ai quelque chose sur les dents ?

— Non. Tu es magnifique.

Et c'était vrai, ses cheveux blonds virevoltaient dans le vent et un rougissement envahissait ses joues, faisant apparaître ses fossettes.

— OK, je suis prête pour mon gros plan, M. DeMille.

Adam alluma la caméra et se positionna devant la barre, s'appuyant avec une main sur la rambarde, gardant l'objectif aussi stable que possible sur le pont vacillant.

— Donc, ton troisième rendez-vous avec Craig. Qu'avez-vous fait ?

— Eh bien, il est venu me chercher à mon appartement. Il s'est présenté directement à ma porte au lieu de m'envoyer un texto pour me dire qu'il était dehors, dans la voiture. Je portais une nouvelle robe avec des marguerites et il a dit que je ressemblais à un rayon de soleil.

Elle sourit.

— C'était ringard et Jacob se conduisait en enfant gâté et faisait mine de vomir, mais j'aimais ça. Craig était Craig. Il est toujours sincère, peu importe les circonstances. Tu sais ce que je veux dire ?

— Je sais. Alors, où êtes-vous allés ?

— Il y avait l'un de ces grands centres commerciaux à la sortie de la ville. Tu sais, comme les célèbres Target And Marshall, un grand cinéma et quelques restaurants. Nous sommes allés au Cheesecake Factory. Je sais, ce n'est pas exactement gastrono-mique, mais j'ai toujours aimé les chaînes de restaurant. Et le Cheesecake. Bref, nous mangions en parlant de la série *House of Cards* et le temps est simplement passé très vite. Lors de notre premier et second rendez-vous, nous avons pris un café. Tu sais, durant la journée, pendant juste une heure ou deux. Moins de pression. Mais les choses ont été différentes, cette nuit-là.

— Comment ça ? demanda Adam, calmement, ne voulant pas déranger cette vague de souvenirs tout en la poussant à lui donner plus de détails.

Elle se mit à rire.

— Il m'a embrassé avant que nous partions pour le restaurant. D'habitude, on attend jusqu'à la fin du rendez-vous pour le baiser. Traditionnellement, en tout cas. Mais non, il m'a ouvert la portière, puis il a contourné la voiture et s'est mis derrière le volant. Il s'est penché vers moi et je lui ai donné un coup de coude dans la mâchoire en essayant de mettre ma ceinture. Complètement inconsciente.

Avec un sourire, elle secoua la tête.

— Pauvre Craig. Je l'ai vraiment eu. Il m'a dit qu'il allait bien, qu'il pouvait toujours avoir une autre cicatrice sur son menton. Il m'a dit que c'était ce qu'il gagnait à m'embrasser. Je lui ai dit que s'il voulait essayer encore, ça ne me poserait pas de problème.

Elle releva sa main sur ses yeux et les plissa en direction de l'autre bateau avec un tendre sourire.

— Non, ça ne me dérangeait absolument pas.

— Donc, vous avez dîné ?

— Oui, répondit Abby en se reconcentrant sur la caméra. Nous avions prévu de regarder un film, mais nous avons changé d'avis. Nous nous sommes assis dans ce stand pendant des heures, jusqu'à ce que nous ayons finalement de la place pour partager une part de cheesecake.

— Quelle sorte ?

Les bras tendus pour garder l'équilibre, Abby ferma ses yeux, un sourire joyeux étirant ses lèvres.

— Citron et framboise. Seigneur, le cheesecake me manque. L'ai-je mentionné ? C'était divin.

Elle rouvrit ses yeux, le visage sombre.

— C'est une bonne chose que nous n'ayons pas vu le film. Une fois que nous avons réalisé que quelque chose clochait, les serveurs étaient tous agglutinés ensemble, regardant leurs téléphones et tu pouvais sentir dans l'air que quelque chose d'énorme était en train d'arriver. Bref, nous avons réussi à récupérer Lilly chez son amie, puis à revenir chez moi avant que le trafic ne devienne fou.

Elle s'interrompit en frissonnant.

— Jacob était seul. Quand il a eu treize ans, il a insisté sur le fait qu'il n'avait plus besoin de baby-sitter, et il avait raison. Bon sang, en grandissant, nous pouvions être à des kilomètres de la maison et personne ne savait où nous étions. J'ai décidé de le responsabiliser un peu et j'ai supposé que si je savais où il se trouvait, il serait en sécurité pendant quelques heures. Mais si nous n'étions pas revenus, si le virus s'était répandu à Winston-Salem cette première nuit… il aurait été tout seul. Maintenant, il a des gens autour de lui, qu'il aime ça ou non. Merci, Adam.

Ce dernier éteignit la caméra et la glissa dans sa poche.

— Pour quoi ?

— Pour avoir sauvé nos vies. Pour tout ça, répondit-elle en agitant la main vers l'autre bateau. Je sais que ça ne fait… quoi, qu'une semaine seulement ? Mais je suis si heureuse de vous connaître. Tous les deux. Je pense que Parker n'était pas trop ravi de notre présence, mais nous arriverons à le convaincre.

En souriant, Adam regarda l'endroit où Parker apprenait à Lilly la manière de faire des nœuds, Craig était à la barre pour le moment.

— C'est vrai. Il a juste… quelque chose est arrivé. Il est difficile de savoir à qui nous devons faire confiance, ces jours-ci.

— J'en suis sûre. Mais nous vous faisons confiance. Donc merci.

— *Je* devrais *vous* remercier.

— Pourquoi ? Je ne vous ai pas encore donné de raisons.

— Pour…

Il agita sa main vers elle puis vers l'autre bateau.

— Pour ça. Ça aide. De vous avoir ici. Nous sommes mieux de cette façon.

Ils avaient besoin de ça. Peut-être que c'était idiot de les appeler « famille » après les avoir connu que depuis peu de temps, mais Adam ne s'était jamais senti aussi enraciné depuis la mort de ses parents et de ses sœurs. Peu importait ce que c'était—famille, communauté, meute –, ça aidait.

Les yeux étincelants, Abby prit ses mains, ses petits doigts agrippant les siennes et posa un baiser sur sa joue.

Le vent tourna, faisant claquer les voiles et elle recula.

— OK, assez de sentimentalisme pour une journée. Ajustons les voiles. Bon vent, moussaillon ! Je ne sais pas ce que ça veut dire, mais je pense que nous devrions parler comme des pirates pour le reste de la journée.

Adam éclata d'un rire bas et profond.

— Tonnerre de Brest ! Ça, c'est une bonne idée ! s'exclama-t-il à son tour.

La radio crépita.

— Hé, comment ça va de votre côté ? s'enquit Parker. Vos voiles flottent. Vous devez…

— Arrrr, grogna Adam. À vos ordres, Capitaine !

Il y eut un moment de silence, puis son compagnon demanda :

— Es-tu en train de parler comme un pirate ?

— Yo-ho-ho ! répondit Adam en essayant de ne pas rire alors qu'Abby gloussait.

— Et une bouteille de rhum ? termina Parker en riant. OK, Marins d'eau douce. Ajustez vos voiles ou je vous ferai marcher sur la planche.

— Arrrrr…

Il posa la radio et alla tirer sur les cordes.

Le rire de Parker l'atteignit à travers les vagues, et Adam travailla tranquillement aux côtés d'Abby.

— Tu n'es pas obligé de le faire si tu ne le veux pas.

Nu et frottant ses cheveux humides avec une serviette, Adam écouta la manière dont le cœur de Parker bondissait.

— Ce n'est pas comme si je n'aimais pas les choses que nous faisons ensemble, continua-t-il.

Parker le regarda de là où il finissait de fermer les stores sur le dernier hublot près de la cuisine.

— Non, nous allons le faire, déclara-t-il.

— Mais si tu es nerveux…

— Bien sûr que je suis nerveux, dit Parker en s'avançant vers lui et en prenant sa main, la posant sur son torse. Mais je veux le faire. D'accord ?

Les doigts d'Adam étaient posés sur le coton de son tee-shirt et il écouta les battements de son cœur devenir plus réguliers.

— OK.

Sa bouche était sèche, l'excitation faisant bouillonner ses veines pendant qu'il aidait Parker à se déshabiller, lui volant des baisers durant tout ce temps. Il s'était préparé dans la douche tandis que la nuit tombait et bien que son estomac gronde, ça valait la peine d'attendre.

Ils éteignirent toutes les lumières, sauf une lampe tamisée dans la chambre et les témoins lumineux verts jetant des ombres dans la pièce. À travers l'océan, il pouvait entendre les autres jouer à Cluedo après leur dîner. Jacob insistait pour être Miss Scarlet, au grand mécontentement de Lilly, puisque Miss Scarlet commençait toujours en premier.

— Adam ?

— Hmm ? fit-il en revenant à lui.

— Tu as un sourire niais sur le visage. Ce n'est pas vraiment ce à quoi je m'attends avant d'enfoncer ma main dans ton cul.

Il se mit à rire et embrassa doucement Parker.

— Tu as toujours une façon à toi de dire les choses. J'écoutais juste les autres. Ils jouent à Cluedo.

— Oh, fit Parker, les sourcils froncés. Cool. Mais tu es là avec moi, pas vrai ? Juste nous deux ?

Il garda un ton léger.

— Ce serait très gênant d'avoir une audience. Il n'y a que toi et moi.

Il attira son amant contre lui, posant leurs fronts ensemble et caressant les bras de Parker de ses doigts, faisant naître en lui des frissons.

Parker déglutit difficilement.

— Comment veux-tu faire ça ? Je pense que je sais quoi faire.

Adam avait dessiné un schéma et lui avait tout expliqué sur ce qu'il avait appris à propos du fisting au cours de ses lectures.

— Tu vas t'en sortir. Tu ne me feras pas de mal, rappelle-toi ? Je ne suis pas normal.

Parker fronça les sourcils.

— Tu es *spécial*. C'est différent, rectifia-t-il.

Un rougissement parcourut son torse et Adam l'embrassa délicatement avant d'empiler quelques oreillers et d'étendre une serviette sur eux.

— D'après ce que j'ai lu, la clé, c'est d'être détendu. Évidemment pour moi, ça va être plus facile, mais je pense que je devrais essayer de me lâcher. Nous n'avons pas de harnais, donc…

Il s'appuya contre les oreillers, se tortillant jusqu'à ce que ses jambes soient écartées et que ses genoux soient plus confortables, son cul relevé et le torse penché en avant, son visage tourné sur le côté.

— *Merde*, murmura Parker. Ouais, ça va marcher.

Il fit courir ses paumes sur les fesses d'Adam, le caressant doucement.

— Regarde-toi. Tu es si beau.

Adam ne s'était jamais senti aussi vulnérable, et en même temps, en sécurité de toute sa vie. Parker embrassa tendrement sa colonne vertébrale humide, et il n'essaya pas d'empêcher un gémissement de sortir de sa gorge. Il savait que Parker comprenait.

Fermant les yeux, il inspira et expira profondément, se forçant à se détendre pendant que Parker massait la peau plissée de son entrée, la léchant lentement. La caresse rugueuse et mouillée de sa langue envoya des picotements agréables aux orteils d'Adam.

Il avait toujours aimé les anulingus et s'était demandé plus d'une fois si c'était en rapport avec le fait d'être un loup-garou. Non que les humains n'aiment pas ça, mais donner et recevoir cet acte touchait un instinct primal au plus profond de lui, un instinct qu'il ne pouvait nommer.

À présent, il se demandait si être baisé par un poing allait toucher quelque chose de plus profond encore. Il avait fantasmé sur ça depuis tellement longtemps... avait voulu être vraiment empli. *Mais... et si je ne le sens toujours pas ? Peu importe ce que c'est. Et si Parker n'aime pas ça ? Et si...*

— Hé, détends-toi, tu te rappelles ? l'encouragea doucement ce dernier en passant ses mains sur les hanches et les flancs d'Adam. Je peux t'entendre penser. Arrête.

Il hocha la tête contre les draps.

— Désolé.

— Je vais utiliser un peu de lubrifiant maintenant. OK ?

Adam acquiesça de nouveau. Il savait que certains utilisaient du Crisco ou du lubrifiant spécial pour le fisting. Mais alors que Parker humidifiait un doigt de sa main droite, Adam s'ajusta si rapidement qu'il en eut à peine besoin. Pourtant, le glissement était agréable et Parker enfonça enfin trois doigts, ses membres devenant agréablement lourds.

— Prêt pour plus ?

— S'il te plaît.

Lorsque Parker ajouta son pouce sous ses doigts et les enfonça tous jusqu'aux phalanges, tenant la hanche d'Adam de sa main gauche, un gémissement s'échappa de lui face à cet étirement incroyable. Il savait qu'il ne durerait pas alors que son corps s'y accommodait trop bien, néanmoins pour le moment, il se sentait délicieusement plein.

— Tu aimes ça ? murmura Parker. J'aurais voulu que tu voies à quel point tu es sexy comme ça, tout ouvert pour moi.

Il agita ses doigts humides, effleurant la prostate d'Adam.

Haletant, celui-ci ne put que hocher la tête. Sa queue était flasque sous lui, le plaisir entièrement focalisé sur son cul.

— Plus, souffla-t-il.

— Ma main est en toi, marmonna son jeune compagnon, comme s'il ne pouvait pas le croire. Merde, je n'aurai jamais pensé que ce serait chaud de faire ça. Je deviens dur.

La manière dont Parker bougeait ses doigts, allant jusqu'au poignet, envoya des picotements à travers le corps d'Adam. Les lèvres entrouvertes, il s'obligea à rester détendu et à se laisser emporter. Mais l'amplitude disparaissait et il supplia :

— Plus.

Il pouvait entendre Parker ajouter plus de lubrifiant, rétractant momentanément sa main.

— Tu veux que je te baise avec mon poing ? Pourrais-tu le sentir mieux ?

— Oui, *oui*.

Les mouvements des doigts de Parker étaient amplifiés à l'intérieur de lui et Adam le sentit merveilleusement tandis que son amant serrait le poing et faisait des va-et-vient, étirant son rectum et frottant sa prostate. Avec un humain, ça aurait été trop, il aurait fallu plus de temps pour arriver à ce stade et Adam semblait déjà avoir besoin de plus.

— Plus profond. S'il te plaît.

Des éclats de rire venant de l'autre bateau traversèrent l'océan comme une caresse. Quand il était petit, il aimait aller au lit plus tôt pendant que ses parents et ses sœurs avaient toujours leurs lumières allumées, la lueur jaune autour de la porte de sa chambre avait été un doux réconfort pendant son sommeil.

Une sensation similaire de paix l'emplit, le rire comme un baume distant alors que Parker touchait presque son colon. Il respirait difficilement et il agrippa la hanche d'Adam plus fort avec sa main libre. Il y eut un autre cercle de muscles à l'entrée, et il hésita.

— C'est hallucinant. Je veux dire, je ne sais pas vraiment ce que je fais, déclara-t-il en prenant de brusques inspirations courtes. Je pourrais te blesser même si tu guéris. Tu en es certain ?

— *Oui.* J'en ai besoin.

Se tendant, une étrange panique le griffa de l'intérieur. Comme s'il était prêt à trouver quelque chose hors d'atteinte, quelque chose qu'il désirait depuis tellement longtemps. Une connexion et une paix qu'il n'avait jamais été en mesure de nommer jusqu'à ce qu'il rencontre Parker.

— Ne t'arrête pas.

Même si son cœur martelait au point qu'Adam pouvait sentir la crainte dans sa sueur, Parker le rassura :

— Je ne le ferais pas, non. Chhhhut. Je te tiens.

De sa main libre, il caressa les cheveux d'Adam, se penchant vers lui pour poser un baiser entre ses omoplates. Le souffle de Parker chatouillait sa peau.

Alors que la main de ce dernier se courbait sur la gauche dans le corps d'Adam, entrant dans son côlon, un raz-de-marée d'extase le laissa haletant et sans souffle, tout son corps frissonnant.

— Oh, *oh, oui* !

Il gémissait probablement trop fort étant donné à quel point le son voyageait sur l'eau, mais il ne put s'arrêter.

— Putain, bébé, haleta Parker. Mon bras est *à l'intérieur de* toi. Tu le sens ?

Il se pencha vers lui et embrassa sa colonne vertébrale.

— Tu es si bon.

Parker était au plus profond d'Adam, celui-ci n'avait jamais eu quelque chose en lui, jusqu'au coude. Il avait essayé d'utiliser des godes par le passé, mais cela lui avait toujours semblé gênant et mal, et il avait rapidement abandonné.

Quelque chose lui avait manqué et maintenant, il l'obtenait avec son amant. Son souffle lourd sur son dos et sa nuque, ses lèvres tout contre sa peau étaient aussi tendres que les murmures qui en sortaient, ses doigts détendant et explorant au plus profond de lui, chaque instant plus intense qu'Adam n'aurait jamais espéré. Ce dernier s'écartait, mais il se sentait incroyablement plein, cette pression provoquée par le bras de Parker… magnifique.

Ce dernier serra le poing de nouveau, faisant aller et venir sa main si profondément en lui que les yeux d'Adam roulèrent dans leurs orbites, les vagues de plaisir étant presque trop puissantes pour le supporter. La bouche ouverte, il grogna de manière rythmique, certain qu'il allait léviter hors du lit si la main et le bras de Parker ne l'ancraient pas.

Ils le complétaient.

La gorge serrée et les yeux brûlants de larmes contenues, la gratitude naissait en lui, douce et merveilleuse… pour Parker et la famille qu'ils avaient trouvée récemment, pour la meute qu'ils constitueraient. Pour la maison qu'ils construiraient. Ils trouveraient un moyen. Bien qu'il soit complètement exposé, ses défenses au plus bas, il se sentait *en sécurité*.

Sa queue n'était pas dure, pourtant alors que Parker allait plus loin encore – utilisant presque tout son bras, la pression contre son noyau l'écrasant – les pulsions de plaisir qui le déchiraient ne purent être décrites que comme des orgasmes. Il frotta son visage contre les draps doux, étouffant ses cris, son corps et son âme s'envolant.

— C'est ça. Ouais. Si bon, marmonna Parker en continuant de bouger son bras. Prends tout.

Le plaisir devint un paisible flottement, et Adam ouvrit les yeux, se léchant les lèvres, sa propre sueur salée sur sa langue.

— Oh, mon Dieu.

Il était vidé, le corps toujours frissonnant, l'amplitude qu'il avait ressentie commençant à disparaître.

— C'était… Waouh !

Gémissant, Parker essaya de donner des coups de reins contre la cuisse d'Adam. Celui-ci pouvait sentir le bout dur de sa queue, mais son compagnon n'avait clairement pas pu obtenir la pression voulue. Des images d'une vidéo qu'il avait vues quelques années plus tôt traversèrent l'esprit d'Adam, suivi par un éclair de désir. Sa voix fut rauque quand il parla.

— Ralentis jusqu'à ce que ce ne soit que ta main.

Parker se tendit.

— Est-ce que ça fait mal ?

— Non, non. Retire-toi et ensuite, enfonce ta queue aussi. Masturbe-toi en moi. Emplis-moi.

Il imagina le sperme de son amant l'inonder au plus profond de lui et y rester.

Avec un grognement, les battements saccadés du cœur de Parker tambourinaient dans les oreilles d'Adam pendant que son propre cœur se calmait, son corps si incroyablement détendu. Parker recula doucement son bras. Après un peu plus de lubrifiant, il enfonça le bout de sa queue contre l'entrée écartée d'Adam.

— Tu es sûr ?

— Oui, murmura Adam, inspirant profondément et relâchant le tout, détendant son ouverture autant qu'il le pouvait.

— Oh, Seigneur.

Les doigts de Parker allaient laisser des hématomes sur les hanches d'Adam qui guérirait bien trop rapidement. Grondant, il le pénétra et se tendit en enfonçant son sexe. Ses hanches frappaient gauchement le cul d'Adam et il se pencha, des rafales de souffle sur sa peau. Adam était si plein qu'il explosa encore et il frissonna sous une autre vague triomphale tandis que Parker commença à se masturber, effleurant sa prostate.

— *Oh merde, oh merde*, marmonna Parker. Je vais jouir.

— Fais-le.

— Merde, je me masturbe en toi. Je suis tellement dur.

Adam se positionna sur ses mains pour qu'il puisse regarder par-dessus son épaule. Il pouvait voir où la queue de son amant et son poignet disparaissaient à l'intérieur de lui. Parker releva sa tête et leurs yeux se fixèrent.

— Donne-moi ton sperme, murmura Adam. Je veux tout.

Avec un cri, Parker s'immobilisa et trembla, sa tête rejetée en arrière alors que son orgasme l'envahissait, dénudant sa gorge. Adam voulait s'y jeter dessus avec ses dents, ne le mordant pas, mais le marquant juste assez pour ce soit encore visible le lendemain matin.

Haletant, Parker était toujours en lui, fixant l'endroit où sa main et sa queue disparaissaient.

— Était-ce assez ?

— Oui, murmura Adam, la voix rauque. Merci.

Parker se retira, d'abord sa queue flasque, puis sa main. Son sperme coulait sur ses cuisses de l'entrée ouverte de son amant. Adam se laissa tomber sur son torse et Parker s'allongea sur le dos à côté de lui. Lorsque ce dernier tourna sa tête, son souffle se bloqua, les yeux écarquillés.

— Est-ce que ça fait mal ? demanda-t-il en effleurant la joue d'Adam. Ton cul est si gonflé…

Adam réalisa que des larmes coulaient sur ses joues. Il sourit.

— Non. Je te promets. C'était… parfait. Même si tu n'es plus là, je ne me sens plus vide du tout.

Parker se rapprocha de lui et l'embrassa doucement.

— Je n'ai jamais pensé… c'était incroyable. Je ne savais pas que c'était possible, dit-il.

— Il faut beaucoup de travail et de patience pour que des humains aillent aussi loin. Des années.

— Ouais. Je ne sais pas si je pourrais.

— Tu n'es pas obligé.

— As-tu joui ?

— Pas avec mon sexe, répondit Adam. Mais bon sang, oui. Je ne peux pas le décrire. T'avoir en moi comme ça… c'était tout ce que j'ai toujours voulu.

Lorsqu'ils trouveraient une maison, ils pourraient le faire sans devoir rester silencieux. Si ce n'était pas sur l'Ile du Salut, peut-être sur une autre, avec leur propre maison et Abby, Craig et les enfants dans la leur, juste assez loin sans être trop loin.

Parker embrassa les joues d'Adam, son nez, et son menton. Pendant de longues minutes, ils se blottirent l'un contre l'autre, sans force.

Après un moment, Adam se releva à contrecœur sur ses mains.

— Nous devrions nous laver. Dîner.

— Hummm.

Parker bougea ses doigts collants.

— Ouais, je meurs de faim et je me sens plutôt dégoûtant.

Le visage s'illuminant soudain, il murmura :

— Mec, *je me suis masturbé en toi* !

— Ouep.

Ils se mirent à rire et entrèrent dans la cabine de douche, entreprenant de se laver l'un et l'autre. Parker nettoya l'entrée de son compagnon doucement et c'était comme s'il était encore enfoui profondément en lui.

Chapitre 8

SE REVEILLER POUR trouver qu'il bavait sur Adam était pour Parker la plus belle façon de commencer une journée.

— Mmm, marmonna-t-il, frottant sa joue contre le torse d'Adam, aimant la caresse rugueuse de ses poils.

Il était étendu complètement sur le corps de son compagnon, qui était sur le dos, déjà réveillé. Parker pouvait le dire par la manière dont il respirait et étendait sa grande main sur son cul, la posant juste là où ils se câlinaient sous les couvertures.

— Bonjour.

— Salut, murmura Adam. Il est temps de se lever.

— Humm.

Parker cligna des yeux face à la douce lumière qui entrait par le hublot sur un côté du lit.

Ils les avaient couverts avec un tissu noir et du ruban adhésif pour être absolument certains qu'aucune luminosité ne trahisse leur position, mais Adam avait dû tendre la main pour en décoller un coin.

— Apparemment, c'est une bonne journée pour faire un peu d'approvisionnement.

Un malaise l'envahit en pensant au ravitaillement alimentaire et médical. De tout.

Alors que les jours passaient, les survivants s'approvisionnaient de plus en plus. Les rayons des supermarchés ne seraient plus jamais à nouveau remplis, et ensuite quoi ? Un éclair d'espoir le traversa et il ferma les yeux pendant un moment, se permettant d'explorer le rêve que le virus puisse être guéri, le gouvernement intervenant pour les sauver et rendre le monde à nouveau normal.

Ils pourraient retourner à Stanford et Parker étudierait très dur pour le film noir d'Adam. Ils regarderaient de vieux films, blottis l'un contre l'autre sur un canapé, mangeant du popcorn avec un supplément de beure pendant qu'Adam parlerait de symbolisme, de l'utilisation de la lumière et de l'ombre ou de n'importe quel autre truc. Ils encourageraient les footballeurs les dimanches et resteraient pour regarder la dernière série de HBO. Ils se disputeraient à propos de choses stupides comme qui finirait le lait et se réconcilieraient avec des baisers. Ils auraient une vie ordinaire et incroyable.

La douleur de la perte résonna en lui comme une cloche d'église, jusque dans son âme, profondément. Comme s'il parcourait les chaînes sur la télévision, des flashs traversèrent son esprit : *les yeux de Carey grands ouverts, ses dents s'entrechoquant ensemble alors qu'elle se redressait brusquement. Tombant dans une piscine, la machette glissant de ses doigts. Complètement seul sur la route vide du désert. Adam tombant comme une pierre tandis que le tranquillisant faisait effet. Nu sur le pont, impuissant avec Petit Homme qui le surplombait.*

— Parker ?

Adam caressa son dos.

— Tu vas bien ?

Déglutissant la bile qui lui remontait dans la gorge et inspirant régulièrement, il ouvrit ses yeux, regardant l'épaule d'Adam. Il traça un doigt sur les veines de son bras, stupidement fier que sa main ne tremble pas.

Je vais bien. Tu vois ?

— Peux-tu m'apporter plus de cookies au beurre de cacahouète ?

— Oui. C'est sur ma liste.

Pendant que Parker imaginait les courses à l'épicerie, poussant le chariot et débattant les mérites des Doritos piquants, l'éclair d'envie et de douleur revint en force.

— Merci, murmura-t-il.

— Tu es sûr que tu iras bien ? Peut-être que…

— Nous en avons parlé.

Il encercla un doigt autour du téton d'Adam. *Doux et régulier. Tout va bien.*

— Craig veut y aller et je resterai avec Abby et les enfants. Ça ira.

Je ne suis pas brisé.

— Je ne serai pas long. Je…

Il se raidit, la tension le parcourant tout entier. Après avoir écouté attentivement, il exhala et se détendit.

— C'est juste Craig qui parle.

— Comme nous l'avons dit, tu ne seras pas long. Nous avons pris beaucoup d'armes et des machettes de secours pour gagner. Aujourd'hui, tu peux juste amener de la nourriture et des médicaments. Oh, et les appâts pour la pêche que j'ai mentionnés, si c'est possible. C'est une ville de pêcheurs, donc il y a de l'espoir.

Ils étaient au large de la Géorgie maintenant et l'endroit était submergé de monstres. Des feux brûlaient au loin, quelque chose qu'il voyait de plus en plus en longeant la côte. Ils devaient prendre tout ce qu'ils pouvaient avant que le monde ne tombe en cendres.

La radio s'alluma, et Parker se prépara. L'île du Salut continuait à transmettre leurs messages stupides pour aller chez eux et finir dans leur donjon, mais Adam écoutait chaque fois attentivement, comme s'ils avaient une quelconque réponse. Heureusement, la voix d'Abby retentit.

— Bonjour ! Puis-je envoyer Jacob pour avoir un peu de sucre ? Nous n'en avons plus et mon café va déprimer s'il n'en a pas.

Soulagé, Parker s'éloigna d'Adam et sortit du lit. Il prit le micro.

— Oui, pas de problème. Est-ce que votre canot tient toujours ?

— Euh, je ne sais pas si le pansement va tenir, mais il semble fonctionner pour l'instant. Oh, et Craig fait des pancakes si vous voulez venir pour le petit déjeuner, les gars.

— Bonne idée. Nous allons prendre notre douche. Je prépare le sucre pour Jacob.

— Merci, mon chou.

Parker s'étira et se gratta les fesses. Il était temps pour une autre journée. Temps de sourire et d'être normal. Il tira sur son boxer et tapota le pied d'Adam.

— Tu veux prendre ta douche en premier ?

Toujours sous les couvertures, Adam bâilla.

— Non, vas-y, toi.

Il s'était levé au moins deux fois pendant la nuit pour monter sur le pont et scanner les alentours, et Parker aurait voulu qu'il puisse partager son fardeau. Cependant, Adam refusait qu'il le fasse.

Entendant le moteur du canot qui s'approchait, Parker versa une bonne quantité de sucre dans un récipient, fermant le couvercle avec un claquement satisfait. Bientôt, la voix de Jacob flotta timidement jusqu'à eux.

— Euh, salut ?

Parker réalisa que le sas était toujours fermé.

— Descends ! lança-t-il.

Il finit de vérifier le radar sur l'écran et le matériel. Quand il releva les yeux, Jacob se tenait là, le fixant, complètement figé.

— Euh, bonjour, le salua Parker.

Pourquoi ce gamin est si bizarre ?

Jacob ouvrit et ferma la bouche, puis son regard alla vers la cabine où Adam était toujours étendu sur le lit, la couverture jusqu'à la taille et entremêlée dans ses jambes poilues.

— Je…

Jacob s'interrompit en déglutissant difficilement, sa pomme d'Adam remontant et descendant.

— Donc, vous, les gars… vous êtes vraiment… vraiment…

Ses sourcils se froncèrent.

Parker se raidit, puis glissa le récipient sur le comptoir.

— Gay ? Ouais. Tu as un problème avec ça ?

Secouant la tête vigoureusement, Jacob attrapa le sucre et recula, son regard allant de Parker au lit, les yeux écarquillés. Il pivota et se précipita vers les escaliers. Quelques moments plus tard, le moteur du canot se fit entendre.

— Eh bien, c'est foutrement dommage que tu aies un problème avec ça, marmonna Parker.

Un profond soupir lui parvint du lit.

— Parker.

— Quoi ? demanda ce dernier en enlevant son boxer et en ouvrant le robinet de la douche. Personne n'a de temps pour ces conneries. Je ne supportais pas l'homophobie avant et ma patience pour elle maintenant est inférieure à zéro.

Adam se redressa en position assise, un sourcil haussé.

— Oui, je peux voir ça. Mais je ne pense pas que c'est ce qui se passe avec Jacob. Parker, il a le béguin pour toi. Tu ne l'as pas remarqué ?

— Quoi ? Pourquoi… quoi ? bredouilla-t-il.

Il pensa à Jacob, avec ses jambes minces, ses boutons et son regard intense, la façon dont Parker se retournait parfois et trouvait ces yeux noirs fixés sur lui.

— Mais… *moi* ? Pourquoi aurait-il le béguin pour *moi* ?

L'eau de la douche coulait, chaude, donc il entra et tira le rideau, fronçant les sourcils tandis qu'il ouvrait le couvercle du shampoing.

— Pourquoi pas ? lança Adam.

— Euh… allô ? fit-il en ricanant avant d'ajouter. Tu es ici.

Il y eut un silence en réponse, puis le rideau s'ouvrit et Adam entra.

— Apparemment, je ne suis pas son genre.

Il fit courir ses mains sur le dos de Parker avant d'empaumer son cul.

— Mais je pense qu'il a bon goût, poursuivit-il. Et te voir pratiquement nu dans ton boxer l'a rendu instantanément dur.

Parker lui donna un coup de coude en prenant le savon.

— Impossible. Vraiment ?

— Ouep.

— Tu penses vraiment que ce gamin a le béguin pour moi ?

— Oui, sérieusement. Je peux entendre ses battements de cœur, rappelle-toi ? Et je peux sentir des choses.

— Et ton détecteur sexuel est hautement fonctionnel ?

— Oui.

— Eh bien, merde.

Parker pensa à la manière dont Jacob s'était enfui quand il lui avait aboyé dessus et il grogna.

— Maintenant, je me sens comme un salaud.

Alors qu'il se rapprochait du robinet de douche, Adam fredonna, mais ne dit rien.

— C'est la partie où tu vas me dire que je suis magnifique et parfait et que je ne pourrais jamais être un salaud, remarqua Parker.

— Oh, vraiment ?

En riant, Adam ferma ses yeux sous l'eau.

— J'ai dû louper ce mémo.

— Ferme-la, connard !

Il rit aussi avant de soupirer.

— Je vais lui parler. Être plus gentil avec lui.

— Bien. Mais à ta place, je ne lui dirais rien à propos de son béguin.

— Oh mon Dieu, je ne suis pas stupide *à ce point* ! protesta-t-il en pinçant le flanc d'Adam d'un air joueur. Je n'ai pas été élevé par les loups.

— Ooooh, *cassé* !

Les choses se transformèrent bientôt en une bataille de chatouilles et seul l'appât des pancakes les empêcha de baiser. Le *Saltwater Taffy* avait un petit salon près de la proue, et Parker et son petit ami s'assirent à côté d'Abby et des enfants. Jacob gardait résolument la tête baissée et les bras croisés. La culpabilité rongea un peu plus Parker.

Il savait ce que l'on ressentait à être un enfant homosexuel effrayé. Bon sang, à quel point ça allait être dur pour Jacob dans ce Nouveau Monde ? Peut-être que ce serait plus facile puisque la sexualité serait la dernière chose dont les gens s'inquiéteraient lorsque survivre devenait une lutte primordiale. Toutefois, il avait le sentiment que ce ne serait pas le cas.

En le regardant maintenant, rien ne semblait facile pour Jacob. Un bouton d'acné sur son menton était prêt à exploser et il était tout dégingandé, ainsi voûté sur lui-même. Lilly lui racontait une histoire à propos d'un poisson et Parker pensa à l'époque où il avait huit ans et où ses seuls problèmes étaient le fait qu'on ne l'autorise pas à avoir le dernier jeu vidéo violent et si Jessica pouvait l'accompagner au nouveau parc de jeux qui se trouvait de l'autre côté d'une grande route.

Jessica, avec son rire facile et son sens de l'humour coquin, ses conseils sur la mode et sur les garçons. Elle était à New York et probablement morte ou infectée. Frissonnant à la pensée de ses yeux doux et grands ouverts, Parker prit sa tasse de café et avala.

— Les pancakes aux pépites de chocolat sont servis !

Craig sortit du sas, brandissant d'un geste théâtral une assiette pleine. Ils lui avaient prêté le rasoir électrique et il avait enlevé sa barbe, il avait aussi rasé sa tête.

— Essayez d'y aller mollo avec le sirop, leur suggéra-t-il en donnant un coup de coude à Jacob. Je parle pour toi, mon vieux.

— Mouais, marmonna Jacob, la tête toujours baissée.

Craig cligna des yeux et échangea un rapide regard avec Abby, qui haussa les épaules.

— Que tout le monde se serve, je reviens dans une minute !

Fermant les yeux, Parker savoura les morceaux chauds remplis de chocolat fondu, gémissant doucement et léchant une goutte sur sa lèvre inférieure. Lorsqu'il ouvrit les paupières, il trouva Jacob en train de le fixer, les yeux écarquillés, son couteau et sa fourchette posés sur son assiette. Parker sourit maladroitement.

— Hum, j'aime le chocolat. Je veux dire, qui ne l'aime pas, hein ?

Rougissant jusqu'aux oreilles, Jacob hocha la tête brusquement et la baissa, mangeant une autre bouchée.

Parker continua joyeusement à se servir quand Craig revint et s'assit à côté d'Abby. Indiquant le menton de l'autre homme de sa fourchette, il demanda :

— Où as-tu eu cette cicatrice ? Elle m'a l'air vieille.

Craig fit courir sa main sur son menton, elle faisait un centimètre.

— Ah, oui. C'est une histoire assez brutale. Je ne sais pas s'il serait approprié de la raconter devant les jeunes oreilles.

Jacob se renfrogna dans ses pancakes et Lilly gloussa.

— Eh bien, je suppose que vous êtes assez grands pour l'entendre, poursuivit-il, puis il baissa sa voix, prenant un ton conspirateur et à l'encontre de lui-même, Parker se pencha vers lui. J'étais un vrai dur quand j'étais petit. Je m'attirais toutes sortes d'ennuis.

— Vraiment ? lâcha Jacob.

Puis il rougit soudain et baissa la tête à nouveau.

— Oh, oui, répondit Craig en sifflant doucement et en frottant son menton. Le jour où j'ai eu ça, je menais le combat de ma vie.

Craig avait l'air si sérieux que Parker n'était plus certain que ça soit une plaisanterie.

— Est-ce qu'on t'a… genre coupé avec un couteau ? demanda-t-il.

— Tu peux dire ça. Je me suis coupé avec de l'acier froid.

Abby secoua sa tête d'un air solennel.

— Cette machine à sodas avait vraiment une dent contre toi.

— Oui ! protesta Craig. Elle est sortie de nulle part !

— Quand tu as trébuché contre elle, papa, dit Lilly en souriant, ayant déjà écouté cette histoire apparemment. Sur une piste de bowling. Vraiment dur.

— Écoute, jeune fille. Le Rolling Pins et le Gutter Sharks ne plaisantaient pas. J'ai eu des points de suture après avoir atterri sur le bord de cette machine à sodas, mais j'ai quand même fini mon dernier tour. Notre fierté et notre boule chanceuse numéro 13 étaient en final, et nous allions rentrer à la maison en tant que champions.

Même Jacob sourit tandis qu'ils éclataient tous de rire. À côté de Parker, les épaules d'Adam tremblèrent. Il avait une goutte de sirop au coin de sa bouche et il la nettoya de son doigt. Lorsqu'il revint à ses pancakes et que Craig raconta une autre histoire de bowling, il réalisa que Jacob le regardait encore avec de grands yeux.

Avant que Parker ne puisse sourire et essaye d'être gentil, le garçon prit son assiette et marmonna quelque chose à propos de la vaisselle. Parker soupira. Il devrait lui parler plus tard. Peut-être qu'il pourrait être seul avec lui pendant qu'Adam et Craig seraient partis…

Des pensées de Petit Homme et de ses amis traversèrent son esprit sans avertissement et il ne réalisa pas qu'il bougeait la jambe nerveusement jusqu'à ce qu'Adam presse sa paume sur son genou doucement, sa main chaude sur sa peau nue sous son short.

Parker lui adressa un petit sourire et versa un peu de sirop sur ses pancakes. Le soleil brillait dans le ciel et le petit déjeuner était sucré sur sa langue. Il se trouvait avec des gens bien. Le passé était passé et le futur était probablement foutu. Il n'y avait rien d'autre à faire que de se concentrer sur le présent.

— JE SUIS désolée que Jacob soit aussi maussade. Je ne sais pas ce qu'il lui prend aujourd'hui, dit Abby en grimpant l'échelle du haut de la jetée, une arme cachée dans la ceinture de son short en dessous de son débardeur violet.

— Pas de problème.

Parker finit d'accrocher le *Saltwater* à un poteau et la suivit sur l'échelle, essayant d'éviter les balanes en croûte sur le vieux bois, sa nouvelle machette dans une main.

— Les ados, pas vrai ?

Abby se mit à rire.

— Tu dis ça comme si tu ne l'étais pas toi-même.

— Je crois que je me sens plus comme un ado, déclara-t-il en s'étirant. Oh, mon Dieu, tu as raison… ça fait du bien d'être sur la terre ferme. Eh bien, le bois ferme, ici.

— Ouais, j'ai juste besoin d'une pause de tous ces balancements. Au moins, je ne vomis plus tout le temps comme c'était le cas la première fois que nous sommes montés sur ce bateau. J'ai le pied marin apparemment.

Elle leva une main pour protéger ses yeux, jetant un œil à la *Bella* qui était ancrée au port à quelques mètres de là.

Jacob et Lilly se trouvaient à table près de la poupe sous l'ombre d'une toile que Parker avait sortie de la réserve, ses poteaux servant facilement de support sur le pont. Le *Saltwater* n'avait aucune ombre et alors que la matinée avançait, le soleil impassible devenait de plus en plus brûlant. Il était tenté de se déshabiller pour plonger dans l'eau. Peut-être plus tard quand Adam et Craig seraient de retour.

Les têtes des enfants étaient penchées sur les livres qu'ils lisaient. Abby et Craig essayaient d'établir un horaire scolaire, ce que Parker comprenait parfaitement, même s'il pensait que ça n'allait probablement pas durer. Les choses s'étaient stabilisées pendant qu'ils longeaient la côte et ils avaient été chanceux de ne pas voir autant de monstres sur la rive ni d'autres survivants depuis des jours.

Il parcourut les arbres des yeux au-delà de la jetée et de la passerelle, ainsi que sur le parking de la marina où beaucoup de voitures abandonnées étincelaient sous le soleil. Il espérait que ça resterait ainsi. C'était trop calme, mais ils se trouvaient dans un endroit très rural de la côte.

Au loin, de la fumée s'éleva dans l'air, un voile qui pourrait presque être des nuages, mis à part la nuance grise et toxique. Ils ne pouvaient la sentir de là où ils étaient grâce au vent frais et salé qui venait de l'océan. Pour l'instant, ils pouvaient prétendre qu'elle n'était pas là et que le ciel était bleu et clair.

Craig et Adam avaient pris le canot de la *Bella* pour aller sur le rivage, où il attendait sur le sable. Ils avaient déjà récupéré tout ce qu'il y avait sur la marina et avaient ramené des choses utiles avant d'aller plus loin. Parker surveilla la mer au-delà du port, guettant un mouvement avant de se retourner vers la terre ferme. Il faisait ça automatiquement maintenant. Il était constamment aux aguets. Il passa la machette d'une main à une autre et refit le mouvement.

— Jacob est… calme. A-t-il toujours été comme ça ? demanda-t-il.

— La plupart du temps. Surtout depuis le départ de son père. Mais pas comme ça.

— C'est vrai. Il a eu beaucoup d'amis ? Euh, une petite amie ?

Super subtil, mec.

Abby sourit doucement.

— Non. Et je ne pense pas qu'il en veuille une.

— Oh. Oui, OK. Hum…

Seigneur, il n'était pas doué à ça.

Elle prit quelques coquilles cassées de la jetée, laissées là probablement par les oiseaux et commença à les lancer dans l'eau : *plop, plop, plop.*

— J'ai fait des allusions pendant un moment. J'ai parlé des droits LGBT et de l'égalité du mariage et à quel point c'était important.

Son visage se plissa.

— La Cour suprême existe-t-elle toujours ? Je suppose que non. Les gens sont libres d'être ce qu'ils veulent maintenant. D'aimer qui ils veulent. Un bon côté.

— C'est surréaliste, n'est-ce pas ? dit-il en regardant les voitures étincelantes au loin. Quand vous avez essayé d'aller à Washington…

Elle frotta ses mains sur ses bras nues.

— On ne pouvait même pas se rapprocher. Elle a été décimée.

Elle s'interrompit quelques instants.

— J'ai essayé la radio hier pour avoir quelques informations. J'ai entendu quelqu'un d'Allemagne. Mon allemand est rouillé, mais je peux te dire que ce n'était pas bon.

— Si tu entends quelque chose d'Angleterre… bon ou mauvais, je veux le savoir.

— Je te le dirais. Je te le promets.

Elle lui serra le coude.

— Bref, j'espère qu'être avec Adam et toi va aider Jacob. Je ne fais pas bien les choses parce qu'apparemment, il reste renfermé.

— Non, tu ne fais rien de mal. Il dira quelque chose lorsqu'il sera prêt. Ça peut être difficile, de l'avouer. Surtout au début, déclara-t-il.

Elle hocha la tête.

— D'accord. Merci.

Ses joues se gonflèrent pendant qu'elle expirait un long souffle.

— C'est dur, ces trucs de parents.

— Oui, je ne peux que l'imaginer.

Il fit un autre tour, regardant avec attention dans chaque direction, cherchant un mouvement suspect.

— J'ai toujours été inquiète sur le genre de monde dans lequel nous laisserons nos enfants et maintenant, regarde-nous. Je peux à peine dormir en y pensant.

— Ouais. J'essaye de me focaliser sur le présent. De profiter de ces petites choses et tout.

Souriant, Abby roula des épaules.

— Tu as raison. OK, je me concentre sur la vitamine D que je suis en train d'obtenir et le fait que je peux m'étirer les jambes.

Elle marcha sur la jetée jusqu'au milieu.

— C'est trop bon ! cria-t-elle.

Parker se mit à rire et tandis que deux vagues s'écrasaient, le sel dans l'air s'intensifia. Il ferma les yeux pendant un moment, inspirant le tout dans son corps. La marée gronda étrangement en reculant et il pouvait sentir la jetée trembler. Le soleil leur sourit, une lumière blanche au-delà de ses paupières, étincelante et parfaite sur ses joues. La poignée de la machette était solide sous sa paume, un poids rassurant. Sous ses pieds nus, le bois écorché de la jetée était brûlant.

Soupirant, Parker ouvrit les yeux et le monde bascula violemment.

Pendant une seconde, il resta figé, ne comprenant pas la vue des monstres qui envahissaient la jetée avec des mouvements saccadés, leurs membres raides, mais rapides. Puis le cri d'Abby déchira l'air marin, le cri des mouettes l'accompagnant tandis qu'elle courrait vers lui.

Les pieds de Parker bougeaient, et son cerveau rattrapa ses yeux, réalisant que les infectés avaient réussi à venir d'en bas. Ils montaient de sous la passerelle et la jeune femme courut plus vite, donnant des coups de feu aveuglément derrière elle. Le grincement horrible et sauvage qu'ils faisaient glaça son sang ainsi que leurs yeux exorbités, écœurants dans la lumière du jour.

Il était toujours à cinq mètres de distance lorsqu'il sut qu'Abby n'était pas assez rapide. À part Adam, personne n'aurait pu l'être et elle tomba en s'étalant de tout son long, et en vidant son arme sur l'infecté qui agrippait ses chaussures. Parker s'arrêta, enfonçant ses orteils nus dans le plancher en bois alors qu'il donnait un coup de machette aux monstres et relevait Abby. Ils réussirent à ralentir la poignée d'infectés à l'avant du groupe et le bateau ne fut plus trop loin.

Nous pouvons y arriver.

La jetée sembla un peu plus longue qu'auparavant, le bourdonnement des monstres emplissant les oreilles de Parker. Au-dessus d'eux, des cris s'élevèrent et il pensa que c'étaient peut-être les siens jusqu'à ce qu'il réalise que c'était les enfants qui les regardaient de la *Bella*, au milieu du port.

Abby et lui bondirent sur le bateau, la douleur explosant dans la hanche de Parker alors qu'il heurtait le pont. Elle sortit un fusil d'assaut de là où il était, caché derrière la barre, et tira en direction des infectés, les retenant juste assez pour que Parker coupe la corde d'amarrage et pousse aussi fort qu'il le put, utilisant chaque once de sa force. Il se tourna pour allumer le moteur et un monstre bondit vers lui, tous en dents et en fureur.

Une autre série de balles le fit se tordre et Abby lui donna un coup de pied, le faisant passer par-dessus bord. Parker appuya violemment sur l'accélérateur et ils s'éloignèrent, encore plus de monstres envahissant la jetée. Un couple d'entre eux tomba dans l'eau.

Le cœur battant à tout rompre, l'étranglant, il haleta, la bouche ouverte et agrippa la machette. Il ralentit presque à temps pour ne pas heurter la *Bella*, puis recula le bateau vers la jetée afin de s'assurer qu'ils soient entre elle et les enfants.

Il fixa les profondeurs de l'océan, une respiration difficile emplissant ses oreilles. Les monstres pataugèrent autour des poteaux de la jetée, n'allant nulle part, d'autres étaient restés au-dessus grouillant et grinçant des dents.

— Apparemment, ils ne peuvent toujours pas nager. Heureusement qu'ils ne sont pas capables d'apprendre ou quelque chose comme ça, débita-t-il précipitamment, pouvant à peine entendre sa voix par-dessus le flux qui inondaient ses oreilles. Merde, c'est moins…

« *D'une* » se dessécha et se ratatina sur sa langue alors que du rouge emplissait sa vision périphérique. Il se tourna pour trouver Abby effondrée sur le pont, son sang salissant le chêne blanchi.

Parker tomba à genoux, posant une main sur sa cuisse. Son esprit hurlait de déni, mais elle avait été mordue. Il n'y avait aucun doute. Sa peau était brutalement déchirée de sa cheville à son mollet et il n'avait aucune idée de comment elle avait pu courir. Mais le pire était au-dessus de son genou, où le sang pulsait trop vite, coulant entre les doigts inutiles de Parker. Même si elle n'était pas infectée, elle était morte.

— *Jacob*, coassa-t-elle, la terreur emplissant son visage.

Elle était toujours elle-même, du moins, pour le moment.

— Je l'aime. Dis-lui.

Hochant la tête, Parker appuya sa main sur la blessure, sachant que l'artère fémorale avait été sectionnée et pria le ciel qu'elle se vide de son sang avant qu'il ne doive la tuer. Au début, il ne réussit qu'à articuler un mot déformé, mais il s'éclaircit la gorge.

— Je lui dirai, murmura-t-il d'une voix rauque. Et je prendrai soin de lui. Nous le protégerons. Je te le promets.

— Maman ! *Maman* ! cria la voix de Jacob, et Abby secoua la tête d'un air désespéré.

Parker détourna son regard de la jeune femme et regarda à travers la proue, apercevant Jacob derrière la barre de la *Bella* à une certaine distance, démarrant le bateau. Il se redressa sur ses genoux.

— Non ! Reste où tu es ! Éteins le moteur ! Ne bouge pas, Jacob !

Il obéit.

— Est-ce que ma maman va bien ? cria-t-il. Maman ?

— Je m'occupe d'elle ! Reste où tu es !

Parker réalisa que Jacob et Lilly ne pouvaient pas voir Abby à cause du toit de la cabine.

— Ne bouge pas !

— Craig et Lilly…

Abby s'interrompit en haletant, un horrible gargouillis sortant de sa gorge, ses yeux brillaient en agrippant le bras de Parker.

Il savait qu'il devait s'éloigner d'elle au cas où elle se transformerait avant de mourir, mais il ne pouvait pas le faire. Elle enleva sa main de sa cuisse laissant son sang couler plus vite. Il attrapa ses doigts.

— Ils iront bien. Jacob ira bien. Nous prendrons soin de lui. Je lui dirai que tu l'aimes. Nous allons le protéger.

Alors que sa respiration s'entrecoupait, il lui dit les plus beaux mensonges qu'il pouvait débiter, faisant des promesses qu'il voulait désespérément tenir. Son autre main alla à sa gorge et Parker aurait voulu pouvoir lui donner au moins de l'eau. Puis il se rendit compte qu'elle tirait sur son médaillon, une délicate colombe en argent qui venait probablement de Tiffany.

— *Jacob*, gémit-elle. Mon bébé.

— Je le lui donnerai. Je comprends. Ça va aller, Abby. Ça va aller.

Un tremblement la parcourut et elle frissonna avec des halètements saccadés, le temps s'écoulait entre eux jusqu'à ce qu'ils s'arrêtent, son sang coulant toujours et une flaque se formant à ses genoux.

— Maman ? cria Jacob.

Parker fixa les yeux sans vie d'Abby, des larmes inutiles tombant des siens.

— Reste où tu es ! s'étrangla-t-il. Jacob, reste où tu es…

Il se força à relever la tête, surveillant la menace que représentait le reste des infectés sur la jetée. Ceux qui étaient tombés dans l'eau s'étaient apparemment noyés ou du moins il l'espérait.

Le soleil leur souriait toujours et les vagues s'écrasaient sur la plage. Son torse se souleva, la nausée tourbillonnant à travers lui, une bile brutale et affreuse dans la gorge. Cela n'avait duré qu'une minute ou deux. Trois maximums. Il se tenait juste là sur la jetée, pensant à la perfection de cette matinée. Il s'était tenu là et Abby lui avait souri et…

Espérant régler ça et sachant en même temps qu'il était trop tard, Parker se tourna vers elle. La main tremblante, il ferma ses yeux, puis la passa derrière son cou. Cela lui prit cinq essais avant qu'il ne puisse lui enlever la chaîne en argent. Il enfouit le médaillon dans l'une de ses poches et la ferma soigneusement.

Il se leva et trébucha presque, écartant les jambes pour retrouver son équilibre. Il regarda vers l'endroit où Jacob et Lilly se tenaient, tremblants sur la poupe de la *Bella*. Lilly émit un cri aigu qui traversa l'eau et Jacob le fixa, ses épaules se levant et s'abaissant rapidement, les lèvres entrouvertes.

Parker pouvait sentir le sang d'Abby couler sur ses jambes, sur ses mains aussi. Il baissa les yeux et constata qu'il en était complètement recouvert. Lilly vacilla aux côtés de Jacob et ce dernier enroula son bras autour d'elle. Ils semblaient tous les deux horriblement jeunes tandis qu'ils le fixaient par-dessus les vagues et même si Parker n'avait pas encore atteint l'âge de dix-neuf ans, il se sentit extrêmement vieux.

Grelottant comme une feuille, il coassa :

— Restez… où vous êtes.

Après avoir tiré l'un des bâches en plastique des voiles, il enveloppa Abby dedans sous le grincement incessant des infectés sur la jetée qui ressemblait au grattement d'ongles sur un tableau noir. Flottant au gré du vent, les sanglots de Jacob firent écho aux cris plaintifs des mouettes au-dessus d'eux.

Chapitre 9

LES CRIS CONFUS de Craig disparurent derrière lui alors qu'Adam se précipitait vers la mer. Il y avait des infectés là-bas… pas beaucoup, mais suffisamment. Des sanglots s'élevaient par-dessus le vacarme et il ne put se concentrer pour déterminer à qui ils appartenaient. Les battements de son propre cœur étaient assourdissants.

Il courut sur la jetée, la machette en main, détruisant les monstres, ses crocs s'étendant et ses poils se répandant sur son corps. Leurs têtes tombèrent au sol et il s'arrêta brusquement au bout des planches de bois. Parker saignait. Il se trouvait dans l'autre bateau et il était couvert de sang. Adam rugit, ses griffes sorties et sur le point de terminer sa transformation.

Cependant, Parker se tenait près de la barre, reculant le bateau vers la jetée et il ne semblait pas blessé. Il y avait trop de sang et…

À travers la rage qui le consumait, il se concentra sur la chose qui se trouvait aux pieds de son amant. Une longue forme, enveloppée dans une bâche, entourée par du sang. *Oh mon Dieu.* Il jeta un œil à la *Bella*, apercevant Lilly qui se tenait là, en état de choc. Jacob était sur ses genoux à côté d'elle, la tête baissée.

— Adam !

Clignant des yeux, il réalisa que Parker était devant lui, le bateau près de l'échelle de la jetée. Il y avait tellement de sang qui emplissait son nez, une puanteur trop métallique et sucrée. Mais il n'appartenait pas à Parker. Le soulagement le parcourut suivi par une douleur intense pour la pauvre Abby. Avec une profonde inspiration, il ferma ses yeux, dominant le loup et redevenant humain. Lorsqu'il le regarda, le monde fut un peu plus terne.

— Es-tu blessé ?

Parker secoua la tête.

— Elle est morte, murmura-t-il. Les enfants sont seuls là-bas. Nous devons faire… des choses. Les bonnes choses. Que devons-nous faire ? Merde.

Il tremblait et Adam grimpa sur le bateau pour le prendre dans ses bras.

— Ça va aller. Nous nous débrouillerons.

Craig s'approcha en courant et quand il atteignit le bout du quai, il observa la scène silencieusement, inspirant profondément par la bouche.

— Abby ?

— Je suis tellement désolé, dit Parker en secouant la tête. C'est arrivé trop vite. Je ne pouvais pas… je suis désolé.

Un frémissement parcourut Craig et son visage se décomposa.

— S'il vous plaît, Seigneur. Non.

Ses épaules tremblèrent et pendant un horrible moment, il sembla prêt à se briser en deux tandis qu'il tombait à genoux.

Adam et Parker se tenaient là, inutiles, tandis que Craig sanglotait. Puis il releva brusquement la tête, regardant la *Bella*. Il s'essuya le visage rapidement et prit de profondes inspirations.

— OK. Allons gérer ça.

Et ils le firent.

Adam retourna vers leurs provisions tombées sur la jetée et le canot. Ensuite, ils lancèrent les bateaux sur l'océan, Parker portant toujours ses vêtements ensanglantés derrière la barre du *Saltwater*. Lilly pleura dans les bras de son père et Jacob se roula en boule sur la proue. Adam pouvait entendre ses doux gémissements et un hurlement se coinça dans sa gorge, ses griffes et ses crocs mourant d'envie de sortir, la rage et la douleur impuissantes du loup le dominèrent presque.

Il arriva à convaincre Parker d'aller prendre une douche et de se changer, ne supportant pas de voir autant de sang sur lui. Abby était toujours sur le pont rouge, ils avaient refusé de laisser Jacob la voir et avaient décidé de garder les enfants sur la *Bella*. Ils se tenaient tous là, très choqués, ayant déjà jeté l'ancre.

Jacob enveloppa ses bras autour de son ventre, ses yeux rouges et gonflés, mais sa voix fut étonnamment forte lorsqu'il parla.

— Nous devons l'enterrer aujourd'hui. Nous ne sommes pas supposés attendre. Je me rappelle lorsque mon grand-père est mort. Nous devions le faire rapidement.

Puisqu'il pouvait entendre les mouches qui commençaient à bourdonner, Adam n'allait pas protester.

— Si tu veux, nous pouvons l'enterrer dans l'océan.

Jacob trembla et secoua la tête violemment.

— Non. Ce n'est pas supposé être comme ça. Nous devons le faire bien. Penses-tu que cela fera une différence qu'il n'y ait pas de rabbin ?

Il baissa sa tête et quand il la releva, ses yeux brillaient de nouvelles larmes.

— Je ne connais aucune des hymnes. J'ai à peine appris les trucs de ma bar-mitsvah, l'année dernière. Nous n'allions pas beaucoup à la synagogue, excepté durant les vacances, déclara-t-il pendant qu'un sanglot le secouait. J'ai triché à l'école hébraïque. Je suis désolé !

— Hé, hé, ça va aller, le rassura Craig en entourant les épaules du jeune garçon de son bras, sa voix était bourrue. Notre Seigneur va comprendre. Je te le promets.

Adam pouvait sentir le regard de Lilly sur lui et il lui adressa un petit sourire. Elle détourna la tête brusquement et se colla à son père. *Merde.* Les enfants étaient loin lorsqu'il avait perdu le contrôle sur la jetée, mais elle en avait assez vu pour en être effrayée. Il devrait leur dire la vérité, toutefois… un autre jour.

Le coin de bâche qui couvrait Abby flottait dans la brise

chaude sur l'autre bateau. Le soleil était plus bas dans le ciel et de la sueur humidifiait la nuque d'Adam. Il aurait voulu faire des recherches sur Google pour trouver les rites funéraires juifs, mais bien entendu, cette richesse de savoir leur était à présent inaccessible. Si le monde redevenait normal et que l'électricité revenait, Facebook et tous ces sites allaient-ils les attendre, comme s'ils s'étaient endormis ?

Il secoua mentalement la tête, se reconcentrant. Il devait prendre soin de chacun. Il ne pouvait pas rêvasser.

En fin de compte, Parker et lui jetèrent l'ancre sur une petite péninsule. Adam courut dans la forêt, faisant un kilomètre avant qu'il ne trouve une pelle dans un hangar de stockage délabré. Il revint rapidement et dans un bosquet d'arbres, hors de vue de l'eau, il creusa une tombe à une vitesse inhumaine pendant que son compagnon surveillait les alentours. Les autres seraient bien trop choqués pour penser à la rapidité avec laquelle il creusait et il voulait enterrer Abby avant que trop de mouches ne bourdonnent.

Craig avait insisté pour sortir le corps d'Abby du canot, la portant tendrement, la mâchoire serrée et les yeux secs. Jacob se tenait là, la tête baissée et fixant le sol. Le soleil se couchait tandis qu'ils se rassemblaient tous autour du trou.

Le petit garçon s'était rappelé que le rabbin leur avait donné de petits rubans noirs à épingler aux funérailles de son grand-père, donc Craig découpa quelques bandes de son tee-shirt noir. Il n'y avait pas d'épingles de sureté, alors ils tinrent les morceaux de tissu dans leurs mains. Adam essaya de penser à quelque chose à dire. Il pensa au jour horrible de l'enterrement de ses parents et de ses sœurs. Il n'avait pas voulu les enterrer en morceaux puisque le camion les avait découpés en deux, heureusement que le testament de ses parents avait stipulé l'incinération.

Mais il avait quand même dû assister au service funéraire, l'église remplie de voisines et d'enfants de l'école, leurs parents, les professeurs ainsi que des gens qu'il reconnaissait vaguement. Ses sœurs avaient été populaires dans leur lycée. Les amis d'Adam étaient venus aussi... des rangées de petits garçons et de petites filles, se tortillant mal à l'aise sur leur siège, dans leurs vêtements formels et leurs chaussures étincelantes.

Toutes ces personnes, et Adam avait été le seul qui connaissait sa famille et il avait été laissé dans ce monde. Il avait été trahi par les secrets de ses parents en fin de compte, devenant terriblement solitaire.

La main de Parker vola la sienne et Adam réalisa que ses yeux brûlaient de larmes contenues. Il essaya d'adresser à son compagnon un regard rassurant, mais il échoua sûrement. Parker lui serra les doigts doucement et il s'y accrocha. Trop fort probablement, mais son amant ne se plaignit jamais.

Craig parlait, sa voix tremblant légèrement de temps en temps. Il dit à quel point Abby était intelligente et gentille, à quel point elle aimait Jacob et à quel point ils avaient été chanceux, Lilly et lui, de l'avoir connu... suffisamment chanceux pour avoir un peu de cet amour.

Lilly sanglotait silencieusement, agrippant la main de son père et Jacob se tenait trop immobile, les mains serrées à ses côtés, le bout de tissu noir dans son poing. Il fixait la tombe. Il y avait une tâche sur la bâche où le sang l'avait trempé, et Adam aurait voulu la recouvrir.

Craig s'éclaircit la gorge.

—Je ne connais pas de prières hébraïques, mais je sais que notre Seigneur est bon et qu'Abby est au paradis. Qu'elle aimait, qu'elle a été aimée et que nous ne l'oublierons jamais. Amen.

Il n'y avait que le silence, à présent. Adam avait besoin de dire quelque chose, mais sa bouche était trop sèche, tous ses mots disparus et hors d'atteinte. Parker était doué pour parler... et parfois, il était nul, pensa-t-il avec une pointe d'affection qui le renversa presque. Avant que Parker ne puisse dire quoi que ce soit, Jacob tomba à genoux, jetant des poignées de terre dans la tombe.

Ils se tinrent immobiles à le regarder, échangeant un regard embarrassé. Craig posa sa main sur l'épaule de Jacob, mais ce dernier se dégagea brusquement.

— Peuvent-ils la trouver ici ? demanda-t-il désespérément. Ils pourraient la déterrer.

Sa voix fut soudain perçante et aiguë.

— Ils ne peuvent pas la trouver ! Nous devons la cacher ! cria-t-il.

— Ça va aller, ils ne la trouveront pas. Nous ne les laisserons pas faire, le rassura Parker, s'agenouillant à son tour.

Il l'aida à jeter de la terre.

Ils suivirent tous son exemple, même Lilly. Adam rangea son morceau de tissu noir, se concentrant sur le bruit des respirations et les battements sourds des cœurs présents, s'assurant ainsi qu'ils étaient seuls. Sur l'océan, il pouvait entendre un autre bateau, avec un moteur celui-là, qui semblait très grand. Il continuait sa tâche tout en tendant l'oreille et jeta un œil aux vagues, mais le bateau s'en alla, bien trop loin pour être vu, même par lui.

Quand la tombe fut remplie, ils cherchèrent des pierres pour protéger Abby. Ce ne fut qu'après ça que Jacob réalisa qu'il avait laissé tomber son ruban de fortune quelque part sous les pierres et il éclata en sanglots, apparemment convaincu de son échec.

— Ça va aller, le réconforta Parker. Il est avec elle. C'est comme un morceau de toi.

Il tendit timidement la main vers Jacob pour l'attirer dans une étreinte, cependant, ce dernier se dégagea et se détourna de la tombe.

— Nous devons y aller maintenant. Pouvons-nous partir ? demanda le garçon d'une voix brisée.

— Oui, répondit Craig, nous partons.

Il enfouit sa main dans sa poche et prit son morceau de tissu, le regardant pendant quelques secondes avant de le laisser tomber sur la terre inégale.

Le reste d'entre eux suivirent, Lilly posant le sien sous une pierre, comme un petit secret. Jacob retournait déjà au canot, les épaules affaissées, et ce fut fini.

— Je peux me joindre à toi ?

Adam avait entendu Craig monter de la cabine et marcher lentement vers la proue, où Adam était assis sur l'un des bancs de la *Bella*, ses yeux fermés face au clair de lune. Il les ouvrit.

— Bien sûr que oui.

Craig s'assit péniblement.

— Comment tiens-tu le coup ? demanda Adam.

Son regard alla vers l'océan, clairement vidé et toujours en état de choc.

— Je marche et je parle. Donc, je suppose que je vais bien. Peu importe ce que cela veut dire. Ça va aller.

— Je suis tellement désolé.

— Je n'arrête pas de penser que si j'avais été là, peut-être que…

Adam ravala son propre sentiment de culpabilité, parce qu'il ne s'agissait pas de lui.

— Je comprends.

— Un tas de pourrais, aurais, devrais, n'est-ce pas ? marmonna Craig en secouant la tête. Je veux crier, mais les enfants… je dois tenir le coup.

Adam ne savait absolument pas quoi dire. Il se contenta de hocher la tête.

— Donc, me voilà. Marchant et parlant. Et elle est partie.

Il ferma les yeux avant de les rouvrir avec une inspiration bruyante.

— Tu paraissais perdu dans tes pensées quand je suis venu.

— J'écoute, répondit Adam en enfouissant ses mains dans les

poches de sa veste en cuir.

Il était étonnamment humide pour novembre, même sur l'océan, mais le cuir usé était confortable. La caméra était là, le métal doux sous ses doigts. Il la sortit.

— J'ai fait une vidéo d'Abby, l'autre jour. Tu veux la voir ?

Fixant la caméra, les yeux de Craig se remplirent de larmes.

— Je me suis réveillé avec elle, ce matin. Comment a-t-elle pu partir ? Comment ? demanda-t-il en essuyant ses yeux. Il n'y a pas de réponse, je sais.

Puis il regarda la caméra.

— Je veux bien la voir, répondit-il enfin, mais pas aujourd'hui. Merci, Adam.

Hochant la tête, ce dernier rangea son appareil.

Une minute de silence passa pendant qu'ils regardaient dans la nuit.

— Et qu'entends-tu ? Quand tu écoutes ? s'enquit Craig.

Parker qui joue aux sept familles, le jeu le plus déprimant au monde, avec Lilly dans la cabine. Jacob caché dans la réserve avec Mariah, la porte fermée et sanglotant doucement pour que personne ne l'entende. Les courants de l'océan en dessous d'eux, des créatures de la mer et des poissons. Un animal reniflant la tombe d'Abby… un écureuil, peut-être.

— Pas grand-chose, répondit-il.

Il était trop tard pour penser à naviguer, donc ils étaient toujours ancrés, le *Saltwater* se balançant à côté comme un bateau fantôme. Le vent s'était levé, les faisant tourner pour faire face à l'océan sans fin.

— Ça me semble vide, constata Craig. Je sais que ce n'est pas le cas. J'ai entendu d'autres gens comme nous à la radio. Je les vois parfois. Mais ça ne me semble toujours pas réel. Parfois, je me réveille dans mon lit, et je retrouve ma vieille chienne qui me lèche avec sa mauvaise haleine.

Il sourit tristement avant de regarder Adam.

— Je ne pouvais pas revenir pour elle. J'ai pris Lilly et nous sommes allés directement chez Abby et Jacob. Je pensais que ça allait se finir dans la matinée, peu importe ce que c'était, mais je ne voulais pas laisser Abby et Jacob seuls. Juste au cas où.

Son regard se fit distant et Adam attendit, le laissant dire ce qu'il avait sur le cœur.

— La police fermait les routes. Les gens paniquaient en regardant les vidéos et le carnage qui se déroulait dans les grandes villes. Le maire a dit à tout le monde de rester à la maison et d'attendre. Donc, nous sommes allés nous cacher chez Abby. Je n'ai jamais pensé que ça pouvait nous toucher. Que les autorités allaient contrôler ça avant que ça arrive jusque chez nous. Puis, le matin est arrivé.

— Ouais.

Il pensa à cette première nuit dans les bois avec Parker, l'étudiant prétentieux qu'il n'appréciait même pas. Ça lui semblait être une autre vie.

— Je peux la voir si clairement, poursuivit Craig, le regard distant. Ma vieille Lola, qui m'attend près de la porte, impatiente de recevoir des baisers et des caresses. Attendant, attendant, ayant faim. Se demandant où je suis, où est Lilly. Attendant à l'infini. Mais nous ne pouvions pas retourner à la maison. Nous devions sortir de la ville et je ne pouvais pas prendre de risque avec la vie de ma fille, ou celle d'Abby et Jacob, pas même pour un animal aussi adorable qu'elle. Si cela avait été juste moi, j'aurais essayé. Mais avec eux, je ne pouvais pas prendre le risque. Tu comprends, n'est-ce pas ?

Il semblait désespéré en agrippant le bras d'Adam.

— Bien sûr, répondit ce dernier en le tapotant maladroitement. Tu as fait ce qu'il fallait.

Craig baissa les yeux sur sa propre main, comme s'il ne savait pas comment il avait pu attraper Adam. Il le relâcha.

— Désolé, murmura-t-il en jouant ensuite avec la fermeture éclair de sa veste. Lola n'aurait pas compris pourquoi nous ne sommes jamais rentrés à la maison. Si elle est encore vivante, elle nous attendrait.

Il s'essuya les yeux.

— Je ne me suis pas autorisé à y penser. Bon sang.

Puis il jeta un œil autour de lui d'un air coupable, ayant sûrement peur que Lilly l'entende.

— Quand ma femme est morte, cela m'a pris une année et demie. Cancer. Je ne pense pas que Lilly se souvienne vraiment d'elle. Mais je l'ai vu partir, petit à petit, jour après jour. Je ne pouvais rien faire pour l'arrêter, pour la garder là. Rien.

Il frissonna, fermant sa veste.

— Maintenant, Abby est juste… *partie*, poursuivit-il. Comment est-ce possible ? Si j'avais su que ce serait la dernière fois… j'aurais dû lui dire que je l'aimais quand je lui ai dit au revoir et que je l'ai embrassé. J'aurais dû lui dire.

— Elle savait.

— Tu le penses ? Seigneur, je l'espère. Parce que c'est vrai. J'aimais cette femme. J'ai été si heureux que nous nous soyons trouvés juste avant que le monde ne change. Que nous ayons été ensemble cette nuit-là. J'ai toujours pensé que c'était l'une des belles choses qui en était sortie. Et maintenant, elle est juste partie.

Il se tourna vers la péninsule sombre.

— Je sais que son corps n'est qu'une coquille. Que son âme est au paradis. Mais je déteste la laisser seule. Nous ne reverrons jamais sa tombe. La forêt va la recouvrir. Je suppose que c'est bien, d'une certaine manière.

Il frémit.

— À moins qu'elle ne brûle.

La brise marine avait fait disparaître la fumée loin du nez d'Adam pour toute la nuit, au moins. Pendant un moment, il put croire que le monde qui se trouvait dans l'obscurité était paisible.

Craig se tourna vers l'océan, des larmes fraîches faisant étinceler ses yeux, les étoiles et la lune s'y reflétèrent. Son menton trembla et sa voix devint rauque.

— Je déteste y penser, à quel point elle a dû être effrayée. Parce que je sais à quoi elle pensait. Je le sais comme je connais mon propre nom. Elle pensait à Jacob. Qu'elle allait le laisser, et qu'il n'y avait rien qu'elle puisse faire. La plus grande peur de Tania lorsqu'elle a été diagnostiquée... c'était qu'elle allait abandonner son bébé derrière elle.

La crainte de laisser Parker seul était une chose tellement viscérale qu'elle noua l'estomac d'Adam, et il pouvait imaginer à quel point les choses étaient bien pires pour un parent. Il n'avait pas de paroles réconfortantes, donc il resta silencieux.

— Je sais qu'Abby a ressenti la même chose, et c'est tellement pire maintenant. Laisser son fils dans ce monde ? dit Craig en poussant un profond soupir. Ça pourrait être moi demain. Et ensuite quoi ? Qu'arrivera-t-il à ma petite fille ? À ce pauvre garçon ? Je ne peux pas les quitter.

Son cœur battait plus rapidement et Adam pouvait sentir sa panique augmenter.

— Je ne peux pas laisser mon bébé !

Adam agrippa l'épaule de l'autre homme.

— Ça n'arrivera pas. Tu ne les laisseras pas.

— Tu ne le sais pas ! Qui va prendre soin de ma petite fille ?

— Nous le ferons. Je te le promets.

Il garda une main ferme sur l'épaule de Craig.

— Vous êtes des enfants vous-mêmes ! Tu as quoi... vingt-cinq ans ? Et Parker n'est qu'un ado !

Il ne précisa pas qu'il n'avait que vingt-trois ans puisqu'il se sentait plus vieux de dix ans, la plus grande partie du temps.

— Je sais, nous sommes jeunes. Mais nous prendrons soin de ta fille si quelque chose t'arrive. De Jacob aussi. Nous sommes ensemble dans cette situation.

Alors qu'il disait les mots, leur véracité l'emplit de paix et de résolution.

— Je te promets, reprit-il, que nous ne laisserons rien arriver à ces enfants.

Et peut-être que c'était une promesse folle à faire. Une qu'il ne pourrait pas tenir. Cependant, Parker et lui n'abandonneraient jamais les enfants à leur sort et les laisser se débrouiller seuls. Jamais.

— Tu ne peux pas promettre ça, protesta Craig en secouant la tête, le souffle court. Personne ne le peut. Nous pouvons tous mourir demain.

— C'était toujours un risque, même avant tout ça. Toute ma famille est morte en un instant. Une minute. Nous rentrions à la maison, je me disputais avec mes sœurs et mes parents en avaient assez. Cela aurait quand même pu arriver. Le monde a changé et nous ferons de notre mieux. Nous ferons de notre mieux pour ces gosses.

Craig le fixa, la gorge serrée, et déglutit plusieurs fois en essayant de reprendre son souffle, son épaule toujours rigide sous la paume d'Adam. Doucement, il se détendit et son pouls ralentit. Il cligna des yeux.

— Oui, nous le ferons. D'accord.

Adam lui serra doucement l'épaule avant de le relâcher.

— C'est tout ce qu'on peut faire.

— Je suis tellement désolé à propos de ta famille. Cela a dû être… insupportable. Mais je suppose que c'est ce que nous faisons. Supporter l'insupportable. Nous continuons notre vie.

Il frotta une main sur sa tête rasée.

— Abby et moi, nous en avions parlé une fois. Que s'il arrivait quelque chose à l'un d'entre nous, nous prendrions soin des enfants. Je n'ai jamais pensé que ce serait moi qui resterais dans ce monde.

— Tu n'es pas seul. Nous y sommes ensemble, le rassura Adam.

Craig le regarda à nouveau, un sourire larmoyant sur son visage.

— Je suppose que oui. Merci. Merci à tous les deux.

Ils restèrent assis là en silence, le bateau se balançant douce-ment. Adam écouta, se tournant vers la réserve. Parker et Lilly continuaient à jouer aux cartes, mais Jacob semblait s'être endormi. C'était une bonne chose, au moins.

Après quelques minutes, Craig eut un rire désabusé.

— Maintenant, nous avons besoin de trouver un endroit où nous installer. Nous devons trouver… quelque chose. Qu'en dis-tu ?

Il pensa aux appels de l'Ile du Salut, la voix de la femme reten-tissant dans sa tête.

— Oui.

— Nous ne pouvons continuer à naviguer. À survivre. Il doit y avoir plus. Quelque part, il doit y avoir plus. Lilly et Jacob ont besoin d'une maison. D'une communauté. De stabilité.

D'une meute. Ils avaient les uns les autres maintenant, mais Craig avait raison ; ils avaient besoin d'un endroit sûr, de planter des racines. Leur propre territoire.

— Nous trouverons un endroit, décréta Adam.

— Je sais que Parker est contre ça, mais qu'en est-il de l'Ile du Salut ? Est-ce possible de nous rapprocher ? De vérifier si c'est sûr sans accoster et pouvoir marcher sur la jetée ?

— Nous avons des jumelles. Nous pouvons les observer de loin. Je…

Son cœur rata un battement. Il devrait tout dire à Craig. Adam aurait besoin de ses facultés pour protéger tout le monde et il n'y avait aucun sens à le cacher.

— Tu quoi ? l'encouragea Craig.

Je suis un loup-garou. N'aie pas peur de moi, s'il te plaît.

Les mots restèrent toutefois, coincés dans sa gorge, frottant douloureusement les parois jusqu'à ce qu'il s'étrangle presque sur eux.

— Je peux faire l'éclaireur dans le canot.

Je pourrais voir à travers les jumelles, plus loin encore, entendre des bruits à travers l'océan, comme tu n'imagines même pas.

— Je pense que nous pouvons essayer, termina Adam.

Craig hocha la tête, se redressant sur sa place, soudain revigoré.

— Oui. Oui, c'est ce que nous ferons. Nous serons prudents, mais nous trouverons une nouvelle maison. Si ce n'est pas cette île, alors ailleurs. Nous pouvons le faire.

Prenant une brusque inspiration, il s'effondra de nouveau, son visage se plissant, la voix tremblante.

— Nous le devons.

Adam récita une prière silencieuse à l'univers, espérant sincèrement qu'ils puissent le faire.

CE N'ETAIT PAS encore l'aube quand il l'entendit.

Le doux son était une sorte de… grattage ? Frottage. Il tendit la main vers Parker, se redressant brusquement lorsque sa main se referma sur des draps froids. Adam était resté éveillé pendant des heures pour surveiller les alentours, et il s'était enfin caché dans ses rêves, l'envie de fermer les yeux pendant un petit moment avait été trop tentante pour y résister. Parker s'était blotti contre lui, la respiration régulière.

À présent, il était parti et Adam s'éclaircit les sens, se concentrant sur les battements de cœurs et les respirations présents sur le bateau. La porte coulissante de la cabine était à moitié ouverte et au-delà, il pouvait voir Craig et Lilly endormis sur le clic-clac dans le salon. Ne portant qu'un tee-shirt et un boxer, Adam marcha sur la pointe des pieds, les dépassant. À l'arrière, l'autre porte de la réserve était fermée et il pouvait entendre Jacob dormir par à-coups à l'intérieur.

Le frottement venait de l'extérieur. Adam monta les escaliers qui menaient au pont. Il était vide et pendant un moment, il ne put que ciller de surprise. Une crainte sans nom enveloppa sa colonne vertébrale en ruissèlements glacés, la culpabilité d'avoir dormi trop profondément étant comme du plomb dans ses membres, le besoin de crier le nom de Parker lui serrant la gorge.

La minute suivante, tout se remit en place et les battements du cœur de son amant retentirent, étouffés par les vagues.

Sa tête trempée et baissée, Parker se trouvait sur le pont du *Saltwater*, frottant le sol. Les deux canots étaient attachés, donc il avait dû nager jusque-là. Adam fit la même chose, glissant dans l'eau froide en frissonnant.

Arrivé à l'échelle, il l'appela.

— Parker.

Haletant, ce dernier tourna brusquement la tête, toujours sur ses genoux.

— Putain de merde ! Encore en mode loup furtif !

Adam monta, tout dégoulinant, sur le pont.

— Je pourrais dire la même chose à propos de toi.

Il sourit faiblement.

— Tu étais KO. Tu n'as pas beaucoup dormi.

— J'aurais dû quand même t'entendre. Je pensais…

Adam s'interrompit, la frustration, la crainte et la culpabilité s'accrochant toujours à lui. Il secoua la tête.

— Hé, ça va aller. Je suis désolé.

Il se reconcentra sur le pont.

— Que fais…

Il déglutit difficilement.

— Oh, murmura-t-il.

— Je ne voulais pas qu'ils voient ça, répondit Parker.

Puis il retourna aux taches sombres sur le plancher du pont, les bords irréguliers presque noirs dans le clair de lune qui disparaissait et il prit la brosse à récurer.

— Je veux tout enlever. Même avec de l'eau de javel, tu peux toujours les voir.

Pendant quelques moments, Adam ne put parler à travers la vague d'affection qu'il éprouva pour lui… pour cet homme fantastique et difficile qui était sorti au beau milieu de la nuit pour s'efforcer de faire disparaître la mort.

Parker fronça les sourcils.

— Quoi ?

En réponse, Adam tomba à genoux et prit le visage de son compagnon dans ses mains, l'embrassant doucement. Il frotta leurs nez ensemble. Enfin, il réussit à dire :

— Je t'aime.

— Je t'aime aussi, murmura Parker à son tour en tremblant et en lui rendant son baiser. Ne meurs pas, d'accord ? Ne mourrons pas.

— D'accord.

Adam l'enveloppa dans une étreinte serrée et ils restèrent là, à genoux, pendant un instant, inspirant juste l'odeur de l'autre, le bateau tanguant lentement sur les petites vagues du matin.

Quand Parker se recula, il observa le pont à nouveau.

— Je ne pense pas que nous pouvons le faire. Je ne pense pas que nous pourrons l'enlever. Il y avait tellement de sang, Adam. Je ne pensais pas qu'il pouvait y avoir autant.

— Laisse-moi essayer.

Il prit la brosse et s'accroupit pour frotter, mais Parker avait raison. Le sang d'Abby s'était scellé dans le bois et il ne voulait pas partir.

— Jacob ne peut pas voir ça tous les jours, dit son amant en secouant la tête. Il ne peut pas ! Bon sang !

Il prit une profonde inspiration et l'expira.

— Je ne… je ne voulais pas me soucier d'eux. J'avais peur de leur faire confiance, mais c'était plus que ça. C'était *ça* ! s'exclama-t-il en montrant les taches sombres. Je ne voulais pas me sentir comme ça. Je ne le voulais pas ! Je ne voulais pas me soucier d'eux,

Adam ! Parce que nous allons finir par les perdre. Le monde est foutu.

Il étouffa un sanglot avant de terminer :

— Nous sommes foutus.

— Chhhut, ça va aller, le rassura Adam en étreignant Parker, mais celui-ci se dégagea.

— Non, ça ne l'est pas. Parce que maintenant, elle est morte. Je l'ai vu mourir. Je ne pouvais rien faire, à part tenir sa main pendant que sa vie se terminait. C'est arrivé tellement vite !

Le regard de Parker se fit distant.

— Une seconde, c'était… merde, c'était formidable. Le soleil brillait et j'ai fermé les yeux.

Un autre sanglot le secoua.

— Je suis désolé, reprit-il. J'aurais dû surveiller. Je n'aurais pas dû m'arrêter, même pendant une seconde.

— Tu n'as rien fait de mal.

Adam fit courir sa main sur les cheveux trempés de son compagnon.

— Je ne pouvais pas l'aider, protesta Parker. Ils l'ont mordu et c'était… fini. Ça arrivait et je ne pouvais pas l'empêcher. C'est comme aller au sommet d'une colline sur un grand huit et que c'est trop haut, que tu veux absolument en sortir, mais tout ce que tu peux faire, c'est le finir. J'ai vu son sang se déverser.

Il fit courir une main tremblante sur le bois taché.

— Elle avait tellement peur.

— Tu étais là. Elle n'était pas seule, le rassura encore Adam.

— Mais nous sommes tous seuls à la fin, répliqua Parker, ses yeux étincelant tandis qu'il enfonçait ses doigts dans les cuisses d'Adam. Tu ne vois pas ? Je vais mourir aussi. Ma chance va s'épuiser et il n'y a rien que tu puisses faire. Je devrais te dire au revoir à toi aussi. Je devrais te quitter, comme Abby.

— *Non* !

C'était pratiquement un grondement alors qu'il attirait Parker sur son torse, le serrant contre lui.

— Je ne laisserai pas ça arriver !

La voix de Parker fut étouffée dans le cou d'Adam, son souffle humide et chaud.

— C'est arrivé tellement vite. Elle était juste là, à côté de moi, murmura-t-il en frissonnant. Je ne voulais pas m'en soucier.

Ils furent silencieux pendant quelques minutes, se tenant l'un l'autre pendant que les larmes de Parker séchaient. Lorsque ce dernier recula, il renifla bruyamment.

— Qu'allons-nous faire ? Je lui ai promis, Adam. Je lui ai promis que nous prendrions soin de Jacob, et Craig et de Lilly.

— Nous le ferons. Nous ferons tout ce que nous pourrons. Nous y arriverons.

Il fixa les taches de sang.

— Je ne veux pas que Jacob voie ça.

— Eh bien... ils pourraient rester avec nous jusqu'à ce que nous trouvions un autre bateau. Jusqu'à ce que nous trouvions une maison aussi.

Fixant toujours le sol, Parker paraissait y réfléchir.

— Ce serait plus prudent de rester ensemble. Un seul bateau. Nous n'aurions pas d'intimité, mais... ouais, c'est plus prudent. C'est ce qui importe maintenant. Je lui ai promis.

Il secoua la tête.

— Mais nous n'allons pas trouver un endroit où nous pourrions nous installer. Ça n'arrivera pas.

Adam prit une profonde inspiration et l'exhala.

— Craig et moi avons discuté et nous pensons que nous pourrions observer l'Ile du Salut.

Lorsqu'il sentit Parker se tendre, il ajouta rapidement :

— À distance, en toute sécurité.

— Mec, *allez* ! fit Parker en agitant ses mains et en bondissant sur ses pieds. Ça doit être un piège. Personne ne débute une communauté de paix et d'amour durant une apocalypse de zombies ! C'est des conneries !

— Nous ne le savons pas. Ça pourrait être un bon endroit. Il n'y aura bientôt plus de nourriture. D'essence. Le ravitaillement est limité. Si nous pouvons trouver un endroit sûr pour nous reconstruire, pour avoir une communauté… nous avons besoin de ça. Les enfants ont besoin de ça.

Adam se mit debout aussi.

— Une communauté ? Comment ? Nous devons nous concentrer sur la survie. Je pense que le meilleur moyen de le faire, c'est de continuer d'avancer.

— Et ensuite quoi ?

— Je ne sais pas, répliqua Parker en soupirant. Aucun de nous ne sait rien. Mais nous sommes déjà plus vulnérables avec Lilly et Jacob. Nous devons rester vigilants. Nous ne pouvons faire confiance à personne. Ça finira juste par nous retomber dessus !

— Peut-être. Mais nous ne pouvons pas non plus naviguer indéfiniment. Nous avons besoin de *vivre*, pas seulement de survivre. Lilly et Jacob ont besoin de stabilité. L'océan n'est pas exactement connu pour ça.

Parker se passa une main sur le visage et grogna.

— Utiliser les enfants pour me culpabiliser n'est pas juste.

— C'est la vérité. Nous devons tous trouver un chez-nous. Et nous irons à l'Ile du Salut, les yeux ouverts. Prêt à nous défendre. Prêt à attaquer s'il le faut. Mais je pense que nous devons au moins essayer.

Son souffle était court et rapide, l'espoir et l'excitation ricochant à travers lui comme des billes.

Après quelques instants, les épaules de Parker s'affaissèrent.

— Très bien. Nous pouvons aller voir. De loin ! Vraiment, vraiment loin !

Adam sourit, sa respiration se calmant.

— Tu ne le regretteras pas. J'en ai le sentiment.

— Je le fais déjà, mais il y a de l'espoir.

Grimaçant, il boita vers la bouteille d'eau de javel et remit le bouchon.

Le soulagement que Parker ait accepté fut éclipsé par l'inquiétude.

— Qu'y a-t-il ? Es-tu blessé ?

— Je pense que j'ai quelques échardes de la jetée. J'étais distrait auparavant, mais ils commencent à me piquer maintenant. J'ai besoin de pince à épiler pour les enlever.

— Assieds-toi.

Adam le souleva par les hanches, l'installant sur le siège le plus proche.

— Waouh ! Doucement. Je vais bien, tu n'as pas à être tout grognant.

S'agenouillant, Adam leva le pied droit de son amant.

— Celui-là ? demanda-t-il en se penchant sur lui.

— Ouais, c'est...

Il siffla.

— Juste là.

Sortant les griffes, Adam piqua doucement l'une des blessures gonflées pour faire sortir l'écharde de bois.

— Tu aurais dû me le dire, que tu avais mal.

— Je ne l'ai pas vraiment senti. Je pensais juste aux enfants.

Son cœur rata quelques battements et son regard se fit de nouveau distant.

— C'est arrivé si vite. Je n'arrête pas de répéter ça, n'est-ce pas ? Mais pourquoi se trouvaient-ils sous la jetée ? Il fait sombre là-dessous. Je n'ai jamais pensé... j'aurais dû faire plus attention. J'ai entendu quelque chose, mais je pensais que c'était les vagues et j'ai fermé les yeux.

— Regarde-moi, ordonna Adam en levant le menton de son compagnon, attendant que son regard se focalise. Peu importe combien de fois tu le revis, tu ne pourras pas changer ça.

— Je sais, mais...

— Après l'accident, je me suis torturé pendant des années. Si je ne m'étais pas moqué de mes sœurs et joué à ce foutu jeu vidéo, peut-être que cela aurait été différent. Mes parents n'auraient pas été distraits. Ils auraient vu le camion à temps.

— Ce n'était pas de ta faute, répliqua Parker en repoussant les cheveux d'Adam de son front. Tu n'étais qu'un enfant.

— Je sais. Et tu as fait de ton mieux. Nous le faisons tous.

Hochant la tête, Parker serra les lèvres, clignant des yeux rapidement.

— D'accord, répondit-il en s'essuyant les yeux. Je dois me reprendre.

Il grimaça et bougea son pied.

— Je pense qu'il y en a deux autres là.

Prudemment, Adam enleva les autres échardes. Puis il embrassa Parker jusqu'à ce que le soleil se lève et qu'il soit temps de quitter Abby et le *Saltwater Taffy*.

Chapitre 10

IL NE POUVAIT pas se lever.

Parker se trouvait sur le pont de la *Bella*, le bois humide sous sa peau nue. Il poussa de ses mains, mettant ses bras au-dessous de lui, mais c'était inutile, comme s'il était englué dans de la mélasse. Il ne pouvait pas trouver Adam. Toutefois, Éric était là, hors d'atteinte. Il disait quelque chose que Parker ne put comprendre et Abby était là également, mourant devant lui, ses yeux devenant vitreux avec les derniers jets de sang, son cœur s'arrêtant de battre.

Il essaya de se lever à nouveau, tentant en vain de faire bouger ses jambes molles sous lui.

Puis Petit Homme apparut dans son champ de vision, son haleine puant le tabac périmé et l'étranglant presque. Ensuite, ils n'étaient plus dans le bateau, mais dans leur maison du Cape à Chatham et il se trouvait sur le sol de la cuisine et sa famille avait disparu… toutefois, Petit Homme était là.

Parker releva son regard sur le bloc-notes accroché au mur à côté du téléphone, une langouste illustrée lui souriant et un message écrit d'une écriture impeccable emplissant les bords de la feuille, s'arquant gracieusement autour des pinces suspendues de la langouste. Mais il était trop loin pour pouvoir le lire, peu importait à quel point il plissait les yeux. Ses jambes n'arrivaient pas à fonctionner et Petit Homme éclata de rire, giflant ses fesses…

— *Parker.*

Inspirant brusquement dans l'air marin, il ouvrit les yeux.

Adam était à genoux à côté de lui sur le pont près de la proue et passait doucement une main sur son front.

— Ce n'était qu'un rêve, murmura Adam. Je pouvais entendre ton cœur. C'était un cauchemar ?

Parker se releva sur une main.

— Non, ça va, mentit-il, son pouls battant rapidement.

Il avait eu l'intention de s'étendre un moment seulement sur le pont, mais le soleil était beaucoup plus à l'ouest à présent. *La Bella* se balançait lentement au gré des vagues et Craig agita sa main de derrière la barre.

— Merde. Je ne voulais pas m'endormir, marmonna Parker.

Il se força à plisser les yeux en regardant les voiles et repoussa les dernières traces de son cauchemar.

Je vais bien. Je peux le faire. Je ne suis pas brisé.

Il réussit à avoir l'air enjoué alors qu'il examinait les voiles.

— Elles sont bien positionnées. Le bon angle pour attraper le vent.

— Nous prenons soin de tout. Tu peux retourner dormir. N'est-ce pas, Matelot ? demanda Adam en souriant à Lilly, qui était assise sur l'un des bancs, les regardant d'un air solennel.

Elle ne lui sourit pas, baissant la tête à la place. Le visage d'Adam s'assombrit et il soupira.

— Nous devons parler de ça plus tard, murmura-t-il à Parker.

En fronçant les sourcils, ce dernier hocha la tête.

— Comment va Jacob ?

— La même chose. Il est retourné dans la réserve.

Adam resta immobile un moment.

— Il dort, au moins.

— Très bien. Laisse-moi vérifier notre navigation.

Avec un bâillement, il se mit sur pieds et alla prendre la place de Craig, derrière la barre.

— Je vais commencer à préparer le dîner, déclara Adam. Je vais voir quel genre de légumes en conserve nous pouvons cuisiner avec ce pot de sauce Alfredo.

Parker vérifia les appareils pour s'assurer qu'ils restaient toujours sur la bonne trajectoire. Il avait examiné les cartes nautiques si souvent qu'il les avait pratiquement toutes mémorisées. Ils se dirigeaient toujours vers le sud, la terre ferme se trouvant sur leur droite. Parker prit ses jumelles et vit une fumée s'élever au loin avant de détourner les yeux.

Pendant que Craig et Lilly dénouaient leurs lignes de pêche, Parker repositionna les voiles, le vent changeant de direction de quelques degrés. Il se demanda si Jacob dormirait toute la journée. Probablement. Il ne pouvait pas blâmer le garçon.

Cela faisait deux jours depuis la mort d'Abby. Adam et lui avaient tout déplacé de l'autre bateau et hissé les voiles à l'aube. Jacob s'était précipité de la réserve et s'était immobilisé à la poupe, fixant la péninsule où sa mère avait été enterrée. Il était resté là pendant un long moment, même après que la côte et Abby aient disparu.

Après quelques minutes à la barre, Parker aperçut un flash blanc. Craig et Lilly organisaient toujours l'équipement de pêche, l'autre homme gardant un fil de discussion continue et félicitant sa fille pour un travail bien fait… d'une manière un peu trop enthousiaste. Parker regarda les voiles alors qu'ils approchaient, surveillant et attendant.

C'était comme s'il pouvait sentir l'odeur de la cigarette dans le vent et une part de lui espérait que ce soit eux. Parce que cette fois-ci, il était prêt et Adam était là. Petit Homme et ses copains auraient la surprise de leur vie une fois que…

— C'est un autre bateau ? demanda Lilly.

— Hum, oui.

Parker leva les jumelles. Il ne pouvait pas voir la poupe pour lire le nom du bateau, mais celui-ci ne semblait pas assez grand pour être *La Belle Vie*. Ses voiles étaient hissées, virevoltant follement et le bateau était à tribord, ne suivant pas la direction du vent. Parker étouffa une bouffée d'irritation. Encore des gens sur l'océan qui n'avait aucune putain d'idée de ce qu'ils faisaient.

— Nous gardons nos distances.

— Et s'ils ont besoin d'aide ? demanda Craig, en y jetant un œil.

Alors, ils se débrouilleront.

— Nous verrons, répondit-il durement. Adam !

— Je ne pense pas qu'il puisse t'entendre avec ce vent, remarqua Craig avant de se tourner vers Lilly. Ma chérie, descends et va l'appeler.

Elle se figea.

— Mais…

Évidemment, Adam apparut quelques instants plus tard, l'ayant parfaitement entendu. Parker lui tendit les jumelles. Après une minute de battements de cœur, se demandant comment son compagnon pouvait supporter d'entendre tous ces bruits à la fois, ce dernier baissa les jumelles. Il secoua la tête.

— Ils sont infectés. L'un d'eux est mort. Les autres ont… faim, déclara Adam.

— Tu en es certain ? demanda Craig. Seigneur.

Il enveloppa un bras autour des épaules minces de sa fille.

— Nous garderons nos distances, après tout.

— Je te l'ai dit, marmonna Parker.

— Craig, que dirais-tu d'aller en bas et de finir le dîner ? Mets un peu d'eau à bouillir pour les pâtes.

— Ouais, OK. Allons faire ça.

Il souleva Lilly dans ses bras et se dirigea vers le sas.

Adam vint derrière lui et enroula ses bras autour de la taille de Parker. Il effleura sa nuque de ses lèvres.

— Ça va aller, le rassura-t-il.

Parker se tendit puis frappa l'écran radar.

— Je sais. Mais ce bateau aurait pu être n'importe qui. Ça aurait pu être ces connards de la côte, ou quelqu'un comme eux.

Nous ne pouvons pas penser tout le temps à aider les autres. Craig est trop naïf.

— Ce sera peut-être nous qui aurons besoin d'aide un jour.

Il se dégagea de l'étreinte d'Adam.

— Ça n'arrivera pas, répliqua Parker sèchement. Je n'essaye pas d'être un connard, mais nous vivons dans un monde différent maintenant. Arrête.

Croisant les bras, Adam garda sa voix douce.

— Je ne dis pas le contraire. Je suis certain que Craig non plus, puisque sa petite amie a saigné à mort, il y a seulement deux jours. Nous approchons les autres avec prudence. Je ne suis pas un idiot, tu sais.

— *Je sais.*

Il dénoua et renoua quelques nœuds de l'une des cordes.

— Mais toi et Craig, vous êtes trop… je ne sais pas. Optimistes.

— Je pense que tu es assez cynique pour nous tous, ironisa Adam.

— Je suis réaliste !

Parker baissa la voix avant de secouer la tête.

— Vous pensez que nous allons trouver un quelconque refuge utopien où les enfants pourraient jouer à cache-cache et prétendre que le monde n'est pas merdique. C'est une illusion.

— Peut-être. Mais nous devons essayer.

— Même si ça nous tue ?

— Je ne laisserai pas ça arriver, le rassura Adam en réduisant la distance entre eux et en prenant la corde des mains de son compagnon. Ça n'arrivera jamais.

— Tu es un loup-garou, murmura Parker. Tu n'es pas Dieu, et tu n'es pas immortel. Tu ne peux pas nous protéger de tout. Tu ne peux pas me protéger.

Craig apparut, apportant quatre assiettes vides à la table du pont.

— J'ai pensé que nous pourrons manger ici une fois que nous aurons trouvé un endroit où jeter l'ancre. Jacob dit qu'il n'a pas faim.

Il se frotta les yeux d'un air fatigué.

— Je vais le laisser tranquille pour aujourd'hui, mais je ne sais pas quoi faire. Après la mort de la mère de Lilly, nous avions encore des… choses. L'école, le travail, l'église et tout un tas de trucs.

Puis il fixa les assiettes.

— Ce n'est pas la même chose, maintenant. J'essaye de continuer normalement pour eux, mais… c'est quoi ce mot ? Normalement ?

— Je ne sais pas, répondit Adam. Mais nous trouverons un moyen.

Il serra l'épaule de Craig.

Celui-ci leva la tête, sursautant un peu. Ses yeux étaient rouges, sa voix tremblante quand il répondit :

— Ouais. Merci. Je suis désolé. Je suis…

Il se redressa brusquement et prit une profonde inspiration.

— Je vais bien, termina-t-il en disparaissant en bas.

Adam prit le visage de Parker dans ses mains, son regard intense.

— Je te protégerai, je le jure.

Parker ne put que hocher la tête. Il savait qu'Adam le pensait avec chaque fibre de son être, cependant, la crainte persistante que ce ne soit pas suffisant s'enroula autour de lui, de plus en plus étroitement, avec chaque kilomètre qui les rapprochait de l'Ile du Salut.

— EST-CE QU'ILS sont toujours là ? demanda Parker.

Il traversa le pont, le bois froid sous ses pieds nus. Il était minuit et Adam faisait le guet sur la proue. La lune et les étoiles étaient cachées sous un voile de nuages, et Parker plissa les yeux dans l'obscurité.

— Ouep. Mais ils ne nagent pas, donc c'est quelque chose.

Il frémit en pensant à ceux qui s'étaient jetés du quai après Abby et lui.

— C'est comme… leur seule qualité.

Écoutant avec attention, il pouvait entendre le claquement de leurs dents et leurs marmonnements.

Ils avaient jeté l'ancre dans une crique juste avant le coucher du soleil et aussitôt, des infectés avaient envahi la plage. Même après que Craig et Adam aient couvert chaque hublot et s'étaient assuré qu'il n'y ait aucune lumière, les monstres avaient essayé de nager vers eux. Heureusement, ils n'avaient pas pu aller loin.

— Ils n'essayent plus de nous atteindre. Ils se contentent de grouiller autour.

Ils étaient loin de la Géorgie et Parker songea à Atlanta.

— Tu penses que le Centre de Contrôle des Maladies travaille toujours ? À tenter de trouver un remède ? Je sais que ce gars à la radio a dit qu'ils ont été contaminés, mais…

— C'est possible qu'ils aient survécu. On ne sait jamais.

Les poils sur les bras nus de Parker se hérissèrent dans la brise nocturne, et il les frotta avant de tirer sur le col de son tee-shirt.

— Où penses-tu qu'ils soient ? Ces putain de Zacharies, je veux dire. En supposant qu'ils soient réels. Ce qui doit être le cas, à cause de la merde dans laquelle nous vivons à présent. Impossible que ce soit juste un accident.

— C'est peu probable puisque c'était apparemment ciblé.

Adam attira son amant à ses côtés, frottant sa grande main sur son bras. Il portait sa veste en cuir et Parker inhala son odeur musquée avec un petit sourire, pressant son visage contre l'épaule d'Adam.

— Je me demande s'ils sont cachés dans un quelconque abri,

attendant que le reste d'entre nous soit mort, ou qu'on soit infectés *puis* qu'on meurt. Tôt ou tard, les infectés mourront de faim. Ou ils vont se déshydrater, pas vrai ?

— J'espère vraiment, répondit Adam.

Parker frotta sa joue contre sa veste.

— C'est tellement bizarre de souhaiter la mort de ces gens. Ils étaient juste… normaux. Peut-être que nous pourrions les aider. S'il y a un remède, nous pourrions retourner à notre monde. Mais si nous le faisons, ça voudra dire que nous avons tué des gens qui auraient pu être sauvés.

— Nous avons tué pour survivre. Nous n'avions pas le choix.

— Je sais. C'est juste que…

Parker s'interrompit en levant sa tête, riant doucement.

— J'allais dire que ça craignait. L'euphémisme du millénaire !

Adam lui caressait toujours le bras.

— Tu peux dire ça.

— Est-ce qu'ils dorment tous en bas ? J'étais silencieux quand je suis passé devant Craig et Lilly.

— Oui, répondit Adam après quelques instants de silence.

— Alors, qu'est-ce qui se passe avec Lilly ? Quand tu as parlé au dîner, j'ai essayé de voir sa réaction. Elle te fixe lorsqu'elle pense que tu ne fais pas attention à elle, mais elle ne peut pas te regarder dans les yeux. Je n'ai jamais remarqué ça auparavant.

Adam soupira.

— Elle m'a vu. Après Abby, quand j'ai couru sur la jetée. J'avais si peur que quelque chose te soit arrivé. Je pouvais sentir l'odeur du sang et je ne me suis pas contrôlé.

— Oh merde. Eh bien… penses-tu que nous devrions leur dire ? Juste pour éviter de trouver des excuses ? Je veux dire, tôt ou tard, tu vas probablement te transformer devant eux. Peut-être que nous devrions les devancer.

Adam fixa le ciel sombre.

— Ouais. Ça m'a traversé l'esprit aussi.

— Mais ?

— J'ai gardé mon secret pendant tellement d'années. Tu te rappelles à quel point ça s'est mal passé avec mes parents adoptifs quand j'ai essayé de leur dire ? Quand j'ai essayé de leur montrer ?

Il eut un soupir tremblant.

— Je sais, murmura Parker, passant ses mains sur le torse de son petit ami. Je suis désolé.

— Jusqu'à ce que je rencontre Tina à l'université, je n'ai jamais pensé que quiconque puisse connaître la vérité et veuille toujours rester mon ami, qu'il veuille rester avec moi.

Il tourna la tête pour faire face à Parker, caressant ses lèvres de son pouce.

— Je n'ai jamais pensé que j'aurais ça.

Parker attrapa sa main et déposa un baiser sur sa paume.

— Tu es coincé avec moi maintenant. Tu vas peut-être le regretter. Tu le regrettes déjà, probablement.

Avec un rire qui réchauffa sa poitrine, Adam secoua la tête.

— Non. Tu es coincé avec moi aussi.

— C'est vraiment dur, se plaignit Parker. Tu es tout gentil, courageux et magnifique. *Ugh*. Tout ce que je peux supporter.

Puis Adam l'embrassa et ils s'étreignirent, la cuisse de Parker se glissant entre celles de son partenaire, le caressant paresseusement à travers leurs jeans. Ils s'embrassèrent doucement, leurs langues s'explorant et enfin, ils reculèrent, posant leurs fronts l'un contre l'autre. Parker ferma ses yeux avec contentement.

Quand Adam parla à nouveau, ce fut dans un murmure.

— Et si je leur dis et qu'ils ont peur ? Et s'ils pensent que je suis un monstre et qu'ils ne veulent rien avoir affaire avec nous ?

— Alors, qu'ils aillent se faire foutre. Tant pis pour eux, siffla Parker à cette pensée. Nous n'avons pas besoin d'eux. Ils seraient morts sans nous. Qui se soucie de ce qu'ils pensent ? De ce que peuvent penser les autres ?

— Calme-toi, ça va aller, souffla Adam en lissant les cheveux de son amant. Tu n'es pas obligé de les rendre mauvais. J'aurais voulu ne pas me soucier de ce que les gens pensent. Mais c'est le cas.

— Je sais, murmura Parker en lui embrassant la joue. C'est facile de dire ça, surtout pour moi. OK, soyons réalistes. S'ils te voient tous crocs et griffes dehors, ils vont probablement paniquer et être terrifiés. C'est une réaction normale puisque la plupart d'entre eux ne savent pas que les loups garous existent.

— Oui. Je comprends ça.

— Mais apparemment, Lilly n'a rien dit à son père. Si nous les devançons et disons la vérité, ils vont sûrement paniquer quand même. Craig voudra protéger les enfants. Ils auront beaucoup de questions. Ils auront peur.

Adam hocha la tête tristement, et bon sang, Parker aurait voulu faire disparaître la souffrance que sa famille adoptive lui avait causée. Et pourquoi ses parents et ses sœurs biologiques les avaient-ils isolés du monde de cette manière ? Est-ce que les loups garous étaient tous comme ça ? S'étaient-ils disputés avec leur meute ? Parker savait qu'Adam ne connaissait pas les réponses, donc il garda les questions rhétoriques pour lui.

Il embrassa Adam.

— Ils verront que tu es une bonne personne. Que tu es… *le meilleur* des hommes. Et à défaut d'autre chose, nous sommes coincés dans une apocalypse de zombie. Et tu es immunisé contre le virus des Zacharies et que tu es super fort, rapide, et un vrai dur à cuire. Donc à moins qu'ils ne soient criminellement stupides, une fois qu'ils l'auront compris, ils seront très contents qu'ils aient un loup-garou de leur côté.

Adam sourit.

— Tu penses ?

— *Je le sais.* Alors, je pense que nous devrions tenter le coup et trouver le bon moment. Peut-être après quelques jours, à cause de ce qu'il s'est passé avec Abby. Ils n'ont probablement pas besoin d'autres chocs, cette semaine. Surtout Jacob, dit-il en souriant tristement. Je viens juste de réaliser que je ne sais même pas quel jour nous sommes. C'est bizarre, hein ?

Son visage se renfrogna tandis que la nausée l'envahissait.

— Je ne peux pas croire que cela ne fait que quelques jours. Nous naviguons toujours et nous dînons et… ainsi de suite. Nous essayons d'agir normalement.

— Je suppose que ça devient normal maintenant. Nous devons continuer. Peu importe ce qu'il se passe.

Alors que la pluie commençait à tomber, Parker pressa son visage contre le cou d'Adam, content que le bruit de l'averse fasse disparaître le bourdonnement incessant qui leur parvenait du rivage.

— HE. NOUS t'avons mis de côté un peu de lait de coco. Ces trucs en conserve sont bons avec les céréales. Et nous avons des Coco Pops, déclara Parker, qui se tenait sur le seuil de la cabine.

Il regardait Jacob qui était recroquevillé sur la couchette à côté de Mariah, faisant face à la coque. Ses cheveux effleuraient sa joue et il portait les mêmes vêtements depuis des jours. Ses genoux maigres semblaient douloureusement plus osseux que d'habitude.

Jacob ne donna aucun signe d'avoir enregistré la présence de quelqu'un.

Parker essaya de nouveau.

— Pourquoi ne viendrais-tu pas t'asseoir avec nous là-haut ? Pour prendre un bon petit déjeuner et un peu d'air frais.

Rien.

Craig avait déjà tenté, Lilly fondant en larmes. Parker pensa tristement que ce garçon avait un cœur de pierre pour résister à une petite fille qui pleurait. Il était naturel que Jacob soit en état de choc, mais il devait au moins manger.

— Si tu n'es pas d'humeur à manger des céréales, je suis certain que nous pourrons préparer quelque chose d'autre.

Pas de réponse. Parker soupira et s'assit au bout du lit à ses pieds. Il pouvait sentir Jacob se tendre.

— Écoute, je sais que ça craint. C'est la pire chose qu'on puisse vivre. Mais tu dois manger. Tu vas devenir malade si tu ne le fais pas.

Il attendit une seconde avant d'ajouter :

— Ta maman ne voudrait pas ça.

— Comment sais-tu ce que maman aurait voulu ?

La voix de Jacob était un murmure rauque. C'était un progrès du moins. Ils avaient tous évité de mentionner Abby, toutefois, c'était peut-être la mauvaise chose à faire.

— Eh bien, tout d'abord, aucune mère ne voudrait que son fils soit déshydraté et mal nourri. C'est comme le premier truc maternel. Deuxièmement, elle m'a demandé de prendre soin de toi. Elle… Jacob, tu étais la seule personne à laquelle elle pensait. Elle veut que tu ailles bien. Elle veut que tu survives. Donc, tu dois te lever du lit. Je sais que ça ne fait que quelques jours qu'elle est partie et tu es encore en état de choc. Tu es confus.

Il fit une pause.

— À propos de beaucoup de choses, je pense.

Jacob fixait toujours la coque, mais il était très tendu.

— Je suis désolé de t'avoir parlé sèchement l'autre jour. Quand tu m'as posé la question à propos d'Adam et moi ? Parfois, je peux être…

Il rit sombrement.

— Je peux être un total connard, si tu veux la vérité. Donc, je suis désolé à propos de ça. Si tu veux parler, ou poser des questions, ou… quoi que ce soit d'autre, je suis là. Adam aussi. Nous voulons t'aider.

— Pourquoi poserais-je des questions ? demanda-t-il, en se figeant.

Oh, pauvre petit gars homosexuel et terrifié. Je connais ça.

— Tu as posé la question l'autre jour. À propos de moi et d'Adam. Donc si tu as des interrogations, n'hésite pas. Je ne mordrai pas cette fois.

Il réalisa avec horreur ce qu'il avait dit quand les mots sortirent de sa bouche.

— Je veux dire… euh…

Merde, putain, putain. Je ne suis pas doué à ça, putain.

Sa jambe bougeait nerveusement.

— Bref, je…

Après quelques moments, Jacob déclara :

— Je veux aller à San Francisco.

Il fixait toujours le mur.

Parker pensa à faire une blague nulle pour dire que c'était exactement la ville des homos, mais il se mordit la langue.

— Je sais. Je sais ce que c'est de vouloir trouver ta famille.

— San Francisco, puis Seattle. Ma grand-mère est là-bas. Je vais m'y rendre.

— Non, tu ne le feras pas, dit Parker, aussi doucement qu'il le put.

Jacob tourna finalement la tête pour le regarder.

— Si.

Il étouffa un *non.*

— OK, c'est quoi le plan ? Nous te déposons sur la terre ferme et tu t'en vas ? Nous sommes en Floride maintenant. Tu vas marcher jusqu'en Californie ?

— *Non.* Je prendrai une voiture.

— OK, bien sûr. Ça semble facile. Et tu devras siphonner beaucoup d'essence. Après avoir appris à conduire, ceci dit. Oh, et tu devras trouver de la nourriture et de l'eau. Combattre les monstres. Et bien sûr les autres humains, certains d'entre eux vont être tellement heureux de te croiser sur leur route. Pour te faire du mal.

Jacob serra la mâchoire.

— Adam et toi, vous avez traversé le pays.

— Nous l'avons fait. Tout ça venait juste de commencer et nous ne savions pas à quoi nous attendre. Tu le sais maintenant. Tu sais ce qu'il se passe. Et Adam et moi, nous n'aurions pas pu arriver en Californie si…

Il expira. Ils devaient vraiment parler du truc du loup-garou. Parker repensa à cette nuit sur les routes de compagne et à Adam qui s'était transformé, détruisant tous les monstres qui les auraient attaqués, s'il ne l'avait pas fait.

— Si ç'a n'avait pas été un coup de chance monumental.

— Peut-être que j'aurais de la chance aussi.

— Peut-être, mais probablement pas. Et si tu meurs ou que tu deviens infecté. C'est comme ça que marche le monde maintenant. Nous devons être vigilants chaque seconde.

— Je peux prendre soin de moi-même, murmura Jacob, sa voix tremblotante démentant ses paroles.

— C'est vraiment impressionnant, mais je ne pourrais pas. La dernière chose que je veux, c'est être seul.

Des souvenirs d'une route de désert vide sous une mer d'étoiles emplirent son esprit. Il pouvait sentir l'asphalte sous ses pieds, le vent de la nuit froide implacable sur sa peau. Il avait entendu le silence absolu qui régnait en étant complètement seul.

— Il y a une nuit où j'ai pensé que j'avais perdu Adam. C'était le pire moment de ma vie. Je ne peux même pas traduire ça en mots, à quel point j'avais peur. À quel point j'avais souffert rien qu'à l'idée de ne plus le revoir. Et s'il n'allait pas bien, je ne sais pas ce que j'aurais fait. Nous avons besoin des uns et des autres. Nous tous, Jacob.

— Mais tu ne voulais pas nous aider au début. Tu ne voulais pas traîner avec nous.

La culpabilité rongea Parker.

— Tu as raison. J'étais suspicieux. J'avais peur. Mais je sais maintenant que je peux vous faire confiance, les gars. Nous pouvons nous aider mutuellement. Je n'ai confiance en personne d'autre, mais je vous fais confiance. Ce n'est pas facile pour moi.

— Pourquoi tu *me* voudrais ici maintenant ? Pourquoi vous voudriez que je reste là ?

Le souffle de Jacob se bloqua.

— Tu étais coincé avec moi à cause de ma mère. Elle est partie. Pourquoi tu voudrais que je reste ? Craig et Lilly pourraient avoir leurs propres lits si je pars. Je ne suis pas de votre famille.

— Vraiment ? Je pense que Craig et Lilly ne seront pas d'accord. Ils aimaient ta mère et ils t'aiment aussi. La famille, ce n'est pas seulement par le sang. C'est plus que ça.

Timidement, il posa une main sur la cheville mince de Jacob.

— Nous sommes une équipe, déclara Parker. Et écoute, je comprends que tu veuilles trouver ton père et ta grand-mère. Je voulais trouver mes parents aussi. Mais ils n'étaient plus là.

— Comment en es-tu sûr ?

— Je ne sais pas. Pas à cent pour cent. Mais de ce que nous avons vu de Boston… quand je me suis tenu dans ma cuisine, j'ai juste… je l'ai senti. Et peut-être que ça me ferait trop mal d'espérer une sorte de miracle. Donc je suis en paix avec ça. Je devais les laisser partir. Et normalement, pendant notre vie d'avant, cela aurait pris des mois pour le digérer. Des années. Cependant, nous n'avons pas ce luxe maintenant. Nous devons continuer à avancer.

— Elle me manque tellement, murmura Jacob.

Parker voulait étreindre le pauvre garçon, mais il avait peur d'insister.

— Je sais. Je ne dis pas que tu vas surmonter la mort de ta mère. Elle va toujours te manquer et tu vas être foutrement triste. Des gens nous manquent. La famille, les amis. Mais nous avançons. Nous continuons à vivre. Et je ne t'aurais jamais parlé si tôt auparavant, mais nous avions du temps à ce moment-là. Ou du moins, nous avions l'impression d'en avoir. Et comme je l'ai dit, c'est un luxe que nous n'avons pas maintenant.

— Mais tu essayes toujours de trouver ton frère.

Le sourire étincelant d'Éric, ses cheveux blonds brillant sous le soleil, emplit son esprit.

— Je n'essaye pas exactement de le trouver, j'espère juste qu'il est toujours vivant. Je n'aurais pas risqué Adam ni aucun d'entre vous pour le trouver. C'est plus comme un rêve éveillé, je crois.

Il déglutit difficilement, une douleur intense l'étranglant soudain.

— Au fond de moi, je sais que je ne le reverrais jamais.

— Je suis désolé, murmura Jacob.

— Au moins, nous avons réussi à parler au téléphone cette nuit-là avant que tout parte en vrille. Il était à Londres, et se dirigeait vers un abri sous-terrain que son cinglé de boss riche avait construit. J'étais dans la forêt à l'extérieur du campus avec Adam. Un total étranger que je n'appréciais pas. Qui ne m'appréciait pas non plus, poursuivit-il en secouant la tête. La vie est tellement bizarre. Je suppose que ça l'a toujours été, mais surtout maintenant. Bref, ouais, je rêve toujours de trouver mon frère un jour, aussi impossible que ça soit. Mais des choses curieuses arrivent parfois, hein ?

— Je devais parler à ma grand-mère via Skype, lâcha Jacob, ses yeux s'emplissant de larmes. Ce week-end-là avant que ça n'arrive. Elle venait juste d'apprendre comment ça marchait et elle voulait essayer. Mais mes amis ont acheté le nouveau jeu de *Star Wars* et je l'ai envoyé balader. Je lui ai envoyé un email et je lui ai dit que je devais étudier pour un examen, et elle m'a dit que ce n'était rien et que les devoirs passaient en premier et peut-être que nous aurions pu le faire, le week-end suivant.

Un sanglot le secoua et il se recroquevilla, enfouissant son visage dans ses bras et étouffant ses paroles.

— Mais ce week-end n'est jamais venu. J'aurais dû lui dire que je l'aimais.

Parker serra la cheville de Jacob doucement.

— Elle le savait. Ta mère le savait aussi et ton père. Ils savent tous les deux que tu les aimes. Je te le promets. Et ta mère t'aimait tellement.

Après quelques profondes inspirations, Jacob hocha la tête, essuyant ses yeux. Parker le garda ancré avec sa main, ayant voulu savoir s'il disait les bonnes choses. Pendant quelques minutes, ils restèrent comme ça, le bateau tanguant doucement, et Parker ne voulait pas quitter Jacob.

— Tu ne peux pas traverser le pays seul, déclara-t-il finalement. Nous devons avancer. Je sais que c'est ce que ta mère aurait voulu. D'accord ?

Jacob hocha la tête en reniflant. Puis il se redressa brusquement et pressa sa bouche contre celle de Parker dans un baiser humide et maladroit. Il se rejeta contre la couchette, respirant bruyamment.

— Désolé ! Je voulais juste ressentir ça une fois avant de mourir !

Parker se leva du lit en soupirant.

— OK, ça va aller.

Il sourit doucement.

— Je me rappelle très bien ce sentiment.

Jacob lui sourit timidement.

— Ouais ?

— Oh ouais. Maintenant, viens. Il est temps de manger des céréales. Pas de protestations.

Il se tourna et s'avança vers la cuisine, prenant du lait du réfrigérateur ainsi qu'un bol et une cuillère.

— Peux-tu prendre les céréales ?

Il monta les quelques marches qui menaient au pont, calculant les battements de son pouls alors qu'il attendait.

Une minute plus tard, Jacob apparut avec une boîte de Coco Pops, clignant des yeux sous le soleil matinal.

Chapitre 11

— NOUS DEVRONS bientôt nous approcher de Daytona, n'est-ce pas ? demanda Craig.

Il se tenait à l'évier de la cuisine, lavant la vaisselle et la tendant à Lilly pour l'essuyer.

À la porte de la grande cabine, Adam fit courir une serviette sur ses cheveux humides. Ils avaient jeté l'ancre dans une petite crique qui les protégeait relativement de l'extérieur, le vent hurlant et la nuit tombant. Alors que la journée avançait, il patrouillait régulièrement, insistant pour que les autres restent au sec. Il ne portait pas de tee-shirt et son short de surf séchait rapidement, au moins.

— Oui, nous devrions, acquiesça Adam.

Lilly lui jeta un coup d'œil et il sourit. Elle baissa la tête, frottant son assiette vigoureusement. Elle évitait son regard dès qu'elle le pouvait, son petit cœur battant plus vite lorsqu'il essayait de lui parler. Il comprenait – et il avait besoin de régler ça –, mais il ne put empêcher un éclair de douleur de le traverser.

Il entendit le cœur de Parker rater un battement tandis qu'il examinait les cartes sur la table du salon.

— Ouais, bientôt.

Adam vint s'asseoir à côté de lui sur le banc.

— Y'a-t-il un problème ?

— Non, répliqua Parker bien trop vite.

— Tu en es certain ? demanda Adam en haussant un sourcil.

Son amant garda son regard fixé sur les cartes, bien que les battements de son pouls s'accélèrent.

— Ouep.

Jacob était assis sur le lit dans l'autre cabine, et regardait par un hublot. Mais au moins, il était éveillé. Depuis le matin précédent, lorsque Parker avait discuté avec lui, le garçon avait semblé un peu plus impliqué.

Adam avait étouffé l'élan de possessivité quand il avait entendu Jacob embrasser Parker. Il n'aurait pas dû écouter leur conversation, cependant, il n'avait pas pu s'en empêcher. Pendant un moment, lorsqu'il avait entendu ce bruit, sa vision était devenue dorée, ses yeux étincelant avant qu'il ne puisse se contrôler deux secondes plus tard. Heureusement, Craig et Lilly étaient concentrés sur un livre de mots croisés.

Adam regarda son amant avec une pointe de fierté au vu de la façon dont il avait géré la situation et à quel point il avait été gentil avec Jacob. Mais il était distrait maintenant en entendant les battements de son cœur... rapides, agités – pour Adam, du moins – dans ses mouvements tandis qu'il examinait les cartes nautiques.

— Quoi ?

Prenant une profonde inspiration, Parker s'assit.

— C'est fou. Stupide. Nous devrions continuer de nous diriger vers le sud, au large. Si nous traversons le Courant du Golfe, il faut le faire le plus étroitement possible et aller vers les Caraïbes. Ou nous continuons juste vers le sud. Il y a des îles au large de l'Amérique du Sud. Nous avons d'autres options.

La radio s'anima.

— Ici, L'Ile du Salut. Nous en appelons à toutes les âmes qui nous écoutent.

— Oh mon Dieu, c'est comme s'ils nous écoutaient ! s'exclama Parker en s'avançant vers la radio pour l'éteindre, interrompant la voix familière de la femme. Tu vois ? C'est flippant !

— Ou bien ils envoient leurs messages à des heures fixes. C'était la même heure, la nuit dernière. Parker, nous avons parlé de ça.

Adam jeta un coup d'œil à Craig et Lilly, qui les regardaient depuis l'évier avec des assiettes dans leurs mains.

— Nous allons d'abord vérifier cette île. À distance.

— Mais il n'y a rien là-bas ! C'est un piège, c'est évident.

Il s'assit de nouveau et pointa un doigt sur une carte.

— C'est trop loin au nord pour faire partie des Bahamas. Je n'ai jamais entendu parler d'une île là-bas. Si ça se trouve, il y a une flotte de bateaux qui nous attendent pour nous piéger, nous jeter par-dessus bord et prendre la *Bella*.

— Nous jeter par-dessus bord ? murmura Lilly. Avec les requins ?

— Non, bien sûr que non ! répondit Craig en lançant un regard noir à Parker. Ça n'arrivera pas.

— Ça pourrait ! s'exclama-t-il en faisant courir sa main dans ses cheveux. Je n'essaye pas d'être un connard, mais nous devons être réalistes.

Dans la cabine, Jacob les regardait maintenant, les yeux écarquillés. Adam leva les mains, tentant de refouler la colère qui le submergeait.

— OK, prenons une profonde inspiration. Parker, ça pourrait être une île privée. N'est-ce pas ?

— Je… oui. Je suppose que c'est possible.

— Et nous nous étions mis d'accord pour essayer. Rappelle-toi ? ajouta Adam.

Parker lui lança un regard meurtrier.

— Oui, je m'en rappelle. Je ne suis pas demeuré, merci !

Adam grinça des dents.

— Alors, pourquoi avons-nous cette conversation ?

— Parce que c'est un choix stupide !

Il bondit vers la table, montrant les cartes, faisant voler son crayon.

— Traverser le Courant du Golfe est dangereux. Nous devons vérifier religieusement les bulletins météorologiques et rester vigilants et nous assurer de le faire avec un bon soleil et des vents allant dans la bonne direction. Et devinez quoi ? Nous n'avons plus de bulletins météorologiques. Donc, dans le meilleur cas, nous aurons peut-être une fenêtre à traverser. Si le vent change de direction et que nous nous retrouvons au milieu du courant, nous pourrions être totalement foutus. Je ne suis pas un marin expert. Savez-vous comment les grandes vagues peuvent devenir ? Vous n'avez encore rien vu. Cette tempête qui a presque emporté l'autre bateau ? Ces vagues-là ne sont même pas grandes.

— Est-ce vraiment si dangereux ? demanda Craig.

— Oui, ça peut l'être, répliqua Parker en faisant les cent pas. Ça peut définitivement l'être. Si nous avions toujours YouTube, je vous aurais montré des vidéos. Plus j'y pense, plus la décision de prendre le risque quand nous ne connaissons pas la météo est stupide. Et ça, sans parler du risque réel que représente ce soi-disant refuge du Salut.

— Nous avons confiance en toi, déclara Adam. Tu peux nous y emmener en toute sécurité.

— Et si je ne le veux pas ? Je suis le seul qui peut nous faire traverser ce courant. Je suis le seul qui comprenne toutes ces cartes et ces termes nautiques.

Il redressa le menton.

— Et si je dis non ?

La frustration frémissante qui montait en lui bouillonna et les narines d'Adam s'évasèrent.

— Tu as accepté ! Nous devons essayer. Nous devons trouver un endroit où nous installer !

— Nous n'aurons plus jamais de maison ! cria Parker. Pas comme avant. C'est juste un rêve !

— Peut-être que c'en est un ! rétorqua Adam en hurlant. Mais nous devons tenter le coup. C'était un rêve que tu puisses trouver tes parents au Cape. Mais nous avons essayé.

— C'était différent, dit Parker en secouant la tête. Tu fais confiance à une voix dans une radio. Nous entendons plein de voix. Nous ne pouvons pas faire confiance à ces gens.

Se forçant à se contrôler, Adam desserra les poings, ses doigts douloureux d'avoir empêché ses griffes de sortir. Il se leva et parla calmement.

— Nous ne faisons pas confiance à cette voix. Nous te faisons confiance. Nous *te* faisons confiance pour nous y emmener en toute sécurité. Et nous n'y allons pas à l'aveugle. Tu sais que nous avons un avantage.

— Qu'est-ce que ça veut dire ? demanda Craig, en tenant une Lilly tremblante à ses côtés.

Bon sang, peut-être qu'il était temps de mettre toutes leurs cartes sur la table. Adam regarda Parker, mais celui-ci faisait toujours les cent pas, trop tendu. Le bateau se balançait d'un côté à l'autre au gré du vent.

— Et Adam a raison, ajouta Craig, nous nous sommes mis d'accord. Nous devons trouver un endroit où vivre. Pour avoir un peu de stabilité. C'est ce qu'Abby aurait voulu. Je le sais.

— Ça doit être un mensonge ! s'écria Parker en levant ses mains en l'air. La sécurité, la nourriture, de l'eau et en chantant la kumbaya. Tu ne vois pas ? Ça ne peut pas être réel. C'est impossible. Ce n'est pas le monde dans lequel nous vivons maintenant. Nous vivons dans un monde de mort, d'infection et de gens mauvais.

Il frémit et Adam voulut le prendre dans ses bras.

Parker secoua la tête.

— Si je me laisse à croire que nous pouvons trouver un bon endroit et qu'ensuite, tout s'effondre… je ne peux pas. Je ne le ferai pas.

Jacob bondit du lit et entra dans le salon.

— Tu as dit que nous étions une équipe. C'était des conneries ?

— *Jacob*, siffla Craig.

— Quoi ? *Surveille ton langage* ? rétorqua Jacob en riant avec une pointe d'hystérie. Lâche-moi un peu !

Puis le garçon se tourna vers Parker, lui lançant un regard noir.

— Tu m'as fait ton baratin pour avancer. Mais c'est toi qui veux rester au même endroit. Peut-être que naviguer pour toujours te donne l'impression que tu as accompli quelque chose, mais ça ne nous conduira nulle part. Tu racontes que des conneries !

Il retourna dans la réserve, fermant la porte derrière lui avec un *Clang* bruyant.

— Bon travail, marmonna Adam.

Parker serra les lèvres, cependant, avant qu'il ne puisse répliquer, Lilly s'avança vers lui.

— Ne le mets pas en colère ! lâcha-t-elle.

Le cœur serré, la colère d'Adam disparut, la honte l'envahissant. Il baissa la tête.

— Lilly, ça va aller, la rassura Craig. Adam et Parker sont en colère maintenant, mais nous devons régler les choses. Tout se passera bien.

— Mais tu ne comprends pas ! Il est...

Elle s'interrompit et Adam fixa ses pieds nus sur le plancher, le visage rouge. Il pouvait entendre les paroles qu'elle ne dit pas comme si elle les avait criés.

Un monstre.

— C'est la personne la plus formidable que je n'ai jamais rencontrée et tu n'as pas à avoir peur, déclara Parker.

Adam leva la tête pour trouver son compagnon qui le regardait, ses yeux remplis d'amour. Son agitation disparut.

— Lilly, reprit-il, tu as vu quelque chose, n'est-ce pas ? Après Abby... après ce qu'il s'est passé lorsqu'Adam est revenu, il t'a paru effrayant.

Elle acquiesça, ses yeux écarquillés, allant d'Adam à Parker.

Craig les regarda aussi.

— De quoi diable parlez-vous ?

Parker hocha la tête, et Adam prit une profonde inspiration, essayant de refouler les souvenirs de ses parents adoptifs, leur horreur lorsqu'il avait tenté d'expliquer. Tout d'abord, il appela Jacob.

— Jacob, peux-tu venir, s'il te plaît ?

Il n'y eut que le silence, mis à part le bruit de la pluie.

Parker se dirigea vers la cabine et ouvrit la porte.

— S'il te plaît ? Je suis désolé. Et tu dois entendre ça.

Jacob le suivit, s'appuyant contre le chambranle, les bras croisés et les yeux rouges. Parker vint se tenir à côté d'Adam, prenant sa main et entrelaçant leurs doigts ensemble. Adam la serra avec reconnaissance. Peu importait ce qu'il s'était passé et peu importait, à quel point ils se disputaient parfois, il savait dans son cœur que Parker serait toujours de son côté. Une gratitude profonde le traversa.

Je peux le faire.

— Ce n'est pas facile à dire, donc je vais juste… Je suis un loup-garou.

Il s'efforça de garder la tête levée et le regard fixé sur Craig, Lilly et Jacob. Tous les trois avaient les yeux écarquillés.

Un froncement de sourcil apparut sur le visage de Craig et il eut un rire nerveux.

— Est-ce que c'est censé être drôle ? Je ne comprends pas.

— Ce n'est pas une blague. Je suis un loup-garou. Je suis né comme ça. Ça n'a rien à voir avec la lune ou une quelconque morsure. Les loups garous sont nés, juste comme les humains. Nous sommes comme vous, sur beaucoup de côtés.

— Je ne…

Craig secoua la tête.

— Est-ce une manière de détendre l'atmosphère ou quelque

chose ? demanda-t-il encore. Je ne te suis pas.

— Les loups garous sont réels, déclara Parker sans ménagement. Je sais, c'est fou au début. Mais croyez-moi, c'est une bonne nouvelle. Adam est super fort et il peut voir et entendre sur de longues distances. Il peut guérir rapidement s'il est blessé. Quand il se transforme, il a des griffes et des crocs qui sortent et il devient tout poilu. À part ça, il est comme nous. Il ressent les mêmes choses que nous.

Parker serra les doigts de son compagnon.

— Ses sentiments sont touchés comme nous. Ce n'est pas un monstre ni un cinglé.

Jacob les regarda intensément.

— Mais les loups garous, ça n'existe pas.

— Je l'ai vu, intervint Lilly, calmement.

Elle hocha la tête en direction de Jacob et de son père.

— Après qu'Abby se soit blessé, reprit-elle. Il avait des crocs et des griffes et ses yeux étaient brillants. Il avait des poils partout sur son visage.

Fermant les yeux pendant un moment, Adam laissa la transformation couler à travers lui. Ses griffes éraflèrent la main de Parker, mais celui-ci la garda dans la sienne. Quand il ouvrit de nouveau les paupières, Craig avait poussé les enfants derrière lui et avait reculé, lui et Jacob le regardant, la mâchoire décrochée et les yeux écarquillés, Lilly, quant à elle, hocha la tête avec sagesse.

— Comme ça, dit-elle.

— Voici la présentation N° 1, déclara Parker. Loup-garou. Mais il est toujours Adam. Toujours le même gars qui voulait sauver vos vies quand je ne le voulais pas. Quand j'ai franchement voulu prétendre que nous n'avions jamais entendu cet appel SOS. Il est bon, gentil et courageux.

Adam laissa le loup se retirer, roulant son cou alors qu'il se cachait à l'intérieur de lui et reprenait sa forme humaine.

— Je comprends que je vous fais peur, commença Adam.

Cependant, je ne vous ferai jamais du mal. Jamais.

Craig ouvrit et ferma sa bouche. Jacob s'avança vers lui, clairement fasciné.

— Et je pensais ce que je disais, Jacob, intervint Parker. Nous sommes une équipe. Ou du moins, nous pourrions l'être. Nous devrions l'être. Je ne voulais pas faire confiance à qui que ce soit, à part Adam, mais j'ai promis à Abby que je prendrais soin de vous. De vous tous. Que nous veillerons sur vous. Nous sommes là-dedans ensemble. Mais vous devez accepter Adam comme il est. Loup-garou et tout. Si vous ne le pouvez pas, alors chacun partira de son côté.

— Je ne sais pas quoi penser, répondit Craig, la voix rauque. Je n'ai jamais imaginé…

— Je sais, c'est hallucinant.

Parker sourit d'un air hésitant avant de continuer :

— Je ne pouvais pas croire mes yeux au début. Mais ça devient normal très vite. Tu en serais surpris. Je veux dire, nous avons déjà affaire à beaucoup de choses folles en ce moment.

Son sourire disparut tandis qu'il se tournait vers Adam, tenant toujours sa main.

— Et je suis désolé, reprit-il en refoulant ses larmes. Tu as raison. J'ai peur. J'ai peur des gens mauvais que nous allons rencontrer là-bas, comme Petit Homme et ses amis pirates. Et j'ai peur d'espérer qu'il puisse y avoir vraiment un endroit sûr pour nous.

— Je sais. Ça va aller, murmura Adam en l'étreignant et le tenant très fort contre lui.

— Et c'est vraiment dangereux de traverser le Courant du Golfe, marmonna Parker contre son épaule. Je n'ai pas inventé ça.

Il gloussa.

— Je sais.

Du coin de l'œil, Adam pouvait voir les autres qui les regardaient, l'air égaré. Il recula et roula des épaules.

— J'espère que vous serez en mesure de voir que je ne représente pas une menace pour vous.

— Oh, et il est immunisé contre le virus du monstre, pour votre information, ajouta Parker en levant le pouce. Un grand plus.

Lilly s'avança à son tour, dégageant sa main de celle de son père. Elle la tendit ensuite pour toucher les doigts d'Adam.

— Est-ce que ça te fait mal quand tes griffes sortent ?

— Comme Wolverine ? demanda Jacob en se penchant vers lui.

— Non. C'est un mouvement naturel, répondit Adam. Comme étendre ton bras ou bouger tes orteils. C'est la même chose avec mes crocs et mes poils.

— Waouh. C'est…

Jacob s'interrompit, regardant Adam de haut en bas. Celui-ci se prépara. Puis un lent sourire éclaira le visage boutonneux du jeune garçon.

— C'est *tellement cool* !

Adam exhala et tandis que les enfants le bombardaient de questions, Craig les rejoignit timidement. Parker se tenait toujours à côté de lui en souriant et il sut que tout irait bien, du moins, pour aujourd'hui.

Chapitre 12

— CE SERAIT mieux d'aller en direction du sud après Daytona, puis traverser le courant.

Quand Adam leva les sourcils, Parker fit de même.

— Je ne te mens pas. Tu le sais bien, dit-il.

Avec un petit sourire, Adam hocha la tête. Craig, Parker et lui étaient penchés sur la table dans le salon, les cartes nautiques étalées devant eux dans la lueur des puits de lumière de l'après-midi.

Ils avaient réussi à mettre quelques kilomètres derrière eux pendant les éclaircies de la météo des deux derniers jours, mais il fallait du temps pour arriver à la périphérie de Daytona, où la fumée s'élevait, presque impossible à discerner dans le ciel gris.

— Comment peut-il affirmer ça ? demanda Jacob de la cuisine, où il était assis sur le comptoir avec Lilly, mangeant des bols de gelée de fruits.

Il n'y avait presque plus de poissons ces derniers temps et les réserves diminuaient. L'estomac de Parker grogna, mais il l'ignora. Ils avaient besoin de conserver leur nourriture.

— Il peut écouter mes battements de cœur et dire si je suis nerveux ou pas, expliqua Parker. Quand quelqu'un ment, l'ouïe supersonique d'Adam peut le détecter.

— Vous entendez ça ? dit Craig d'un air joueur. Aucun mensonge à partir de maintenant.

Il se força à rire et émit un genre de *ha-ha-ha*.

Adam lui retourna son sourire et il y eut un silence gênant.

Craig et les enfants essayaient vraiment et durant les jours qui étaient passés depuis qu'Adam leur avait révélé son secret, ils avaient tergiversé entre le regarder d'un air suspicieux lorsqu'ils pensaient que personne ne voyait et faire des plaisanteries nulles. Pour ces dernières, c'était plus précisément Craig qui semblait avoir besoin d'une bière ou de cinq.

Parker essuya la sueur de son sourcil. L'air était étouffant et ils portaient tous des shorts et des tee-shirts, excepté Adam qui était torse nu la plus grande partie du temps. Parker ne s'en plaignait pas, ou peut-être que si, puisque son compagnon et lui n'avaient rien fait d'autre que de s'enlacer. C'était trop silencieux et étroit pour s'envoyer en l'air pendant que d'autres personnes dormaient à côté.

— Peux-tu te transformer en un vrai loup ? lâcha Jacob.

— Comme le professeur Lupin ? ajouta Lilly. Plus petit et avec plus de poils ?

— Les gars, ne soyez pas grossiers, les réprimanda Craig. Mais j'avoue que je suis curieux aussi.

Le sourire d'Adam fut triste.

— Non. C'est possible, mais je n'ai jamais appris comment. Peut-être un jour.

Parker lui serra le coude en signe de soutien et s'éclaircit la gorge.

— Bref, voilà ce qu'on a pour le Courant du Golfe, dit-il en indiquant la carte. Ça commence d'ici, autour du côté inférieur de la Floride. Adam, je pense t'avoir dit qu'il est d'une largeur d'une cinquantaine de kilomètres. C'est comme une rivière dans l'océan, il n'y a pas de rive ni de cours rigide quand il se dirige vers le nord. Il serpente. Il a des tourbillons qui peuvent te tromper et te mener dans la mauvaise direction. Il est aussi plus rapide là où il devient étroit.

Craig hocha la tête.

— Je te suis. Tu l'as déjà traversé ?

— Non, mais j'ai lu à propos de ça et mon père et mon frère l'ont fait, donc je me rappelle lorsqu'ils ont planifié leur voyage.

Il refoula l'éclair de regret que son père ne l'ait pas autorisé à venir avec eux. Le regret et le ressentiment… avec un soupçon de culpabilité d'avoir ce sentiment en premier lieu. Il grimaça et se reconcentra.

— Le plus gros problème, ça sera le vent. S'il vient du nord, les conditions seront plus difficiles. Ça pourrait être très difficile, ça dépend.

— Pourquoi ça ? demanda Adam.

— Puisque le courant se dirige vers le nord…

Parker s'interrompit en glissant un doigt sur le papier usé, de la Floride vers New York.

— Si le vent vient du nord, ça ira contre la direction du courant.

Ensuite, il fit glisser son doigt.

— Ça déclenchera des vagues. Et rappelle-toi, même si le courant est plus proche de la rive au large de la Floride, une fois que nous serons là-bas, ce sera toujours la haute mer. Pas de fuite dans un port si le temps change.

— D'accord, dit Craig en soupirant. Comment allons-nous le traverser ? En supposant que le vent vient du sud et que tout se passe bien.

Il se pencha sur la carte.

— Si nous allons en direction du sud, poursuivit-il, d'où partirons-nous ? Peut-être Cocoa Beach ?

Puis il sourit tristement.

— J'ai toujours voulu aller là-bas. Je pensais que ça avait l'air exotique. J'avais l'habitude de revoir les compétitions de volleyball à la télévision. Tout me semblait si glamour. Tu sais, Abby…

Il regarda Jacob, le sourire évanoui.

— Elle avait un cousin là-bas. Bill, je pense ?

Regardant son bol de gelée à présent vide, Jacob haussa les

épaules.

— Sais pas.

Dans le silence qui suivit, des flashs des cheveux blonds d'Abby et de son sourire facile emplirent l'esprit de Parker. Il les repoussa et planta un doigt sur la carte, vers la marque qu'il avait faite de l'endroit où se trouvait l'Ile du Salut.

— Voici notre destination, déclara-t-il.

Adam frotta une main sur son visage broussailleux. Il ne s'était pas rasé depuis un moment et sa barbe faisait un bruit d'éraflure contre ses doigts. Puis il prit la parole :

— OK, donc si le Courant du Golfe nous pousse en direction du nord, devrons-nous aller de là à l'autre côté, comme ça ? demanda-t-il en glissant son doigt de Cocoa Beach en ligne diagonale droite jusqu'à l'Ile du Salut.

— Non, répondit Parker. C'est une loxodromie.

Face aux regards vides de tout le monde, il essaya de se rappeler la définition de ce mot, mais il ne trouva pas.

— En gros, quand vous naviguez, une ligne droite n'est pas exactement le chemin le plus rapide, parce que la terre est ronde. Dans la navigation, il y a une loxodromie ou le Grand Cercle, ce qui est plus rapide.

Il dessina un semi-cercle autour de la ligne diagonale.

— Bref, continua-t-il, ça n'a pas d'importance. Si nous traversons le courant sur une loxodromie, nous serons en crabe.

Toujours des regards vides.

— Nous naviguerions de travers. Nous ne pouvons pas faire ça.

— D'accord. Alors, que devons-nous faire ? demanda Craig.

— Quand nous arriverons au courant, nous devons fixer notre cap à un angle de quatre-vingt-dix degrés. Nous serons toujours en diagonale, mais à un angle plus raide. On ne doit pas essayer de combattre le courant. Donc, nous finirons au nord de l'île, puis nous pourrons aller au sud une fois que nous serons de l'autre côté du courant. Vous comprenez ?

— Ouais. C'est logique, déclara Lilly.

Ils la regardèrent tous et elle haussa les épaules.

— Quoi ? dit-elle. C'est de l'algèbre.

Craig sourit largement.

— Elle tient ça de sa mère. Mes compétences en Maths se sont limitées à calculer vingt pour cent de pourboire.

— C'est utile, le taquina Parker.

— Oh oui. Nous voulons récompenser un bon service à la fin des temps.

— Tout m'a l'air bon, remarqua Adam en regardant la carte. Si nous arrivons au nord de l'île, nous pouvons nous en approcher pendant la nuit. Combien de temps faudra-t-il pour le traverser ?

— Ça dépend. Disons que nous prenons une vitesse de cinq à six nœuds quand on sait qu'un nœud, c'est 1.85 kilomètre par heure… probablement dix heures. Peut-être plus.

— Sérieusement ? fit Adam en grattant son torse nu tout en fixant la carte. Waouh.

— Ouais, dit Parker. C'est ce que j'essaye de vous dire… ce n'est pas rien. Nous allons nous éloigner énormément de la côte. Nous devons tout planifier. Sans les bulletins météorologiques, une grande partie de tout ça sera de la pure chance. Nous devons aussi nous approvisionner en carburant au cas où nous devions descendre les voiles et utiliser le moteur.

— Ne pouvons-nous pas faire directement ça ? demanda Craig.

Parker examina la carte.

— Peut-être. Mais ça dépend des conditions, nous pouvons utiliser l'essence et puis finir au milieu de l'océan avec les réservoirs vides. Je pense que nous devrions garder ça comme plan de secours. De toute façon, il faudra espérer des éclaircies dans la météo. Le vent du sud, ce n'est pas trop difficile. Quinze nœuds, max, je pense.

— Tu penses ? répéta Craig.

— Je suis peut-être l'expert parmi vous, mais je ne suis pas vraiment un expert. Si nous avions Google pour me rafraîchir la mémoire, nous aurions aussi les bulletins météo, ce qui nous aiderait vraiment. Mais nous devrions juste prétendre que c'est le bon vieux temps.

— C'est le « nouvieux » temps, dit Craig. Vous saisissez ? Nouveau-Vieux Temps. Si nous avions encore Twitter, ce serait carrément un hashtag tendance.

— Bah oui, papa, se moqua Lilly en gloussant et en jouant avec son propre bol de gelée. Qu'est-ce qu'on va manger ?

Pendant que les autres discutaient des options qu'ils avaient pour le dîner, limité puisque le poisson ne coopérait pas, Parker étudia la carte. Il l'avait mémorisé à présent, cependant, il continua toujours à examiner ce qu'ils avaient marqué. Le X qu'il avait tracé sur l'Ile du Salut attira son regard encore et encore. Son estomac se noua, et il tira sur son tee-shirt, décollant le coton humide de sa peau.

— Hé.

Adam fit courir sa main sur le dos de son compagnon.

— Je vais bien, dit-il en reculant. J'ai besoin de me rafraîchir. Il fait trop humide aujourd'hui.

Il entra dans la cabine principale et mit son short de bain qu'il avait gagné dans une marina.

— Bonne idée, lança Craig. Allez nager et je nous prépare le dîner. Du riz et des haricots, ma spécialité.

Sur le chemin vers le salon, Parker se força à sourire.

— Super, merci !

L'acide envahit son estomac tandis qu'il se précipitait vers le pont, des murmures glissant le long de sa colonne vertébrale.

Et s'il n'y avait rien ? Où irons-nous ? Et si quelque chose est *là et si c'est juste aussi mauvais que je le pense ? Et si, et si, et si…*

Dans la lumière qui déclinait, Parker plongea de la poupe. Ils étaient ancrés dans un portuaire avec des quais vides au loin, et alors qu'il refaisait surface, savourant l'eau froide, il se demanda où étaient partis les bateaux.

Peut-être qu'ils sont tous sur l'Ile du Salut en train de faire des barbecues. Peut-être qu'ils ne restent que nous.

Le manque d'autres survivants était de plus en plus prononcé. Ils les entendaient toujours à la radio, mais la propagation du virus semblait sans pitié.

— Je peux me joindre à toi ?

Pataugeant dans l'eau, Parker se retourna pour faire face au bateau. Adams se tenait à l'arrière sur la plateforme près du canot et portait son short de bain aussi, qui épousait ses hanches minces et ses cuisses puissantes. Parker hocha la tête, laissant le frisson du désir le traverser.

Ils s'éloignèrent, mais pas trop loin. Il flotta sur son dos dans les vagues légères. Le ciel s'éclaircissait enfin et il pouvait voir les étoiles étinceler dans le coucher de soleil rose et rouge. Il laissa ses oreilles s'emplir d'eau, tendant la main pour prendre celle d'Adam afin qu'ils restent proches l'un de l'autre.

Dans cette tranquillité étouffée, il pouvait entendre les faibles battements de son cœur et ceux d'Adam aussi. Il entrelaça leurs doigts et regarda une étoile qui étincelait plus que les autres.

— Imagine que tu sois ce satellite qui est là-haut, murmura-t-il tandis qu'Adam caressait le dos de sa main avec son pouce.

Il pouvait presque le voir, la terre semblant si paisible de l'espace, comme si rien n'avait changé.

— Je pense que j'y resterais pour toujours, à faire le tour du globe encore et encore, déclara Parker en prenant une inspiration tremblante. Ça pourrait être nous dans l'océan. Navigant pour toujours et ne nous arrêtant pas.

Son souffle se bloqua face à la force de sa solitude.

Avec une petite éclaboussure, Adam se redressa et tira sur la main de son amant. Essayant d'enlever de l'eau de ses oreilles,

Parker roula du dos en se maintenant à flot. Son petit ami le regardait avec des yeux doux, ils étaient si proches l'un de l'autre que leurs jambes s'effleuraient tandis qu'ils nageaient avec des mouvements rythmiques.

Parker inspira profondément à travers son nez.

— Je ne veux pas être un satellite. Et si tout va de travers ?

— Je sais que tu as peur, dit Adam. Surtout après ce qui s'est passé ce jour-là où je t'ai laissé seul. Nous avons tous peur.

— Ce n'est pas juste le fait de découvrir si l'Ile du Salut est un mensonge. Plus je pense à traverser ce courant sans avoir les prévisions, plus je panique. Je ne suis pas un expert. Je ne le suis vraiment pas.

— Je sais que tu feras de ton mieux.

— Et si ce n'est pas assez ? demanda Parker. Je ne veux pas être responsable. J'ai promis à Abby que je prendrais soin d'eux. Et s'il leur arrive quelque chose à cause de moi ? Si ça t'arrive à toi ? Et si je ne suis pas assez ?

Adam passa une main sur les cheveux humides de Parker.

— Tu feras de ton mieux et c'est tout ce que nous te demandons. Nous avons confiance en toi.

— Mais pourquoi ? murmura-t-il. Éric était toujours plus doué que moi. Mon père…

— Ton père t'a sous-estimé. Et je pense qu'il serait très fier de toi s'il pouvait te voir maintenant.

— Tu le penses vraiment ?

Parker savait qu'il avait l'air pathétique en posant cette question, mais il ne put s'en empêcher.

— Je le sais.

— Tu as l'air si sûr de toi. De moi.

— C'est parce que je le suis, le rassura Adam en l'embrassant, un baiser maladroit tout en essayant de se maintenir à flot. J'ai peur de beaucoup de choses. Mais pas quand ça vient de toi. Pas depuis la nuit où tu as vu mon véritable visage.

— J'ai paniqué.

— Pendant une minute. Puis tu m'as demandé si le Monstre du Loch Ness existait aussi.

Il s'interrompit en souriant, ses dents étincelant dans l'obscurité.

— À ce moment-là, j'ai su que tu étais différent. Que je pouvais te faire confiance. Le lendemain matin, nous avons baisé comme si rien n'avait changé. Comme si j'étais la même personne. Je n'ai jamais pensé… ça signifiait tellement pour moi.

— Bébé, j'aurai toujours envie de te baiser.

Le rire d'Adam retentit dans l'air et Parker se joignit à lui, l'embrassant gauchement et laissant l'inquiétude disparaître sous la surface de l'eau.

— En parlant de ça, c'est plus sûr pour nous d'être tous sur la *Bella*, mais ça tue notre vie sexuelle.

— Je suppose que nous devrions faire ce que nous pouvons, où nous le pouvons.

Adam ouvrit le short de Parker, déchirant la fermeture velcro.

— Euh… oui. Ouep, fit Parker en tirant sur le short de son amant. Baisse-moi ça.

Lorsque leurs deux queues furent sorties et que Parker ait manqué de donner un coup de coude sur le front d'Adam, ils se prirent tous deux en main, se masturbant durement tandis qu'ils bougeaient les jambes pour flotter. Leurs sexes durcirent.

Parker grogna.

— Merde, c'est bon.

Une petite série de vagues passa et il cligna des yeux pour enlever le sel de ses yeux.

— Quand nous aurons un peu d'intimité, je veux que tu me baises.

— Ah oui ? fit Adam, les yeux étincelants, la lune se levant presque derrière lui. Dis-moi comment.

— Mmm, voyons voir. Il y a tellement de possibilités. En

premier, je m'enfoncerai en toi, répondit Parker et la queue de son compagnon pulsa dans sa main. Ouais, tu veux ça ? Que je te baise avec mon poing encore et encore. Tu seras tellement épuisé, mais je ne te laisserai pas te reposer. Je te sucerai et je te rendrai si dur que tu pourras me baiser. Seigneur, j'ai besoin que tu me baises.

— Mets-toi sur le dos pour que je puisse voir ton visage, marmonna Adam. Pour que je puisse t'embrasser.

Puis il le fit, avec beaucoup d'éclaboussures et de coups de langue.

Haletant, Parker recula et regarda le bateau, espérant que Craig garde les enfants occupés dans la cuisine. Il ne pouvait voir personne, donc il embrassa son amant de nouveau, le caressant durement tandis que ce dernier faisait de même. Un feu enflamma ses veines et la pression se construisit merveilleusement dans ses testicules.

— Et tu baiseras mon cul, mes chevilles collées à mes oreilles, murmura Parker. Tu me plieras en deux. Tu m'écarteras avec ta grosse queue.

Il la serra, le caressant plus fort, taquinant son prépuce.

— Ta queue est parfaite. J'adore l'avoir en moi. Dans ma bouche, dans mon cul.

En grognant, ses jambes bougeant rapidement, Adam tendit son autre main et caressa les boules de Parker, l'eau et ses doigts envoyant des frémissements incroyables sur sa peau, comme de l'électricité.

Lorsqu'ils jouirent, ils étouffèrent leurs gémissements avec des baisers, haletant silencieusement dans la nuit. Il embrassa Adam sur la joue, encerclant leurs membres paresseusement.

— C'est une manière de nourrir les poissons.

Adam se mit à rire et ils se laissèrent porter par les vagues. Alors que le plaisir disparaissait, l'inquiétude revint pour emplir les coins vides, mais tandis que le pouls de Parker s'emballait, Adam l'attira complètement dans ses bras, prenant son poids et les gardant tous les deux à flot.

— MAIS JE peux le voir, il est juste là.

Ravalant son irritation, Parker regarda de la proue l'endroit où Jacob se tenait à la barre du bateau, les jumelles positionnées sur ses yeux, surveillant à travers elles la terre ferme. Lilly était assise sur la table, ses boucles flottant dans la brise. Elle était supposée faire ses multiplications suivant les instructions de Craig, mais dessinait à la place de petits arbres sur la feuille blanche. Parker la laissa faire, après tout… les calculs, c'était nul.

— Nous restons ici, décréta-t-il à Jacob. Craig et Adam reviendront bientôt.

— Mais tu m'as dit que nous avions besoin de carburant, insista le garçon. C'est un bidon d'essence. Même s'il est vide, nous pouvons l'utiliser pour siphonner une voiture. Le carburant se videra de toute façon. Nous devons en prendre autant que possible, maintenant.

Il tira sur le col de son tee-shirt noir.

— Je suis fatigué de rester ici à ne rien faire.

Parker se tourna vers l'entrée du port.

— Je sais. Ça craint, mais nous avons besoin d'être malins. C'est trop risqué d'aller sur la terre ferme.

— Je ne vois pas de monstres. Allez, va juste vers le quai et laisse-moi descendre. Je vais le prendre et revenir très vite. C'est juste par-dessus cette barrière.

— *Non*. Tu as entendu ce que ton… ce que Craig a dit. Donne-moi ces jumelles.

Il tendit sa main. Putain, les enfants étaient pénibles.

— Pourquoi devrais-je t'écouter ? grommela Jacob. Tu n'es pas si vieux que ça.

— Parce que c'est moi le patron, répliqua-t-il en

s'impatientant. Les jumelles, s'il te plaît.

Marmonnant dans sa barbe, Jacob traversa le pont et les lui remit. Ce dernier l'ignora et les utilisa pour regarder l'océan gris. Adam avait aperçu deux voiliers à l'horizon ce matin-là sous les gros nuages, mais ils ne s'étaient pas approchés. Parker ne pouvait rien voir à présent, cependant, il parcourut les environs, écoutant le chant des oiseaux et le grattement du crayon de Lilly.

L'éclaboussure dans l'eau fut si petite qu'il ne le remarqua presque pas, mais lorsque Lilly haleta doucement, Parker pivota brusquement et ne trouva Jacob nulle part. Ses pieds frappant le plancher, il se précipita vers la poupe et aperçut le garçon qui nageait vers le quai.

— Fils de…

Parker s'interrompit en ravalant l'injure. Il ne voulait pas crier, se contentant de lancer :

— Jacob ! Reviens ici toute de suite.

Naturellement, Jacob l'ignora, nageant résolument vers le quai dans un crawl régulier. Dégoulinant, il monta sur l'échelle et courut rapidement sans jeter un regard en arrière.

Parker vit la marée descendante et décida qu'il ne pouvait pas se rapprocher. Le canot était attaché au quai, attendant qu'Adam et Craig reviennent. Il devait nager. Il enleva son tee-shirt et se tourna vers Lilly qui le fixait avec de grands yeux. Elle était figée, agrippant son crayon.

— Parker, ne me…

Elle déglutit difficilement, les yeux humides.

Merde. Il regarda l'endroit où Jacob escaladait déjà la barrière qui séparait le cabanon de la zone principale de la marina délabrée, l'ayant sûrement été bien avant que le monde ne s'effondre. L'entrée du port était toujours vide, mais il avait peur d'aller après Jacob et que quelqu'un surgisse. Serrant son tee-shirt, il soupira.

— Ça va aller. Je ne te quitterai pas, la rassura-t-il en plissant des yeux. Il va revenir rapidement maintenant.

Les secondes qui s'écoulaient lui parurent des heures. Jacob disparaissant dans le cabanon et Lilly et Parker regardant intensément. Celui-ci s'assura de vérifier aussi l'océan pour qu'on ne les surprenne pas.

Tick, tick, tick…

Il exhala lorsque Jacob apparut à la barrière, le bidon d'essence dans une main tandis qu'il remontait. Il y eut un mouvement derrière lui et Lilly cria, le cœur de Parker s'arrêtant presque quand il aperçut les monstres allant vers Jacob, tendant des mains sanglantes vers ses pieds nus.

— Jacob ! hurla Parker. Plus vite !

Il eut des difficultés au sommet de la barrière, descendant vers le sol avec le bidon rouge toujours dans sa main. La grille s'ébranla sous la force des monstres, une douzaine d'entre eux à présent essayant de l'attraper.

Miraculeusement, la barrière tint. Jacob courut le long du quai, bondissant dans l'eau et nageant très vite, le bidon d'essence flottant derrière lui.

— Tu vois ? C'est la raison pour laquelle nous devons rester sur le bateau ! cria Parker en descendant vers la plateforme du canot pour atteindre Jacob.

Il attrapa son bras mince et le stabilisa.

— Es-tu blessé ? Est-ce qu'ils t'ont touché ?

Il résista à peine à l'envie de le secouer.

— Non, répondit Jacob, puis il sourit et montra le bidon. Je l'ai eu ! Il y a de l'essence dedans aussi ! À moitié plein, je pense.

— Est-ce que ça valait la peine de mourir pour ça ? Parce que tu as failli y rester. Putain de merde ! Ne me refais plus un coup pareil !

Parker tourna les talons, grinçant des dents alors qu'il remontait sur le pont principal. Il se força à prendre une profonde inspiration et essaya d'adresser un sourire à Lilly.

— Il va bien.

Jacob le suivit. Lilly se jeta dans ses bras et enveloppa les siens autour de sa taille.

— S'il te plaît, ne meurs pas !

Jacob eut au moins la grâce de paraître coupable, il l'étreignit.

— Ça n'arrivera pas, Lil. Je te promets, je vais bien, tu vois ?

Lilly recula.

— Tu saignes, remarqua-t-elle.

L'estomac de Parker se serra soudain.

— Où ? Laisse-moi voir.

— Je me suis juste éraflé le genou en descendant de la barrière, répondit le garçon en haussant les épaules, mais il y avait de la tension au coin de sa bouche. Je vais bien. Je vais mettre un pansement.

— Tu veux que je t'aide ? demanda Parker.

Secouant la tête et rougissant, Jacob s'éloigna, s'affaissant sur lui-même.

— Si tu veux m'aider, ne dis rien à Craig ou à Adam. Peut-être que c'était stupide, mais je vais bien. Et je t'ai apporté l'essence.

— C'était carrément stupide.

Parker serra et desserra les poings, l'adrénaline pompant toujours dans ses veines. Tout l'incident n'avait duré que quelques minutes. Près de la barrière, les monstres bourdonnaient, le son flottant sur l'eau calme et lui faisant hérisser les poils.

— Tu comprends, maintenant, n'est-ce pas ? Tu comprends *vraiment* ? Tu promets de ne plus jamais refaire quelque chose comme ça ? Même si rien ne t'est arrivé cette fois-ci, ça ne veut pas dire que rien ne se passera la prochaine fois.

Jacob hocha la tête.

— Je te le promets.

Avec une moue remplie de culpabilité, il tapota l'épaule de Lilly.

— Je voulais faire quelque chose pour aider.

— Écoute, je comprends. Vraiment. Mais ça n'aide personne que tu risques ta vie comme ça.

La colère de Parker reflua et il acquiesça.

— OK, nous allons garder ça entre nous pour l'instant. Mais si jamais tu me refais un coup pareil...

Il pouvait presque entendre la voix de son père retentir dans sa tête.

— Je ne te couvre plus, finit-il sans conviction.

— Marché conclu, répondit Jacob en allant vers le sas, grimaçant.

Parker fronça les sourcils.

— Tu es sûr d'aller bien ?

— Ouais. Ça pique. Mon genou. Je vais bien. Ma mère avait l'habitude de...

Il secoua la tête en poursuivant :

— Je vais bien. T'inquiète pas.

Il descendit à la cabine et Parker reprit les jumelles. Lilly se tenait là à regarder les monstres qui secouaient la barrière comme des prédateurs, leurs cris étranges résonnant dans leurs oreilles. Bientôt, ils reprendraient le même chemin par lequel ils étaient venus, mais entretemps...

— Hé, peux-tu m'aider, Lilly ? J'ai quelque chose dans l'œil.

Elle se tourna, un petit froncement entre ses sourcils.

— Tu vas bien ?

— Ouais, j'ai juste un cil. Mais peux-tu vérifier pendant une minute ? demanda-t-il en tendant les jumelles.

Elle les prit et hocha la tête, les relevant sur son visage. Elles semblaient ridiculement grandes sur elle.

— Je ne vois rien.

— Tire sur les côtés vers le bas pour réduire l'espace. Pour que les trous des yeux t'aillent. Voilà, comme ça.

— Oh ! fit-elle en pressant le plastique noir contre ses yeux, tournant à droite et à gauche lentement. Je peux voir jusque là-bas.

— C'est cool, hein ? Fais des allers et retours et dis-moi si tu vois quelque chose, comme un autre bateau.

— OK.

Lilly obéit, se concentrant clairement sur sa tâche, sa langue sortant d'entre ses dents.

— Je ne vois que de l'eau et des choses rouges et vertes, dit-elle après quelques moments.

— Les bouées. Très bien. Bien vu.

Elle baissa les jumelles et le regarda.

— Est-ce que ton œil va bien ?

Oh, c'est vrai.

— Ouais, c'était juste un cil. Je l'ai enlevé.

— Tu veux les reprendre ? demanda-t-elle en tendant les jumelles.

— Nan, je te laisse patrouiller pour l'instant. C'est cool, n'est-ce pas ?

Avec un sourire qui fit apparaître des fossettes sur ses joues, elle acquiesça et regarda autour d'elle. Parker jeta un œil vers le rivage. Les monstres étaient toujours là, griffant férocement et s'agrippant à l'air.

Chapitre 13

CE N'ETAIT PAS tant le nombre d'infectés qui s'agglutinaient à Daytona Beach qui remuait l'estomac d'Adam, mais la puanteur des cadavres. La chair pourrie au soleil, les monstres qui rivalisaient avec les mouches, les oiseaux et les autres créatures pour le butin de guerre.

Ils n'étaient pas assez proches pour que les autres puissent voir à travers les jumelles qu'il tenait, et ils ne semblaient pas dérangés par l'odeur qui obstruait pratiquement les narines d'Adam. La décomposition des morts et les infectés étaient distincts, mais tout aussi écœurants, surtout lorsqu'ils étaient combinés.

Il y avait de la fumée dans le ciel, mais personne n'était plus surpris par ça.

La pluie était tombée encore pendant deux jours, les grands vents les frappant là où ils se trouvaient dans le port. Quand Adam et Craig étaient revenus avec autant de carburant qu'ils pouvaient porter, un groupe d'infectés avait surgi dans leur direction, secouant une barrière métallique.

Adam les avait laissés là, bien que lorsque la pluie était tombée violemment et subitement, les forçant à revenir au port, il avait nagé jusqu'au quai avec la machette en main et les avait éliminés, leur bourdonnement et grincement de dents lui mettant les nerfs à vif. Les monstres étaient très maigres, cependant, plus forts qu'ils n'auraient dû l'être. Il se demanda combien de temps ils pourraient continuer comme ça avant de mourir de faim.

À présent, il s'interrogeait sur l'excuse qu'il pourrait donner à

Craig et Lilly pour les faire descendre dans la cabine. Il essayerait d'épargner Parker aussi, mais il savait que ce dernier demeurerait ferme. Puis il se rappela qu'il n'avait besoin d'aucune excuse maintenant. C'était un sentiment étrange et magnifique d'avoir tant d'humains qui connaissaient son secret sans s'enfuir ni le traiter comme une sorte de monstre de la nature et un fardeau.

Parker leur ordonna de hisser le foc, et Adam se dépêcha d'aider Craig, se rapprochant de lui pour murmurer :

— Tu devrais prendre Lilly et descendre en bas. Daytona va plus mal que les autres. Peut-être que… vous devriez faire un inventaire de la nourriture ?

Jacob dormait toujours… d'un sommeil agité, mais Adam supposait que c'était normal. Il pouvait à peine se rappeler le brouillard dans lequel il avait été durant les jours qui avaient suivi la mort de sa famille, au moins, le garçon mangeait un peu. Si ce dernier voulait dormir pendant la moitié de la journée, ils le laisseraient.

Craig jeta un œil devant eux.

— Ouais, OK. Merci.

Son sourire était tendu.

— Ça aide vraiment, hein ? Ton… tu sais, ajouta-t-il en agitant sa main.

— Ouais.

Il ne s'offensa pas face au malaise de Craig. Les enfants et lui faisaient leur possible, et ils avaient certainement pris les nouvelles mieux que ses parents adoptifs. Non qu'ils aient eu beaucoup de choix, pour être juste. Parker avait indiqué clairement que l'acceptation était leur seule option.

Pendant que Craig et sa fille se rendaient dans la cabine, Adam regarda son compagnon à la barre. Ses cheveux blonds poussaient sur son front et il passa une main dessus en examinant les penons flottants sur le mât. Il écarta largement ses pieds alors qu'ils roulaient sur une vague, ses pieds étaient nus sur le pont comme toujours. Son short et son tee-shirt devenaient élimés et Adam voulait enfoncer son doigt dans le trou qui se trouvait dans le coton, sous ses aisselles. Il voulait le déchirer et coller son visage là, inspirant profondément.

— Quoi ?

En clignant des yeux, Adam se lécha les lèvres.

— Rien.

Son amant lui adressa un sourire distrait avant de se pencher vers le tableau de bord. Adam pensa à ce qu'avait dit Craig à propos de Parker étant encore un enfant. Il était difficile de croire qu'il était le même connard prétentieux qui avait frappé à la porte de son bureau en septembre. Drôle de voir à quel point cela avait été important pour eux... cette note du cours de filmographie. Seigneur, les films étaient devenus un luxe.

La caméra se trouvait dans la poche de son short le rassurant même s'il n'avait rien filmé depuis Abby. Il devait économiser la batterie de toute manière. Du moins, c'était ce qu'il se disait.

Adam alla se tenir aux côtés de Parker.

— C'est mauvais là-bas. Garde tes distances.

— Je le ferai.

Parker plissa les yeux en direction du rivage, puis regarda l'océan.

— Bonne idée de les avoir envoyés en bas. Jacob a eu une journée difficile, je suppose.

— Oui.

Il se concentra un peu et put entendre le garçon qui murmurait dans son sommeil et s'agitait. Il ne pouvait pas exactement distinguer ce qu'il disait, mais il fit le vide dans son esprit, ne voulant pas envahir son intimité.

— Comment est le vent ? Penses-tu que ça va s'arranger demain ou après-demain ?

Parker agrippa la barre.

— Peut-être. C'est difficile à dire.

— Nous réussirons. J'ai confiance en toi.

Riant durement, Parker alla ajuster les voiles, lui donnant la barre à piloter.

— Non que je n'apprécie pas le vote de confiance, mais nous parlons de l'océan ici. Il va nous manger, nous cracher et ensuite, nous déglutir encore une fois. Le vent vient du sud aujourd'hui, ce qui est bien. Le courant devrait être calme. Du moins, un peu. C'est dur de dire ce qu'il se passe là-bas. Donc, nous allons voir ce que demain nous amènera. Ce que la nuit nous amènera. Les journées sont courtes à présent. Nous devons partir bien avant le lever du soleil. C'est mieux d'avoir de la lumière quand nous serons au large qu'ici, en étant proche de la côte.

Seigneur, cette *puanteur*. Adam garda la plage dans sa vision périphérique, détectant les mouvements. Une danse saccadée de désespoir, le virus transformant ces gens en animaux. Il se demanda s'il leur ressemblait lorsqu'il se transformait aussi, sans contrôle, ces fois où elle le frappait comme un éclair et le faisait exploser, le loup refusant d'être rejeté.

Prenant les jumelles, Parker fixa le rivage, sa gorge déglutissant difficilement pendant qu'il scannait lentement les environs. Lorsqu'il les baissa, sa main trembla un moment, la peau pâle et les yeux écarquillés.

— Seigneur. C'est…

— Je sais. Ne regarde plus.

— Ouais.

Il posa les jumelles sur la table et prit une bouteille d'eau, son torse s'élevant et descendant trop vite.

— Ça ne s'améliore pas. C'est de pire en pire. OK, j'ai besoin de m'enlever ça de l'esprit, déclara rapidement Parker.

Il se secoua et retourna au travail, à examiner les voiles et s'affairer autour du bateau.

Même quand Daytona fut à des kilomètres derrière eux, la puanteur s'attardait toujours. Adam attrapa son amant par la taille et l'attira à lui, frottant sa joue contre sa tête.

Parker se mit à rire doucement, toujours tendu, mais essayant de ne pas l'être.

— Tu vas bien, mon grand ? le taquina-t-il.

— Mmm, fit Adam.

Il passa le tee-shirt de Parker par-dessus sa tête, gardant ses bras en l'air alors qu'il se penchait vers lui et enfonçait son visage dans son aisselle. La touffe de poils qui se trouvait là chatouilla le nez d'Adam. Il inspira profondément, une main se traçant un chemin sur le ventre de Parker.

Éclatant de rire, celui-ci se tortilla un peu.

— Ça chatouille !

Adam s'y frotta le visage en un va-et-vient, savourant son odeur.

— Merci, marmonna-t-il. Je devais m'aérer le nez.

— Oh, alors je suis un rince-nez ? OK, bon à savoir.

Parker baissa ses bras et couvrit la main d'Adam sur son ventre avec la sienne, en reculant.

— Oh, euh, désolé.

Levant la tête, Adam trouva Craig sur les escaliers. Il s'éloigna de son petit ami, son cou rougissant violemment.

— Nous étions juste… ce n'est rien.

— Pas de souci. Il fait juste un peu trop chaud en bas. Abby m'aurait fait un clin d'œil et m'aurait dit qu'il faisait trop chaud ici aussi.

Son sourire disparut, et beaucoup d'expressions traversèrent son visage… culpabilité, douleur, affection et tristesse. Il monta sur le pont en se frottant la nuque.

Parker se baissa pour attraper son tee-shirt.

— Désolé, dit-il. Viens. Jacob est réveillé ?

— Toujours au lit. J'ai pensé le laisser dormir encore un peu, répondit Craig.

Puis il lança :

— Ma chérie, tu as fini avec les soupes ?

Lilly apparut une minute plus tard.

— Tout est fait. Je les ai écrits tous dans une liste. Nous avons cinq soupes de poulet, trois soupes de bœuf et d'orge, une à la tomate et six aux pois cassés.

Elle grimaça en citant cette dernière.

— Ouais, ce n'est pas ma préférée non plus, renchérit Parker. Hé, les gars, vous voulez attraper des poissons pour le déjeuner ? Je vais baisser les voiles.

Se tenant à la poupe après qu'ils aient sorti les équipements de pêche et les vers du réfrigérateur, Adam remonta lentement la bobine, espérant qu'un poisson ait mordu. Lilly se tenait à côté de lui avec sa propre ligne, Craig restait là pour prendre ce qu'ils attrapaient.

Le vent était calme et Adam inspira profondément. Il ne pouvait toujours pas enlever cette maudite puanteur de son nez. Elle planait dans l'air, hors d'atteinte, une odeur de décomposition et de maladie dont il ne pouvait pas se débarrasser.

Il attrapa un poisson – il n'avait aucune idée de quelle sorte c'était et s'en fichait pas mal du moment qu'ils pouvaient le manger – et l'emporta en bas pour le nettoyer avec les excellents couteaux à désosser de Richard Foxe. Mais lorsqu'il fut dans la cuisine, près de l'évier, cette odeur persistante devint plus forte.

Il ouvrit les tiroirs et inspecta les ordures, mais ils s'assuraient toujours de garder les déchets de compostage séparés pour les jeter par-dessus bord. Jacob toussa derrière la porte close de la réserve, et Adam l'entendit marmonner quelque chose.

Ses pieds bougeaient déjà et il ouvrit la porte. La puanteur l'envahit aussitôt et tout à coup, il réalisa ce que c'était. Il se pencha vers Jacob qui dormait en cuillère, tourné vers le hublot, frissonnant et les couvertures toutes enroulées autour de lui. Résistant à l'envie de le soulever et de l'inspecter, Adam agrippa son épaule à la place.

— Jacob ?

Il sursauta sous son contact, ses yeux s'ouvrant brusquement.

— Je vais bien, marmonna-t-il. Je veux juste dormir.

Adam tira sur les couvertures, ignorant les protestations du garçon. Il portait un boxer et une grande veste à capuche. L'égratignure sur son genou était rétablie, mais il y avait autre chose…

Jacob était complètement réveillé maintenant et il frappa les mains d'Adam.

— Que fais-tu ? Laisse-moi tranquille !

— Tu es blessé ? demanda-t-il en faisant courir ses mains sur les jambes nues de Jacob. Réponds-moi !

— Ce n'est rien. Je vais bien.

Il ouvrit la fermeture éclair de sa veste en dépit des objections de Jacob, son souffle devenant haletant en voyant la tache sombre sur son tee-shirt bleu. Posant un genou sur le matelas, il repoussa les mains du garçon à nouveau et remonta son débardeur.

— Bon sang ! Comment est-ce arrivé ? exigea de savoir Adam.

— Ce n'est rien ! cria-t-il, le visage rouge et ses cheveux mouillés sur son front. Je n'ai rien fait de mal.

Un pansement était hasardeusement posé sur le ventre de Jacob, et du sang s'en découlait. Pas beaucoup à ce stade, mais quand Adam le retira, la petite plaie de perforation suinta du pus, et l'odeur d'infection était si forte qu'il crut que de la bile allait remonter.

— Pourquoi tu ne nous as rien dit ?

Une infection banale pouvait facilement mener à une septicémie.

— Parker ! Craig !

— Non, ne leur dis rien ! J'ai dit à Parker que j'allais bien. Il va être furieux, s'il te plaît, supplia Jacob en s'accrochant aux mains d'Adam avec ses mains moites. S'il te plaît.

— Ça va aller, il ne se mettra pas en colère, mentit Adam.

Il ne savait pas ce qu'il s'était passé, toutefois, c'était très probable que Parker se mette en colère.

— C'est quoi ce bordel ! s'exclama son amant, Craig sur ses talons.

Il vit Adam, entra dans la cabine, les yeux fixés sur la blessure avant de lancer un regard accusateur à Jacob.

— Tu t'es fait ça sur cette barrière ? Pourquoi ne me l'as-tu pas dit !

Adam se déplaça dans l'espace étroit entre les lits, Mariah coincé sur l'autre couchette. Craig entra à son tour, les yeux écarquillés.

— Qu'est-ce qu'il se passe ?

Puis il demanda à Parker :

— Quelle barrière ?

Parker marmonna un autre juron dans sa barbe et frotta son visage.

— Quand vous êtes allés chercher du carburant il y a deux jours, il a vu un bidon d'essence dans un cabanon de l'autre côté d'une barrière. Une barrière métallique. Il… voulait aider, donc il est allé le chercher.

— Tu l'as laissé y aller seul ? demanda Craig, la voix froide.

— Non, répondit Jacob faiblement. Il m'a dit de ne pas le faire. Ne te mets pas en colère contre lui. S'il te plaît.

Comme sur le point d'avouer une bêtise à ses propres parents ou à un professeur, Parker baissa la tête.

— Il a nagé vers le quai pour aller le chercher. J'ai voulu le suivre, mais je ne pouvais pas laisser Lilly seule. Je suis désolé.

Adam serra la main de son amant sans un mot.

Craig expira difficilement.

— Ce n'est rien. Mais j'aurais voulu que tu me le dises à notre retour.

— Ugh, je sais, dit Parker en passant une main dans ses cheveux. Je pensais que rien ne s'était passé, donc j'ai promis que je ne dirais rien.

Il lança un regard noir à Jacob avant de poursuivre :

— Je ne me suis pas rendu compte qu'il me mentirait en face.

Les joues de Jacob rougirent et ses yeux se remplirent de larmes.

— Je suis désolé, s'excusa-t-il encore. Je ne pensais pas que c'était mal. Tu m'as dit de ne pas y aller, donc je ne voulais pas… j'ai mis de l'iode et j'ai pensé que tout irait bien. Ce n'est rien d'autre qu'une égratignure.

— Une égratignure ? C'est un *trou* ! OK, c'est fait, donc faisons en sorte de régler ça.

Craig se laissa tomber à genoux et tendit sa main vers la blessure de Jacob avant d'arrêter.

— Tu t'es fait ça sur une barrière ?

Il hocha la tête, les larmes coulant sur ses joues rouges.

— En revenant, je devais faire vite parce que des monstres ont surgi soudain de partout, répondit-il, puis sa voix se brisa. J'ai été idiot de l'avoir fait, je sais. Parker m'avait prévenu, mais je n'ai pas écouté. Maman serait folle de rage.

Craig repoussa les cheveux humides du garçon.

— Ouep, elle le serait. Mais écoute, nous allons régler ça, d'accord ? Tu vas guérir pour que je puisse te crier dessus encore plus. Parker, peux-tu m'apporter les soins de premiers secours ?

Alors que ce dernier sortait précipitamment, Adam tapota le bras de Jacob.

— Accroche-toi, mon pote. Tout s'arrangera.

Il ajouta en se tournant vers Craig :

— Je vais monter pour voir si Lilly va bien. Et surveiller un peu les environs.

Il sortit de la cabine, serrant brièvement l'épaule de Craig dans ce qu'il espérait être un geste rassurant.

Dans la cuisine, Parker sortit une trousse de premiers secours du placard. Il se renfrogna.

— J'aurais dû vous le dire, murmura-t-il. Je sais. J'essayais d'être gentil avec le gamin. Ç'a été difficile pour lui, ces derniers temps. Je ne voulais pas qu'il ait des problèmes.

— Ça va aller, souffla Adam en l'embrassant doucement, voulant faire disparaître les sillons sur son front.

— J'espère qu'il est vraiment à jour dans tous ses vaccins. Je ne sais même pas à quoi ressemble le tétanos, mais ma mère s'est toujours inquiétée à propos de ça. La barrière semblait très vieille.

Il sortit quelques flacons du petit placard.

— De la Dicloxacilline. Est-ce un antibiotique ? Ça y ressemble. C'est ce dont on a besoin pour une infection, n'est-ce pas ? Qu'en est-il du linézolide ?

Il secoua les bouteilles.

— Presque à moitié pleine, mais c'est mieux que rien.

— Je ne sais pas.

— Oh, c'est vrai. Tu n'es jamais malade.

Parker lui adressa un sourire angélique.

— Espérons que l'Ile du Salut n'est pas un tas de conneries, parce que nous aurons besoin d'un médecin très bientôt.

— Je crois que c'est maintenant ou jamais.

Parker hissa les voiles, marmonnant dans sa barbe tandis qu'il suivait apparemment une sorte de liste mentale.

— Au moins, il y a une pleine lune. On ne verrait rien sinon. Je suppose que l'on pourrait en même temps…

Le cœur de Parker rata un battement et Adam posa doucement ses mains sur ses épaules, le tissu de sa veste épais et soyeux.

— Tu peux le faire. Je crois en toi. Nous te faisons confiance.

— Les autres n'ont pas le choix, déclara-t-il en ricanant. Nous avons besoin d'un médecin.

— Nous Te Faisons Confiance, répéta Adam en lui serrant les

épaules pour appuyer ses dires.

— OK, merci.

Il regarda autour de lui.

— Le vent vient de l'ouest, mais du moment qu'il ne change pas de direction vers le nord… normalement, je dirais que nous devons attendre un autre jour, mais…

Mais la fièvre de Jacob avait grimpé régulièrement à une vitesse effrayante, malgré le fait qu'ils lui donnaient de l'aspirine et les antibiotiques qu'ils avaient récupérés sur leur chemin. Maintenant, il était trois heures du matin et Parker avait décrété que c'était le bon moment.

— Faisons-le. Je suis prêt à accepter vos ordres, Capitaine.

Un sourire effleura les lèvres de Parker.

— Tu es un bon moussaillon.

Avec les voiles hissés qui attrapaient le vent léger, ils se dirigèrent vers le large. Adam surveillait les alentours, scannant toutes les directions avec les jumelles pour surveiller l'arrivée d'autres bateaux ou n'importe quel signe de danger.

Lorsqu'il se tourna lentement vers l'ouest et réalisa qu'il avait perdu de vue la côte, il dut admettre que son estomac se serra comme un poing. Ils n'étaient jamais allés aussi loin sur l'océan auparavant et les vagues étaient vraiment grandes.

— Comment sauras-tu lorsque nous aurons atteint le Courant ? demanda-t-il.

Près de la barre, Parker hocha la tête vers la faible lueur du tableau de bord.

— Grâce à la mesure de température des eaux. Elle était déjà à soixante-douze quand nous avons quitté la côte. Elle va probablement remonter jusqu'à quatre-vingts dans le Courant. Tout ça en supposant que ces vagues gigantesques ne nous renversent pas.

Pendant un moment, Adam ne put discerner la différence. Il voulait poser plus de questions, mais revint à la place à sa tâche. Parker plissait les yeux en regardant les témoins lumineux dans l'obscurité et ajustait les voiles toutes les minutes, la concentration gravée sur son visage.

— Comment vont-ils en bas ? demanda-t-il après un moment.

Adam se focalisa sur les bruits qui émanaient du salon.

— Lilly s'est enfin endormie. Craig est réveillé. Jacob dort aussi, mais il est agité. Il a beaucoup de fièvre. Il respire mal.

Ses petits gémissements et ses marmonnements donnaient envie à Adam de trouver un moyen de bercer Jacob dans ses bras et de le calmer suffisamment pour qu'il s'endorme à poings fermés, sans faire de rêves fiévreux.

Quand le vent augmenta de vitesse, au début, Adam frissonna et ferma sa veste en cuir. Les vagues devinrent plus grandes encore, l'océan paraissant plus agité qu'auparavant. Parker s'affairait en se précipitant dans chaque coin du bateau pour resserrer des choses et hisser le foc, tout en marmonnant.

Adam essaya de se concentrer pour voir s'il pouvait entendre l'eau dans le Courant du Golfe qui se dirigeait vers le nord, mais le vent hurlait trop à présent, les clapotements se firent entendre tandis que la coque chevauchait les vagues grandissantes, se mélangeant tous ensemble.

— Ça va ? demanda-t-il à Parker.

— Jusqu'ici. Espérons que le vent ne devienne pas trop fort.

Grimaçant, il se pencha et tapota ses doigts sur le pont.

— Je nous ai porté la poisse. Juste… interdit de parler.

Adam fit mine de zipper sa bouche et patrouilla encore.

Ce ne fut qu'une heure plus tard qu'il regarda devant lui les plus grandes vagues qu'il ait jamais vues dans sa vie. Même si l'eau était chaude, l'air s'était rafraîchi considérablement et Parker frissonna plus qu'il ne l'aurait voulu. Lorsqu'il mit ses chaussures de bateau, la crainte qui le rongeait de l'intérieur en prit un sacré coup.

— Il y a des vagues énormes qui se dirigent vers nous, remarqua Adam.

— Je sais ! Le vent est en train de changer. Au nord. Trente nœuds maintenant.

Il agrippa durement la barre pendant qu'ils chevauchaient une grande houle et descendaient de l'autre côté.

— C'est de ça que tu avais peur.

Ils portaient tous les deux des gilets de sauvetage et étaient attachés à une corde, cependant, Adam recula quand même de la rambarde du bateau, s'efforçant de garder son équilibre pendant qu'ils chevauchaient une autre vague sombre.

— Merde ! Parker…

— On parle plus tard ! répliqua celui-ci en tournant la manivelle, et en marmonnant toujours dans sa barbe. Fais attention. Si quelqu'un est là avec nous, nous ne voulons certainement pas les heurter !

Essayant de garder son équilibre, Craig apparut au sommet des escaliers.

— Tout va bien ? lança-t-il, tendu.

— Oui. Tout ira bien. Mets ton gilet de sauvetage et reste en bas ! cria Parker, avant de se pencher sur le tableau de bord. Je vais nous sortir de là et trouver cette maudite île !

La vague d'affection qui écrasa Adam ressemblait à celle qui se déchaînait autour d'eux. Il s'accrocha alors qu'une autre surgissait.

EN FIN DE compte, cela leur prit douze heures pour arriver de l'autre côté du Courant, libérés enfin du flux incessant. Dans la lumière grise de la journée, les vagues avaient été encore plus menaçantes, déferlant avec une mousse blanche alors que le vent venait du nord-ouest. S'il avait basculé complètement vers le nord, Adam était certain qu'ils auraient été renversés. Même en descendant les voiles et en surveillant l'océan, cela avait été plus difficile que ce à quoi il s'était attendu.

Pendant que Parker et lui s'étendaient sur les bancs, laissant *la Bella* dériver avec les voiles baissées pour le moment, il déclara :

— C'est la partie où tu dis « je te l'avais dit ». Tu l'as mérité.

Parker réussit à lui adresser un petit sourire.

— Nous avons réussi. C'est tout ce qui compte, dit-il en regardant autour de lui. Eh bien, nous sommes sortis du courant. Maintenant, nous sommes au milieu de l'océan. Allons vérifier les cartes.

— Dans une minute.

Il prit la main de Parker, effleurant leurs genoux ensemble, nus sous leurs shorts.

— Profite de ce moment de victoire.

Parker se tortilla et ses sourcils se froncèrent.

— Ça sera une victoire quand nous trouverons cette île, et qu'elle sera à la hauteur de nos attentes et que Jacob pourra trouver un médecin ou une infirmière ou quelqu'un qui en sait plus que nous.

— Tu es incroyable, tu le sais ? murmura Adam.

Il enleva ses chaussures, fléchissant ses orteils avant de lui répondre :

— Ouep. Je te l'ai dit la première fois où nous nous sommes rencontrés.

Adam se mit à rire et embrassa ses phalanges.

— Un excellent élève.

Parker se pencha vers lui, glissant sa langue dans la bouche d'Adam. Ils s'embrassèrent pendant quelques instants, leurs barbes se frottant l'une contre l'autre, mauvaise haleine et lèvres salées. Adam entendit des petits pas approcher et il recula à contrecœur pour sourire à Lilly. Elle portait toujours son gilet trop grand, serré avec la ceinture de Craig. Elle sourit timidement, ses fossettes apparaissant.

Adam lui retourna son sourire.

— Bonjour, ma puce.

— Est-ce que nous avons réussi ? demanda-t-elle.

— Nous avons pu traverser le Courant du Golfe, ouais, répondit Parker. Nous allons nous diriger vers le sud dans une minute. Il fera sombre dans quelques heures et nous pourrons chercher cette île. Comment va Jacob ?

Son visage se décomposa presque comiquement, comme si elle s'était permis d'oublier pendant une minute.

— Mal. Sa fièvre a vraiment empiré. Papa est très inquiet.

— Nous viendrons vérifier dans une minute. D'accord ? suggéra Parker en souriant.

— D'accord.

Elle se tourna pour partir, mais à la place, elle pivota et s'arrêta devant lui pour l'embrasser sur la joue.

— Merci, murmura-t-elle.

Puis elle s'en alla, et Parker la fixa en clignant des yeux. Il regarda Adam.

— Les enfants sont bizarres. Mais plutôt géniaux. Parfois.

— C'est vrai, renchérit Adam, embrassant l'autre joue de son amant.

Trois heures plus tard, il regarda dans ses jumelles, son cœur bondissant à la vue d'une sorte de terre ferme apparaissant entre les vagues.

— Elle est vraiment là, murmura-t-il.

Parker plissa les yeux en regardant le tableau de bord.

— La latitude et la longitude sont justes, remarqua Parker en se redressant. Waouh. Elle existe vraiment. Eh bien, je suppose que nous verrons ce qu'il va se passer.

Craig expira un long soupir.

— S'il vous plaît, mon Dieu, nous avons besoin de vous et…

Il ne finit pas sa pensée et tous les trois échangèrent des regards sous la lumière spectrale de la lune.

Les étoiles étaient un champ brillant d'argent, s'étendant à l'infinie et Adam jeta un œil à l'île.

— Les gars, vous restez ici. Je vais l'approcher avec le canot comme nous l'avions prévu, déclara-t-il.

— Je devrais aller avec toi, dit Parker, son pouls battant rapidement tandis qu'il tapotait la barre de ses doigts.

— Le capitaine reste avec le navire, déclara fermement Adam. Je m'en occupe.

— Espérons que je ne coulerai pas avec, marmonna Parker assez doucement pour qu'Adam soupçonne que Craig ne l'ait pas entendu.

Adam sourit d'un air déterminé, ignorant à quel point ses paumes étaient moites.

— Je m'en occupe.

Parker l'embrassa pendant quelques secondes plus que nécessaires et lorsqu'il traversa l'océan dans le canot, il pouvait encore sentir la pression sur ses lèvres.

Alors qu'il disparaissait dans la nuit, Adam ouvrit ses sens, se concentrant sur la forme sombre de l'île. Des lumières étincelaient au loin, scintillant. Il réalisa que c'était des feux, des torches et peut-être des bûchers brûlant sur l'étendue de sable qui bordait l'île.

Coupant le moteur, il leva les jumelles. Il était assez loin que personne sur l'île ne puisse le voir, même avec leurs propres jumelles.

Avec sa vision améliorée, la forme de l'île se précisa, et il écouta attentivement, le bruit d'une centaine de battements de cœur retentissant dans tout son être, au plus profond de lui. Toutefois, il y avait autre chose…

Adam haleta et sursauta, laissant tomber les jumelles, la cordelette en cuir tirant sur l'arrière de son cou alors que le plastique noir battait contre son torse. À travers l'océan, une odeur unique l'atteignit, un souvenir absolu et sensoriel. C'était comme s'il pouvait tendre la main et toucher une fourrure, jouant avec ses parents et ses sœurs, se mordillant l'un l'autre avec leurs crocs et s'accrochant avec leurs griffes, mais pas assez fort pour se blesser vraiment.

Les poils sur son corps poussèrent, au garde-à-vous, sa vision devenant complètement dorée pendant qu'il se transformait, répondant à cette envie pressante. Faisant attention à ses griffes, Adam porta les jumelles à ses yeux. Il tourna les boutons et se concentra sur une lueur vacillante près d'une torche. Son cœur bondit quand une femme apparut. Elle faisait face au rivage et ses cheveux noirs étaient attachés en queue de cheval. Puis elle se tourna et son cœur gonfla lorsqu'elle le regarda fixement.

Elle hurla, et avant qu'il ne sache ce qu'il faisait, Adam lui retourna son appel à travers les vagues.

Chapitre 14

PEUT-ETRE QUE C'ETAIT un oiseau.

Parker écouta attentivement, mais le bruit ne se répéta plus. Il aurait juré que c'était un hurlement de loup, et qu'il appartenait à Adam. Ce dernier était-il blessé ? Avait-il des problèmes ?

— J'aurais dû aller avec lui, maugréa-t-il en faisant les cent pas sur la *Bella*. Merde ! Tu as entendu ça, pas vrai ?

Craig se trouvait près de la poupe, plissant ses yeux dans l'obscurité.

— Je ne suis pas sûr. C'était loin.

L'arme enfouie dans son short était pressée contre son bassin et ses doigts mouraient d'envie d'avoir son poids sur sa paume et d'enlever la sécurité. *Et si Adam ne revient pas ? Et s'ils l'ont attrapé, et si c'était quelqu'un d'autre ? Et si…*

— Je suis certain que tout va bien.

Parker ne savait pas qui Craig essayait de convaincre, toutefois, il hocha la tête.

— Adam peut prendre soin de lui-même.

Des images du laboratoire insonorisé situé dans le sous-sol aux Pins traversèrent son esprit comme pour le contredire. Les jarres contenant des morceaux sanglants de la peau d'Adam étiquetées soigneusement : *Bras, Jambe, Dos.*

Il ferma les yeux pendant un moment, la nausée emplissant sa bouche de salive.

— Du moment qu'il n'est pas frappé par une fléchette tranquillisante ou quelque chose d'autre.

Les sourcils de Craig se froncèrent et il regarda l'océan, déplaçant sa machette d'une main à une autre, refaisant le mouvement. Les enfants étaient en bas, Jacob toujours aussi fiévreux. Parker regarda les vagues, attendant que le canot réapparaisse, priant silencieusement le ciel que son compagnon revienne, sain et sauf.

Parker grommela dans sa barbe.

— Il ferait mieux d'aller bien, sinon je jure que…

Le bourdonnement du moteur du canot fut bruyant dans l'obscurité. Le bateau apparut et Parker exhala rapidement. Il reconnaîtrait les épaules d'Adam n'importe où. Il adressa à Craig un sourire rassurant et descendit sur la plateforme de lancement pour soulever le canot. Il tendit sa main et son compagnon la prit, son emprise chaude et presque trop ferme.

Adam vibrait pratiquement, bourdonnait même. Il espérait juste que ce n'était pas de peur. Il ne pouvait pas vraiment le dire.

— Quoi ? demanda-t-il enfin.

— Des loups, répondit Adam une fois sur le pont, son sourire était fébrile et essoufflé. *Des loups !*

Parker pensa qu'il aurait dû en quelque sorte le savoir, mais cela n'avait même pas traversé son esprit.

— Attends… sérieusement ? Waouh !

Sa tête tourna.

— D'autres loups ? répéta Craig. Tu as dit qu'il n'y en avait pas beaucoup.

— Il n'y en a pas, pas que je sache. Mais ils sont là. Allez, viens, jette l'ancre. C'est sans danger.

— Hé, hé, fit Parker en levant les mains. Nous ne le savons pas. Nous ne savons rien. Dis-moi ce qu'il s'est passé.

Adam obéit, les mots sortant de sa bouche plus rapidement qu'il ne les articulait. Parker ne l'avait jamais vu excité de cette manière.

— OK. Donc elle t'a vu et elle a hurlé et tu lui as répondu en hurlant… ce que nous avons entendu d'ailleurs, et soit dit en passant, merci de nous avoir foutu la trouille. Puis tu reviens ici et… quoi ? Nous allons juste accoster et ils vont nous dérouler le tapis rouge ? Comment saurons-nous qu'ils ne sont pas dangereux ?

— C'est un sentiment, répliqua Adam avec un soupir tremblant, ses doigts se crispant. Je ne peux pas le décrire. Mais quand elle m'a appelé, c'était comme si… j'avais l'impression que j'étais à la maison. Je ne vais pas m'enfuir, cette fois-ci. Et Jacob a besoin d'un médecin.

Il prit la main de Parker dans la sienne, la serrant.

— Fais-moi confiance, ajouta-t-il.

— Je te fais confiance. Ce n'est pas de ça que j'ai peur. Nous ne pouvons pas…

Parker s'interrompit tandis que le bruit d'un moteur se faisait entendre, un long grondement parmi les vagues et il recula de la rambarde.

— C'est eux !

Il tenta de libérer sa main de celle de son compagnon pour sortir son arme, mais Adam s'y accrocha.

— Ça va aller. Écoutons ce qu'ils ont à dire, le rassura Adam en hochant la tête vers Craig. D'accord ?

Après un moment, Craig cacha la machette derrière un oreiller sur le banc près de la table.

— Je te suis, confirma-t-il.

Ce fut un petit bateau à moteur qui apparut sous la lumière de la lune. Il ralentit, s'arrêtant à tribord, pas trop proche, mais assez près pour parler sans élever leurs voix. Naturellement, Parker supposa qu'étant des loups, ils auraient tout aussi bien pu murmurer à Adam. Ils coupèrent le moteur et une femme d'âge moyen leva la main.

Ses cheveux noirs étaient attachés en queue de cheval et elle portait un jean et une veste claire. Elle avait l'air complètement normal. Ordinaire. Banale. Jolie d'une manière « basique », aurait dit sa mère, ce qui était une insulte, puisque Pamela Osborne avait préféré les tenues impeccables, les manucures brillantes et les cardigans d'Ann Taylor.

La femme était trop loin pour que Parker puisse vérifier si ses yeux étaient noisette-penchant-vers-l'or comme ceux d'Adam. Il n'y avait pas pensé auparavant, toutefois, les yeux de Ramon avaient été de la même couleur. Son compagnon avait confirmé que c'était pareil pour sa famille, donc Parker pensait que c'était peut-être une caractéristique de loup-garou.

À la barre se trouvait un jeune homme asiatique qui avait probablement vingt-cinq ans. Ses cheveux noirs étaient coupés court et il était solide et mince. Il leur adressa un hochement de tête, attendant apparemment que la femme en dise plus. *Est-il un loup-garou aussi* ? Parker ne pouvait pas en être certain puisqu'il ne voyait pas ses yeux.

— Bonsoir, les salua-t-elle en souriant largement. Je suis Theresa. Et lui, c'est Kenny. Nous sommes heureux de vous rencontrer.

Adam parla, tenant toujours la main de Parker. Il les présenta eux et Craig avant d'ajouter :

— Nous avons deux enfants dans la cabine d'en dessous. Lilly et Jacob.

Elle sourit à nouveau.

— Très bien. Nous aimons les enfants.

Parce qu'ils ont bon goût ? Une viande jeune et succulente ? Très juteuse ? Ou peut-être que vous êtes juste de gros pervers !

Des scénarios aussi horribles les uns que les autres traversèrent l'esprit de Parker et il serra les lèvres pour s'empêcher de les débiter.

— Mon fils a besoin d'un médecin, déclara Craig.

Parker ravala un grognement. Belle façon de leur donner le dessus.

— Je suis désolée d'entendre ça. Nous pouvons vous aider,

bien entendu. Si vous voulez bien nous suivre, nous pouvons vous conduire jusqu'à l'île et régler ça.

Puis elle ajouta :

— Je comprends que vous ayez quelques craintes, mais nous voulons vous aider. L'Ile du Salut est un endroit sûr et un refuge.

Adam serra la main de Parker un peu plus fort et ce dernier ferma la bouche. Il n'avait même pas réalisé qu'il l'avait ouverte. Non, qu'ils aillent au diable ! Il avait des questions.

— Êtes-vous tous des loups garous ? Pourquoi voulez-vous nous aider ? demanda-t-il enfin.

— Au début, nous n'avions que des loups avant le virus, mais nous accueillons tous les survivants à présent. Auparavant, c'était un sanctuaire. Un endroit pour nous reconnecter et être nous-mêmes.

— Comme un camp de loup-garou ? Ou un genre de station balnéaire ?

Un sourire apparut sur son visage.

— Oui, en gros. Maintenant, c'est un sanctuaire pour tout le monde. Nous avons accueilli tout un bateau qui venait d'Europe, la semaine dernière.

Le souffle de Parker se bloqua.

— Europe ? D'où, Londres ? Mon frère Éric…

Les chances qu'Éric soit sur ce bateau, traversant l'Atlantique étaient si infimes que Parker s'arrêta de parler, les joues brûlantes alors que tout le monde le regardait.

— Oubliez ça.

Mais Theresa ne ricana pas.

— Aucune personne ne portait ce nom sur ce bateau. Je suis désolée.

— Ce n'est rien, marmonna-t-il.

Tu ne le reverras plus jamais. Arrête d'espérer.

Elle s'adressa à Adam, maintenant.

— Vos amis savent à propos de notre espèce ? Y a-t-il quelque chose que nous devons expliquer ?

— Ils connaissent l'essentiel. Ils savent… ce que je sais.

Il semblait si vulnérable en ce moment que Parker voulait le cacher et le mettre en sécurité.

Theresa hocha la tête, l'air inquisiteur, semblant décider de garder ses questions pour plus tard.

— Vous avez entendu nos messages, je présume ? L'Ile du Salut est un refuge sûr et de ce que nous avons compris, il n'y a pas beaucoup d'endroits sûrs.

— Comment se fait-il que je n'aie jamais entendu parler de cette île auparavant ? demanda Parker. Elle me semble très grande, mais elle n'est pas sur la carte.

— C'est une île privée. Ma famille a payé beaucoup d'argent au cours des années pour la garder secrète. Nous vous encourageons à venir voir vous-mêmes. Voir ce que nous offrons. Vous êtes libres de partir à tout moment, répondit-elle.

— Oh, merci, grommela Parker.

Adam intervint rapidement.

— Merci. Nous apprécions votre hospitalité. Si nous pouvons voir le médecin ce soir, ce serait bien.

Theresa fronça les sourcils.

— Oui, je pense que vous devriez. Il n'a pas l'air d'aller bien. Nous pouvons aider le garçon. Ma mère est infirmière.

— Je vous remercie, dit Craig en regardant Parker. Je pense que ça vaut la peine d'essayer. Je ne peux pas permettre qu'il lui arrive quelque chose.

Kenny s'adressa à Parker.

— J'avais peur aussi quand nous sommes venus ici pour la première fois. Mais tout ira bien. Je vous le promets.

— Je n'ai pas peur.

C'était un mensonge si ridicule que Parker rougit jusqu'aux oreilles dès que ses paroles sortirent de sa bouche. Cependant, ils étaient au milieu de l'océan et l'état de Jacob empirait, donc que pouvaient-ils faire d'autre ? Il hocha la tête, se libérant de l'emprise d'Adam pour allumer le moteur.

— Alors, qu'attendons-nous ?

Il suivit le bateau à moteur avec les voiles baissées, l'engin ronronnant. Pendant que Craig descendait en bas pour préparer les enfants, Adam resta près de Parker, ne le touchant pas.

— Je sais que tu n'es pas heureux.

Parker ricana.

— Ah bon ?

— Tu as un visage tellement impassible.

Son sourire était doux et chaleureux et il exhala alors qu'Adam se penchait vers lui et embrassait sa joue, sa barbe éraflant sa peau.

— Et s'ils sont les grands méchants loups et que nous sommes les petits cochons ?

— Je ne les laisserai pas te faire du mal. À aucun d'entre nous, le rassura Adam en enveloppant son bras autour de ses épaules. J'ai un bon pressentiment. Mais je reste sur mes gardes. Je te le promets.

L'envie de changer de direction et de s'éloigner aussi loin que possible comprimait froidement l'estomac de Parker. L'île devint de plus en plus grande, le feu des torches étincelant sur le rivage. Ils ne pouvaient pas faire confiance à ces gens. Ils ne pouvaient faire confiance à personne d'autre qu'eux-mêmes. Ils devraient partir et...

Il ravala un halètement lorsque Craig émergea d'en bas, portant Jacob dans ses bras comme un petit enfant. Jacob geignait et se débattait à peine conscient, et la crainte glaça les veines de Parker. L'état du garçon s'était encore empiré et pour la première fois, il réalisa qu'il pourrait tout aussi bien *mourir*.

Adam l'aida en prenant Lilly par la main tandis qu'elle suivait son père sur le pont, et la gorge de Parker se serra, des images d'Abby et de la chaleur de son sang coulant entre ses doigts le consumèrent. Il lui avait promis. Il avait promis de protéger Jacob.

Il aurait dû savoir que le garçon tenterait quelque chose de stupide et irait chercher le bidon d'essence. Il aurait dû être plus malin. Plus préparé.

Il aurait dû faire mieux.

L'Ile du Salut les entourait maintenant de trois côtés, de petits sommets vallonnés étaient surélevés au-dessus, des masses sombres parmi les étoiles. La seule façon de sortir de la courbe profonde du port serait de revenir en arrière. Mais pour aller où ? Les propres mots de Jacob retentirent dans sa tête.

Nous devons avancer.

Avec une profonde inspiration, il s'arrêta devant une longue jetée, un labyrinthe de quais en bois détenant des douzaines de bateaux. Il éteignit le moteur tandis que la coque heurtait la jetée.

Une jeune femme sur le port lança :

— Jetez-moi les cordes !

Il le fit et il eut l'impression de bondir d'une falaise. Il regarda anxieusement la femme attacher la *Bella*. Il aurait utilisé un tour rond avec deux demi-nœuds, ensuite, il aurait coupé l'extrémité, mais les siens firent l'affaire.

Après avoir empoché les clés, il suivit à contrecœur les autres sur le pont, se concentrant pour garder les battements de son cœur et sa respiration réguliers, comptant dans sa tête. Il ne voulait pas qu'ils pensent qu'il était effrayé. Ou faible.

Adam était nerveux et excité, adressant à Parker un petit sourire impatient. Ce dernier savait ce que cela signifiait pour lui de parler à d'autres loups au lieu de fuir à chaque fois, à quel point Adam était effrayé au plus profond de lui-même.

Si ces connards lui font du mal, ce sera la dernière chose qu'ils feront.

— Nous avons une politique stricte : le port d'arme est interdit, déclara Theresa. Vous n'en aurez pas besoin ici. Si vous avez une arme, laissez-la dans votre bateau, s'il vous plaît, et nous les récupérerons dans la matinée, ou vous nous les donnez maintenant pour les garder en lieu sûr.

Son regard glissa sur eux. Craig avait Jacob dans les bras et Adam tenait la main de Lilly. Parker compta sa respiration : *un, deux, trois, quatre*. Son arme à feu était pressée contre son bassin, rassurante.

Vous les récupérerez de mes mains froides et mortes…

— J'ai laissé la machette là-bas sur le banc.

Kenny descendit et la prit, repositionnant les oreillers quand il l'eut trouvé.

Expire, un, deux, trois, quatre. Inspire, un, deux, trois, quatre. Expire…

S'ils n'avaient pas besoin d'armes, tant mieux pour eux. Il garderait son pistolet caché et personne ne le saurait.

DES TORCHES ILLUMINAIENT des sentiers dans la forêt, des palmiers laissant place à un feuillage plus dense. Craig trébucha sur une racine, grognant alors qu'il hissait Jacob plus haut dans ses bras, ce dernier gémissant. Un éclair de culpabilité traversa de nouveau Parker, lent et insistant. Il aurait dû le protéger. *J'aurais dû tenir ma promesse.*

— Tu veux que je le porte ? demanda Adam, tenant toujours la main de Lilly.

— Ça va aller, répondit Craig en étreignant Jacob contre lui, en marmonnant. Je te tiens, champion. Je te tiens.

— Il n'y a pas d'électricité ? demanda Parker à Theresa.

— Ne vous inquiétez pas, nous en avons beaucoup. Mais ces pistes n'ont jamais été illuminées. Nous n'avions pas besoin qu'elles le soient. Maintenant que les humains sont parmi nous, les choses sont en train de changer.

Parker se demanda ce qu'il ressentait à propos de ce changement. Son ton fut régulier, impassible quand il demanda :

— Il n'y a jamais eu d'humains ici ?

— Des invités… un époux ou une épouse, un petit ami ou une petite amie. Mais pas assez pour installer des lumières sur ces chemins boisés.

— Alors, que faisiez-vous dans cette station à loups garous ?

Theresa coinça une longue mèche de ses cheveux noirs derrière son oreille où elle s'était relâchée de sa queue de cheval.

— Les mêmes choses que les gens font dans les stations balnéaires. Nous répondrons à vos questions, ne vous inquiétez pas.

Il n'était pas certain de ça, mais sentant le regard fixe d'Adam sur lui, il se mordit la langue.

Le bâtiment d'un étage qui représentait l'infirmerie avait effectivement de l'électricité, et Parker cligna des yeux face aux lumières éblouissantes et les tuiles blanches et stériles, qui créaient un grand contraste à la forêt sombre. Une poignée de lits vides s'alignaient contre un mur, et des armoires de rangement contre l'autre.

Craig déposa Jacob dans le lit le plus proche.

— Nous avons tous les médicaments dont nous avons besoin, déclara Theresa. Vous avez bien fait de l'amener ici.

— Si les loups garous ne tombent pas malades, pourquoi avez-vous des médicaments ? demanda Parker.

Elle fronça les sourcils.

— Qui a dit que les loups garous ne tombaient pas malades ?

— Mon petit ami, répondit-il en montrant Adam. Le Loup Garou.

— Nous tombons malades… mais pas comme les humains.

Parker fronça à son tour les sourcils en regardant son compagnon, qui haussa les épaules. C'était des nouvelles perturbantes, cependant, il n'y avait pas de temps pour parler de ça.

— Quand tout a commencé, ajouta-t-elle, mon cousin a voyagé de Miami jusqu'ici avec sa femme humaine et leurs enfants. Puis beaucoup des nôtres nous ont rejoints, et nous avons décidé d'ouvrir nos portes aux autres survivants. Nous sommes allés sur la côte et nous avons fait un ravitaillement de fournitures médicales pour tous nos résidents, humains et loups.

Jacob gémit, puis cria, et le cœur de Parker se serra.

— Maman ! hurla le garçon. Je veux ma maman !

— Je le sais, murmura Craig en dégageant ses cheveux de son front. Je la veux aussi. Mais elle te surveille. Elle est là… tu ne peux juste pas la voir. Tu peux la sentir, cependant. Accroche-toi. Tout va bien aller.

Il essaya d'arrêter les images de surgir dans son esprit, mais Parker ne put que les supporter pendant qu'il revivait tout, encore et encore… le pont sous ses pieds, les échardes sous sa peau, le sang d'Abby entre ses doigts sous le soleil chaud, ses cris et son regard désespéré, Jacob et Lilly regardant, l'air perdu.

La porte s'ouvrit et Parker se retourna, certain que les monstres allaient envahir la pièce blanche, les yeux écarquillés, se jetant sur eux avec leurs doigts ensanglantés, les crocs prêts à les déchirer. Mais ce ne fut qu'une petite vieille femme qui entra avec Kenny sur les talons.

Ravalant son halètement quand le danger ne se matérialisa pas, Parker regarda Adam, qui lui avait attrapé la main. Maintenant, il fixait la nouvelle arrivante, la mâchoire décrochée. Il se tourna vers elle de nouveau. Sous les lumières fluorescentes, il pouvait dire que ses yeux étaient définitivement de la même couleur noisette avec des étincelles dorées. Ses cheveux gris encadraient son visage et elle était potelée, portant un jean et une laide chemise violette sur laquelle étaient dessinés des papillons et des fleurs.

— Je vous présente ma mère, Connie. Elle a été infirmière pendant des années.

Connie leur adressa un hochement de tête, mais elle n'avait d'yeux que pour Jacob.

— Voyons voir.

Tandis qu'elle parlait, Parker sursauta en la reconnaissant soudain. C'était la femme qui leur avait envoyé des messages radio, il en était certain. Adam la regardait toujours intensément, et Parker aurait aimé lire ses pensées. Son compagnon, toutefois, resta silencieux, tenant la main de Lilly. Craig prit son autre main et une soudaine vague de solitude le frappa, en se tenant sur le côté.

Efficacement et calmement, Connie posa plusieurs questions de sa voix atone et douce, et cousit rapidement la blessure suppurante de Jacob avec quelques mouvements bien précis, nettoyant la plaie et la pansant avant de lui relever la tête pour lui faire avaler quelques comprimés. Elle fit rouler un pied à perfusion et sortit une poche du petit réfrigérateur.

Une fois qu'elle fut accrochée et l'aiguille insérée dans la main de Jacob, elle recula et le regarda.

— Nous devrons attendre et voir. Il est jeune ; il a une bonne chance de s'en sortir. Et si nous le laissions se reposer ?

— Non, je ne le quitte pas, répondit Craig. Lilly et moi resterons ici cette nuit. Elle peut dormir là-bas.

Il indiqua l'un des lits vides.

Connie hocha la tête.

— Très bien. Quel est votre nom ?

Après avoir serré la main de Craig et obtenu son nom, elle parla à Parker et Adam :

— Laissez-moi vous montrer votre chalet et nous pourrons ensuite nous présenter correctement.

Parker secoua la tête.

— Nous devrions rester aussi. Je ne veux pas quitter Jacob.

— Il a besoin de se reposer, dit-elle. Que diriez-vous que je vous fasse visiter, vous pourrez revenir ici un peu plus tard si vous le voulez.

Une partie de lui mourrait d'envie de protester, mais il réussit à résister. Après avoir adressé à Lilly et Craig des sourires encourageants, Adam et lui suivirent Connie à l'extérieur sur un autre sentier traçant dans les bois.

Des chalets en bois nichés dans les arbres. La plupart étaient sombres et Parker aurait juré sentir sur lui des yeux qui le regardaient passer. Un frisson le traversa et il dut enfouir ses mains dans ses poches pour s'empêcher de prendre l'arme de sa ceinture.

— Nous y sommes.

Connie monta des marches qui menaient vers un petit porche, le franchit pour ouvrir la porte du chalet. À l'intérieur, elle alluma une lampe près d'un canapé bleu clair.

— Rien de luxueux, mais ça devrait être confortable pour vous.

À droite du salon, une kitchenette longeait un mur, avec un réfrigérateur, une cuisinière et des placards peints en vert pâle. Un petit couloir menait vers ce que Parker supposait être la salle de bain et une chambre à coucher. Le plancher en bois d'un marron banal était inégal, mais ciré et des photos d'océans étaient la seule décoration qui ornait les murs.

Il se força à sourire.

— C'est super. Merci.

Et c'était vraiment agréable… si Connie et les autres ne les attiraient pas dans la complaisance avant de frapper.

Adam hocha la tête, son regard fixé sur la vieille dame, qui sourit gentiment.

— Je suis heureuse que vous soyez là. Quelqu'un viendra dans une minute pour remplir le frigo avec quelques aliments basiques. Vous pouvez boire l'eau du robinet ; nous avons un système de filtration.

— Cool. Merci.

Parker attendit qu'Adam dise quelque chose, toutefois, les paroles lui échappaient apparemment.

— Donc vous êtes une louve ? lâcha-t-il, ayant toujours détesté les silences gênants.

— Je le suis, en effet. Tout comme votre petit ami, répondit-elle en adressant à Adam un regard pensif, la tête inclinée sur le côté. J'allais vous suggérer une bonne nuit de sommeil avant notre discussion, mais peut-être que nous devrions parler maintenant.

Adam se contenta de hocher la tête.

— Euh, génial. Asseyons-nous, alors, proposa Parker en indiquant le canapé et le fauteuil.

— Allez vous mettre à l'aise, Parker. Adam et moi, nous allons discuter un peu. Je ne le retiendrai pas longtemps.

Parker ouvrit la bouche pour dire « *Pas question* » quand Adam acquiesça et suivit Connie vers la porte.

— Mec ! s'exclama Parker en serrant les lèvres. Je pense qu'il vaut mieux que nous restions ensemble.

Clignant des yeux, son compagnon sembla soudain se rappeler qu'il était là.

— Ça va aller. Je reviens dans un moment.

— Je vais attendre dehors, Adam. Ravi de vous avoir rencontré, Parker. Essayez de vous reposer. Vous êtes en sécurité ici, le rassura-t-elle en disparaissant dans la nuit.

Putain d'histoire.

Il attrapa le bras d'Adam.

— Est-ce qu'elle te fait quelque chose ? siffla-t-il. Un truc de contrôle psychique de loup-garou ?

— Je ne le pense pas, murmura Adam. C'est… je ne peux pas l'expliquer ; ce n'est pas désagréable. Je veux juste aller lui parler, d'accord ?

— Non ! Je ne suis pas d'accord.

Il savait que Connie pouvait entendre même s'il murmurait, mais il s'en fichait.

— Tu agis comme un illuminé.

— Je suis désolé, s'excusa Adam en prenant les mains de son compagnon. Ça va aller. Je veux juste lui parler. J'ai *besoin* de lui parler.

Et tu me laisses ici, seul ?

Pendant un moment, sa gorge se serra et Parker crut qu'il allait pleurer comme un bébé pathétique. *Contrôle-toi, gros nul. Conduis-toi en adulte.*

Il haussa les épaules avec insouciance.

— OK, peu importe. Si elle t'offre du jus, la réponse est non.

Avec un demi-sourire, Adam l'embrassa et suivit Connie à l'extérieur. Parker se tint sur le seuil et les regarda disparaître au-delà des torches. Des grillons et des cigales ou quelque chose d'autre gazouillèrent et des feuilles bruissèrent dans la brise légère. Il plissa les yeux dans l'obscurité et ne put rien voir mis à part les ombres des arbres.

Mais il était certain de sentir à nouveau des yeux sur lui, l'évaluant. Dans le murmure des arbres, il était certain que les gens parlaient de lui, se rapprochaient…

La peau frémissante, il claqua la porte. Elle ne se verrouillait pas, parce que… bien sûr que non. *Adam, reviens !* Parker voulait retourner à l'infirmerie, cependant, il se rendit compte qu'il n'était pas certain de quelle piste prendre.

Ses mains tremblantes étaient moites, son souffle court et faible. Et si Adam ne revenait pas ? Parker se sentait entièrement seul et vulnérable. Le rire râpeux de Petit Homme retentit et pendant un moment, Parker aurait juré que c'était réel.

Le porche craqua et son cœur bondit dans sa gorge. Il écouta avec son oreille plaquée contre la porte avant de l'ouvrir lentement. Il n'y avait personne. Un carillon à vent tinta au loin et les feuilles bruissèrent.

Parker ferma rapidement la porte et s'appuya contre elle, les jambes écartées. Après avoir pris l'arme, il put au moins respirer de nouveau.

Chapitre 15

— PUIS-JE VOUS servir à boire ? demanda Connie.

Elle conduisit Adam à l'intérieur d'un chalet similaire à celui qu'ils venaient juste de quitter, et qui était situé au sommet d'une petite colline.

— Ou quelque chose à manger ?

Il secoua la tête. Il dut serrer ses deux mains devant lui pour les empêcher de se tendre vers elle. Chaque mot qu'elle disait semblait trouver un écho en lui, résonnant au plus profond de son âme, d'une manière qu'il ne comprenait pas. Il la regarda pendant qu'elle allumait la cuisinière et remplissait une bouilloire.

— Je vais retourner bientôt à l'infirmerie et vérifier l'état de Jacob. Vous êtes sûr de ne pas vouloir une tasse de thé ?

Il hocha la tête et alors qu'elle se tournait vers lui, il réalisa qu'il avait tendu la main pour la toucher. Il l'éloigna rapidement.

— Je suis désolé. Je… je…

Elle sourit doucement.

— Vous n'avez jamais rencontré un Alpha auparavant, déclara-t-elle en prenant sa main dans les siennes. Bienvenue.

Une paix et une chaleur sans nom semblaient couler de ses mains calleuses jusque dans ses veines. Il réussit à retrouver sa voix, bien qu'elle soit rauque.

— Comment ? souffla-t-il.

— Je ne sais pas exactement. Quelque chose à voir avec notre instinct de meute. Vous avez dû le sentir quand vous m'avez entendu à la radio, n'est-ce pas ?

Il pensa aux messages, à quel point sa voix avait été ensorcelante.

— C'est vrai, mais je ne m'étais pas rendu compte de ce que c'était.

Ses joues rougirent face à sa stupidité.

— Je savais juste que je voulais venir ici.

Elle serra ses doigts doucement.

— Il y a une fréquence dans nos voix, plus forte chez les Alphas. Quand j'étais une petite fille, je suivais mon père comme un caneton. Nous l'avons tous fait.

— Il était l'Alpha avant vous ?

— Mmm hmm. C'était son idée, l'île. Mon père était une sorte de hippie. Un hippie milliardaire, donc pas le style habituel.

— Un milliardaire ?

Elle tenait toujours la main d'Adam et il voulait se laisser tomber à ses pieds et se frotter contre ses genoux. Mais il resta debout, baissant les yeux vers elle. Sa tête arrivait à son menton.

— Il a bâti sa fortune dans le plastique. Il en a utilisé beaucoup pour acheter et améliorer cette île. Je lui ai succédé quand il est mort.

— Euh…

Il était difficile de se concentrer sur ce qu'elle disait. Il voulait juste se frotter contre elle, et non d'une façon sexuelle.

— Asseyez-vous. Je pense qu'un peu de thé vous fera du bien.

Elle tapota sa main et la relâcha. Il s'empêcha à temps de la reprendre.

Tandis qu'elle s'affairait, la bouilloire commença à siffler. Lorsque le thé infusa, elle le conduisit vers le canapé et ils s'assirent, leurs genoux se pressant ensemble.

— Vous allez vous y habituer, dit-elle, et ensuite, cela ne vous affectera plus de cette manière. Alors, dites-moi d'où vous venez.

Adam lui donna la version abrégée de son enfance avec ses parents et ses sœurs, vivant totalement isolés des autres loups et qu'ils lui disaient toujours de les éviter s'ils en rencontraient. Puis, l'accident.

— Oh, pauvre garçon. À quel point vous avez dû être solitaire.

Elle serra son bras et il frissonna agréablement, réconforté par sa chaleur.

— Oui, répondit-il, la voix brisée avant de s'éclaircir la gorge. Pensez-vous que quelqu'un ici ait connu mes parents ?

— C'est possible. Nous verrons. Que s'est-il passé après l'accident ? demanda-t-elle.

Adam lui parla de sa famille adoptive et de la façon dont cela avait mal fini. Il s'efforça d'adopter une voix normale.

— Mais je me suis fait une amie à l'université que j'ai mise au courant.

— Et votre jeune homme. Mignon, mais un peu névrosé.

Elle sourit pour alléger ses paroles.

Un éclair de culpabilité le traversa. Il n'arrivait pas à croire qu'il avait laissé Parker seul… le besoin de suivre Connie avait été trop fort.

— Je devrais le rejoindre. Il est nerveux à l'idée que cet endroit ne soit pas ce que vous dites qu'il est.

Et peut-être qu'Adam n'aurait pas dû le dire à haute voix, mais c'était là, dans l'air.

Connie se redressa avec un rire triste et versa un peu de thé.

— Je ne le blâme pas. C'est difficile de savoir à qui l'on doit faire confiance maintenant.

Elle sortit deux tasses.

— Mais vous lui faites confiance ?

— Oui. Complètement. Je l'aime. Est-ce… ce n'est pas un problème, n'est-ce pas ?

— Parce que c'est un garçon ou parce qu'il est humain ? demanda-t-elle en sortant une boîte de lait.

— Les deux ?

— Eh bien, la réponse aux deux est non. Ce n'est pas du tout un problème. Lait et sucre ?

— Euh, oui.

Il n'avait jamais bu de thé, mais ça semblait juste.

— Je suis content de l'entendre. Nous avons eu quelques problèmes avec un loup-garou dans le Colorado qui n'aimaient pas que les loups et les humains se mélangent.

Lui tendant une tasse sur laquelle était écrit *Miami est pour les amoureux*, elle se réinstalla sur le canapé.

— Oui, ça peut être litigieux. Certaines meutes l'ont aboli. Nous sommes devenus si dispersés et brisés au vingtième siècle. C'est l'une des raisons pour lesquelles mon père a créé cet endroit... pour rassembler de nouveau les loups. Pour reconnecter les meutes et donner à des Omégas comme vous un endroit où ils peuvent se sentir comme chez eux. La vie a ses travers, et je ne dirais à personne qui ils doivent aimer. Il a accepté facilement la vérité à votre sujet ?

Adam sirota le thé chaud, ne sachant pas s'il l'aimait ou non et repensa à cette nuit où il s'était révélé à Parker pour lui sauver la vie. Il repensa à la fois où il lui avait raconté l'accident et comment son amant avait grimpé sur le lit avec lui, sans avoir peur.

— Oui, répondit-il. Le choc initial n'a pas duré longtemps. Craig et les enfants aussi. En sachant à quel point le monde a changé, je suppose que ça devient plus facile de le dire aux gens.

Elle sourit.

— C'est vrai. Nous avons aussi une autre politique très stricte maintenant : c'est à prendre ou à laisser. Et par « à laisser », j'entends bien faîtes demi-tour et naviguez vers le coucher du soleil. Le temps est venu pour nous de ne plus cacher notre nature ou de nous excuser pour ça.

— Waouh. Je n'ai jamais pensé... je n'ai jamais imaginé.

Que penseraient ses parents ? Banniraient-ils les autres loups et se cacheraient-ils ?

— C'est vraiment un monde nouveau, murmura-t-il.

— Ne pensez pas que ça va redevenir comme c'était. Le virus se propage vite. Il n'y a plus personne pour diriger, c'est la raison pour laquelle j'ai décidé que le temps était venu de faire quelque chose. De ce que nous avons entendu à la radio, les infrastructures ont été décimées partout dans le monde. C'est incroyable de voir toutes ces sociétés construites au fil des années être réduites en poussière.

Il pensa à la puanteur de Daytona Beach et hocha la tête.

— Et qu'en est-il des terroristes qui ont causé ça ? Les Zacharies ?

— Qui sait ? Il y a des rumeurs ici et là qu'ils prévoiraient une deuxième vague, mais j'ai le sentiment que la première était plus réussie qu'ils ne l'avaient anticipée. Et ça, en supposant qu'ils existent. Ça pourrait être l'œuvre de la nature. Nous ne le saurons pas vraiment. Probablement jamais.

— Si personne n'arrête ça, je suppose que les loups vont hériter de la terre.

Il leva la tasse dans ses mains, la poignée semblant délicate.

— Pourquoi dites-vous ça ?

— Nous sommes immunisés. Du moins, en ce qui me concerne.

Se penchant en avant, Connie le regarda attentivement, son thé oublié, sur la table.

— Comment le savez-vous ? demanda-t-elle.

— J'ai été mordu. Dans le cou. Mais rien ne s'est passé. Nous avons rencontré des scientifiques qui ont analysé mon sang. Je suis immunisé… de cette souche, au moins.

— Des scientifiques ? répéta-t-elle.

— C'est une longue histoire.

— Racontez-moi.

Soudain, Adam ne voulut faire rien d'autre que de lui confier chaque détail.

— Nous avons trouvé un hôtel exclusif dans les Rocheuses…,

commença-t-il.

Quand il termina sa saga des Pins, du Dr Yamaguchi et de Ramon, Connie se rassit contre les oreillers usés.

— Nous avons reçu un rapport de l'un de nos résidents qui a été mordu sur la terre ferme, mais il n'a pas été infecté. Nous ne savions pas si c'était un coup de chance ou non. Approfondir nos recherches pour en découvrir plus n'était pas notre priorité à ce moment-là. Mais si nous sommes immunisés…

Ses yeux devinrent dorés tandis qu'elle se perdait dans ses pensées, réfléchissant.

Adam tint sa tasse de ses deux mains.

— Nous pouvons aller à terre. Combattre les infectés et aider les survivants.

Connie se reconcentra sur lui.

— Mmm. En supposant que le virus ne mute pas, et que cette immunité ne soit pas basée sur la génétique. Les loups garous viennent de tous les horizons. Ma mère était mexicaine et mon père était grec.

Elle leva sa tasse et un peu de thé éclaboussa son tee-shirt à papillons, grimaçant en voyant la tâche.

— Un cadeau de mon petit-fils. C'est apparemment « ironique » parce que c'est ce que les grands-mères doivent porter, mais il dit que je suis une dure à cuire.

Il était difficile pour Adam de l'imaginer avec des crocs et des griffes, mais la force qui émanait d'elle était comme un courant.

— Je peux le croire.

Connie lui adressa un sourire rusé.

— Eh bien, merci.

Puis elle prit une gorgée de sa boisson, l'expression à présent sérieuse.

— Très bien, nous avons besoin de réfléchir sur ce plan sur le long terme. Nous ne pouvons pas faire des suppositions à propos de cette immunité. Cela pourrait s'avérer fatal si nous le faisions, et notre espèce est presque déjà au bord de l'extinction. Pour l'instant, je pense que nous devrions nous concentrer sur notre refuge. Aider ceux qui répondent à nos appels radio, déclara-t-elle avant de vérifier sa montre. À présent, je vais retourner à l'infirmerie et vous pouvez aller dormir un peu. C'est un ordre de votre Alpha. Je vais vous jeter un mauvais sort si vous n'obéissez pas.

— Oui, M'dame.

Il voulait tendre la main et lui demander de lui parler pendant des heures – des jours –, mais il devait retourner vers Parker. Il la suivit à l'extérieur et sur une longue piste avant d'indiquer son chalet.

— Vous nous préviendrez s'il arrive quelque chose à Jacob ? demanda-t-il.

— Bien sûr. Je pense, toutefois, que seul le temps nous le dira. Il n'y a rien que vous puissiez faire ce soir à part vous reposer.

— OK, merci. C'était un plaisir de vous rencontrer. Je ne peux pas… juste… merci.

Elle prit sa main dans la sienne à nouveau, ses yeux devenant dorés.

— Bienvenue Adam. Bienvenue à la maison.

Pendant une minute après son départ, il dut s'appuyer contre la rambarde du porche pour retrouver son souffle, les yeux brûlants.

Puis il ouvrit la porte du chalet et lança doucement :

— Parker ? C'est moi.

Ce dernier apparut sur le seuil de la chambre, toujours en short, en tee-shirt et en sneakers.

— Eh bien ?

— Elle semble géniale. Tu n'as pas de souci à avoir.

— Pas encore, remarqua-t-il, les doigts tremblants. C'est trop beau pour être vrai. Ça doit l'être. Nous devrions retourner à l'infirmerie pour vérifier l'état de Jacob et nous assurer que Craig et Lilly aillent bien.

— Allons dormir un peu. Jacob est entre de bonnes mains. Je pense vraiment que nous sommes en sécurité ici.

Parker grogna, recula dans la chambre et entreprit de délacer ses chaussures.

— Je prends ce côté, décida-t-il.

Il se déshabilla, ne laissant que son boxer et tira la couverture sur lui.

— OK. J'aime le côté droit de toute façon.

Il y avait tellement de choses qu'il voulait dire et tenter d'expliquer, mais Parker était déjà loin de lui, roulé en boule.

Ce ne fut qu'une heure plus tard qu'Adam se réveilla en sursaut, les battements rapides du cœur de Parker se traçant un chemin dans ses rêves. Il tendit la main vers son compagnon en entendant ses faibles cris et ses gémissements, ces derniers serrant son cœur.

— Chhhut, c'est juste un rêve. Réveille-toi.

Parker le fit en haletant. Il était dos à Adam et il enfouit son visage dans ses bras, frissonnant.

— Qu'est-ce qu'il y a ? demanda doucement Adam.

— Rien, marmonna-t-il. Je vais bien.

— Je ne pense pas.

Il tremblait, la transpiration perlant sur sa peau malgré la fraîcheur de la nuit.

— Dis-moi, s'il te plaît.

Adam pressa ses lèvres sur la nuque de Parker, blottissant son nez dans ses cheveux humides de sueur et se colla à lui de tout son corps.

— Je vais bien, insista-t-il. Juste un rêve idiot.

Parker se tortilla et se tourna, posant sa bouche sur la sienne, sa cuisse entre les jambes d'Adam. Il glissa sa main dans son boxer pour prendre sa queue.

Adam grogna, le plaisir traversant sa colonne vertébrale, son sexe se raidissant au premier contact. L'envie de s'enfouir en Parker et de ne penser à rien d'autre fut écrasante, mais il rompit leur baiser.

— Parle-moi, murmura-t-il.

Le visage de son amant se plissa et il caressa la longueur d'Adam avant de descendre plus bas jusqu'à ses boules, envoyant un frisson de plaisir le parcourir.

— Je vais très bien, répondit-il en embrassant son compagnon.

Puis il se tortilla plus bas et lécha le gland de son sexe, en glissant sur le prépuce.

Adam agrippa les épaules de Parker.

— N'utilise pas le sexe pour éviter le sujet. Ça ne fonctionne pas.

Une série d'émotions passa sur le visage de Parker… colère, incrédulité, et plus que tout, la douleur. Sa voix fut horriblement faible quand il demanda :

— Tu ne me veux plus ?

— Bien sûr que oui, mais…

— Mais quoi ? le coupa Parker en retirant sa main et en reculant.

— C'est…

Adam grogna de frustration alors qu'il essayait de trouver les bonnes paroles qui lui échappaient.

Parker s'éloigna de lui et se roula en boule.

— Je suis fatigué de toute façon.

— Donc c'est tout ?

— C'est toi qui ne veux pas baiser ! cracha-t-il en le regardant par-dessus son épaule.

— Parce que nous devons parler !

Il se mit sur le dos et croisa les bras, la couverture entremêlée autour de sa taille.

— Très bien, parlons, finit-il par dire.

— De quoi as-tu rêvé ?

Parker secoua la tête.

— J'ai dit que ce n'était rien.

— Si ce n'était rien…

— Bon sang, j'ai eu un cauchemar sur les trucs horribles qui se sont passés. C'était – tiens-toi bien – horrible. Pourquoi tu en fais toute une histoire ?

— Ce n'est pas ce que je fais ! J'essaye de t'aider…

— Alors, pourquoi tu ne me baises pas maintenant ?

Ils restèrent rigides sur le lit, quelques centimètres les séparaient. Adam serra la mâchoire et prit une profonde inspiration.

— Je ne suis pas d'humeur.

— Pourquoi ? Peut-être que tu préfères être avec un autre loup, marmonna Parker.

Il cilla, regardant la silhouette de Parker dans l'obscurité.

— Quoi ? Maintenant, tu es ridicule !

— Vraiment ? demanda Parker, dont le torse s'élevait et descendait rapidement. S'il y a d'autres loups ici, peut-être que tu en rencontreras un mieux que moi. Un avec lequel tu auras une connexion de petit loup que je ne pourrais jamais te donner.

Adam s'adoucit et tendit la main vers lui, mais Parker s'éloigna de lui.

Il soupira.

— Ça n'arrivera pas, Parker.

— Tu es déjà parti avec Connie, ce soir, pour ton petit rendez-vous.

— Quoi, nous devons être inséparables ?

— Non, mais nous ne connaissons même pas ces gens ! Ils pourraient être en chemin maintenant pour nous tuer dans notre sommeil et nous manger pour le petit déjeuner.

— Pouvons-nous essayer d'être positifs pour une fois ?

Les narines évasées, Parker se tourna sur le côté.

— Peu importe. Puisque nous *ne baisons pas*, dormons.

Adam voulait se blottir contre lui et le tenir dans ses bras, mais il resta sur le dos, les mains serrées sur la couverture. Il fixa les rondins du plafond tandis que la nuit avançait et qu'ils restaient bien éveillés.

LE BATEAU NE tanguait pas.

Adam n'entendait pas l'eau ni la respiration de Parker, et où étaient Craig et les enfants ? D'un seul mouvement, il ouvrit les yeux et bondit sur ses pieds. Il regarda le lit vide et froissé, les pièces se mirent en place. L'Ile du Salut. Ils avaient réussi.

En sécurité.

Le sentiment d'être à la maison l'entoura, s'écoulant sur sa peau et s'enfonçant en lui. Il sentait toujours la chaleur de Connie prenant sa main dans les siennes. C'était différent que lorsqu'il avait rencontré Ramon. Le mot qu'elle avait utilisé pour décrire Adam était : *Oméga.* Un loup solitaire. Il se demanda qui de sa mère ou de son père avait été l'Alpha de leur petite meute. Il ne se souvenait pas de l'un d'eux ayant été plus réconfortant ou puissant que l'autre. Pour lui, ils avaient juste été Maman et Papa.

Ici, ce n'était pas juste Connie et Theresa… il pouvait sentir le bourdonnement d'une centaine d'autres loups. Mais au lieu de l'effrayer comme par le passé, à présent, ça l'enveloppait dans son étreinte. Il ferma les yeux et inspira profondément.

Pourtant, il devrait être prudent. Il n'accepterait pas quelque chose aveuglément ni ne serait trop confiant. Parker avait raison ; ils devaient rester sur leurs gardes, même si l'instinct d'Adam lui disait qu'ils étaient en sécurité. Parker…

Adam ouvrit les yeux. Où était Parker ? Il réalisa avec un sursaut qu'il ne l'entendait pas dans le chalet.

— Parker ?

Silence, mis à part les oiseaux dans les arbres au-delà et des insectes et de petites créatures se précipitant dans les sous-bois.

Adam tira sur son jean et son tee-shirt usé et glissa ses pieds dans ses bottes. Parker s'était probablement réveillé tôt et était allé vérifier l'état de Jacob. Il allait bien. Il n'y avait pas de quoi s'inquiéter.

Le pouls d'Adam s'emballa, son estomac se serra.

Il suivit l'odeur de son compagnon le long des sentiers entre les chalets, jusqu'à l'océan, l'apercevant au pied d'une série de quais et de bateaux attachés ensemble. Il s'approcha de lui par-derrière avec un soupir de soulagement.

— Te voilà !

Il allait l'étreindre lorsque Parker s'éloigna de son contact. L'irritation l'envahit et Adam serra la mâchoire.

— Sérieusement ? T'es toujours en colère ? S'il te plaît…

Mais son compagnon se tenait immobile, fixant le pont comme s'il ne l'avait pas entendu. Son cœur manqua un battement et son souffle devint tremblant. Adam fronça les sourcils. Des bateaux taguaient face à la brise douce et l'eau *glougloutait* contre la coque. Le soleil brillait, pourtant Parker frissonna dans sa grande veste épaisse et son short.

— Je le savais, marmonna-t-il.

— Tu savais quoi ?

Adam allait le toucher, mais sa main plana dans l'air. Il regarda autour de lui attentivement, cependant, la matinée était tranquille, le ciel d'un bleu lumineux et le soleil chaud sur sa peau.

— Quoi ? demanda-t-il encore.

Puis Parker se mit à courir, ses baskets couinant sur le bois alors qu'il traversait la jetée et allait à gauche, se dirigeant vers un énorme voilier. Adam le suivit et chercha le danger que son compagnon avait décidé de trouver.

Le grand bateau était amarré, et son petit ami s'arrêta au bout du quai, se tournant pour regarder la poupe. Ses lèvres s'entrouvrirent tandis qu'il le regardait avec horreur avant d'avoir un haut-le-cœur. Se pliant en deux, il tomba à genoux et vomit sur le côté du pont. Adam le rejoignit sur le sol, le cœur battant si fort à ses propres oreilles qu'il lui était impossible d'entendre quoi que ce soit.

— Qu'est-ce qui ne va pas ?

Il voulait frotter le dos de Parker, et en même temps, il avait peur d'empirer les choses. Il regarda le bateau qui semblait vide.

— Quoi…

Il enregistra le nom avec une sensation d'effroi.

La Belle Vie.

Une fureur – brûlante et sombre, collante et épaisse – le traversa.

— C'est leur bateau ?

— Tu vois ? murmura son compagnon d'une voix rauque. Je le savais. Nous ne pouvons faire confiance à personne. Ils sont là.

Adam fit courir une main sur les cheveux de son amant.

— Ça va aller. Je ne les laisserai pas te faire du mal.

Parker tremblait, mais ses yeux étincelaient furieusement.

— *Je* ne les laisserai pas me faire du mal, cette fois. Je suis prêt pour eux.

Une nouvelle voix intervint :

— Bonjour, que faites…

Ils bondirent tous les deux sur leurs pieds tandis qu'une femme apparaissait sur le pont du bateau tenant une boîte de tartelettes. Ses cheveux roux étaient tressés, et elle portait un short et un maillot bleu. Les yeux écarquillés, elle fixa Parker.

— Oh ! fit-elle.

Parker sursauta à côté d'Adam et la femme recula.

— Attends !

Son compagnon pointait une arme vers elle, et Adam la fixa, complètement ébahi.

— Où… ? Parker, non. Pose ça !

— Pas question. Je ne pouvais pas attraper mon arme, la dernière fois. Ça ne m'arrivera pas encore.

Il agrippait le pistolet de ses deux mains, son doigt tremblant en voulant appuyer sur la détente.

— Où est Petit Homme, hein ?

— Quoi ? fit-elle en secouant la tête. Qui, Mick ? Ce connard est mort !

La femme se tourna vers Adam.

— Écoutez, ce qu'il s'est passé n'est pas de ma faute. Je suis désolée que les choses aient dérapé.

— Menteuse ! grinça Parker. Vous avez ri. Vous avez dit que vous pouviez vous amuser avec moi. Avec… avec ma bouche ! Vous avez *ri* !

La rage qui bouillonnait en Adam monta et il réalisa soudain que le grondement qui emplit l'air venait de sa gorge. La femme recula d'un autre pas, serrant la boîte à tartes contre sa poitrine. Adam pouvait bondir sur le pont et l'éviscérer en une seconde et l'envie d'agir le fit trembler, de la fourrure se propageant sur tout son corps, la fureur fit rétrécir sa vision, ses griffes et ses crocs sortirent, des picotements le parcourant partout.

Elle trembla.

— Je suis désolée, OK ? Je devais suivre Mick, ou c'est moi qu'il aurait frappé. Je ne le voulais pas. Je suis désolée qu'ils t'aient fait du mal, petit. Mais merde, cela aurait pu être pire ! Tu t'en es bien tiré comparé aux autres. C'est pour cette raison que j'ai poussé ce connard par-dessus bord et l'ai laissé mourir !

— Vous l'avez assassiné ? demanda Adam, n'étant pas sûr d'être content ou désolé qu'il n'ait pas pu le faire lui-même.

— C'était un sale type ! Qui es-tu pour me juger ? Il a déjà tué les autres à cause d'une putain de bière ! C'était un fou. Je ne voulais rien avoir affaire avec lui.

Parker secoua la tête, la voix tremblante, mais ses mains étaient stables à présent, pointant l'arme vers la femme.

— Pourquoi devrais-je vous croire ? Vous trouviez la situation amusante. Vous ne m'avez pas aidé.

— J'avais mes propres problèmes à gérer. Je devais garder Mick heureux pour rester en vie, répondit-elle, son regard glissant vers Adam. Tu vas le laisser me tirer dessus de sang-froid ? Hein ?

Adam dut faire un effort pour former des mots qui n'étaient pas des grognements.

— Peut-être que je devrais vous tuer moi-même.

Elle leva le menton.

— Les patronnes n'aimeront pas ça. On n'est pas supposé tuer ici. Nous devons tous suivre les règles.

Sa bravade fléchit.

— Et je l'ai fait ! Je n'ai causé de problème à personne. J'aime cet endroit. Demandez à tout le monde. J'ai fait ce que j'étais supposé faire. C'est un bon endroit. Ne gâchez pas tout !

— Pourquoi devrais-je vous croire ? demanda Parker, déglutissant plusieurs fois, la voix tendue.

Elle leur montra la boîte à tartes.

— Je suis venu prendre ces tartes pour la nouvelle. Lilly ? J'ai pensé qu'elle aimerait en avoir. C'est une adorable gamine.

— Vous restez loin d'elle ! cria Parker, dont le visage vira horriblement au rouge, les yeux sauvages. Vous tous, ne vous approchez pas d'elle ! Ne vous approchez pas de nous !

— Je sais ce que tu penses, gamin, d'accord ? Que cet endroit n'est pas ce qu'il semble être ? Je l'ai pensé aussi. Mick avait prévu d'en prendre le contrôle.

Ensuite, elle sourit, un sourire amer et dur.

— J'aurais presque voulu qu'il ait la chance d'essayer. J'aurais voulu voir son regard quand il aurait vu cette bande de loups garous !

— Vous êtes sûre qu'il est mort ? demanda Adam.

Vibrant toujours, il détendit ses griffes, ses crocs mourant d'envie de s'enfoncer dans quelque chose, sa fourrure hérissée par l'adrénaline.

— Pas de doute, répliqua-t-elle. J'ai attendu et j'ai regardé avec les jumelles. Cet ivrogne n'a pas tenu longtemps. C'était un peu décevant que les requins n'aient pas été au rendez-vous.

Puis elle haussa les épaules, sur la défensive.

— Peut-être que je devrais être désolée, mais après quelques mois avec ce connard, je sais que nous sommes mieux sans lui.

Adam ne la contredit pas. Parker ne le fit pas non plus, et sa respiration s'était quelque peu calmée, la panique folle qui l'avait envahi un peu plus tôt semblant relâcher son emprise.

— Pourquoi êtes-vous venue ici ? Pourquoi n'avez pas repris votre chemin ?

— Pour aller où ? Tu étais là. Tu as vu ce qu'il s'est passé, répondit-elle, le regard étincelant alors qu'elle clignait des yeux rapidement. Tout est parti en fumée. Je n'en ai pas cru mes yeux. Si l'Ile du Salut était un tas de conneries, alors ça s'arrêterait là. Et peut-être que ce ne serait pas si mal, et je ne voulais pas vivre dans ce monde pourri. Mais quand je suis arrivée, ils m'ont accueilli chaleureusement.

Elle indiqua l'île.

— Ils m'ont offert un chalet. Un travail. Je fais des rotations pour traire les vaches.

Son rire fut teinté d'hystérie.

— Moi, traire des putains de vaches ! Ma maman ne l'aurait jamais cru.

Des larmes mouillaient ses cils.

Elle se tourna vers Adam.

— Écoute, ton espèce a été gentille avec moi. Ça fait vraiment longtemps que je n'ai pas connu ça. Je veux juste m'entendre avec tout le monde et… vivre.

Elle s'interrompit.

— Je veux *vivre*. S'il vous plaît.

Bien que le cœur de la femme battait à tout rompre, Adam pensa que c'était dû à la crainte et non au mensonge.

Il se tourna vers son petit ami, gardant sa voix basse.

— Me fais-tu confiance ? demanda-t-il.

Le regard de Parker glissa sur lui et il déglutit difficilement.

— Oui.

— Alors, donne-moi l'arme. Si tu lui tires dessus, je pense que tu vas vraiment le regretter.

Il pourrait prendre le révolver, cependant, il ne voulait pas faire ça à Parker. Le choix devait être le sien.

Son compagnon tenait son arme d'un air calme, pourtant, son cœur ne l'était pas.

— J'ai tiré sur des gens. J'en ai tué. Des monstres, mais ça reste des *gens*. Je n'aime pas penser à eux de cette manière. Parce que je les ai tués. Je suis déjà un tueur.

— Pour survivre, nous devons faire ce qu'il faut.

Adam regarda la femme qui restait là, figée, son cœur battant rapidement, la terreur évidente dans la sueur qui trempait son visage. Prenant une profonde inspiration, il contrôla son loup et ses crocs et ses griffes se rétractèrent, la vision dorée qu'il avait sur le monde redevint le brillant bleu du matin ensoleillé.

— Je pense à eux comme à des monstres, mais ils étaient juste comme nous. Ils pourraient être nous.

Il cligna des yeux en regardant Adam.

— Eh bien, pas toi. Moi.

— Je ne permettrai pas à ça d'arriver.

Il tendit la main à ce moment-là, il devait le toucher. Il agrippa doucement l'épaule tremblante de Parker, essayant d'infuser sa conviction dans sa peau à travers le fin coton de son tee-shirt.

— Je suis désolé de ne pas avoir été sur le bateau, ce jour-là, quand ils sont venus. Mais je suis là maintenant. Je ne laisserai personne te faire du mal.

Le bras tendu de Parker trembla.

— Je sais.

— Je ne veux pas te faire du mal, petit, déclara calmement la femme. Je ne veux faire de mal à personne. Nous avons tous dû faire des choses horribles pour survivre… nous avons combattu, tué et blessé. C'est vrai que j'ai fait des trucs épouvantables lorsque j'étais avec Mick et les autres. Mais je ne veux plus le faire. Je n'aime pas la personne que j'étais devenue avec eux. C'est pour ça que je l'ai laissé mourir. La vie doit être plus que ça. Elle doit être meilleure. Je veux qu'elle soit meilleure. Je sais que tu as l'impression que je dis des conneries, mais je les pense. Tu n'as jamais voulu être meilleur que tu ne l'es ?

Un sourire tremblant releva les lèvres de Parker.

— Tout le temps.

À Adam, il murmura :

— Je veux être ce dont tu as besoin. Tout ce que tu voudras.

— Tu *l'es*. Pourquoi ne peux-tu pas le croire ?

— Cet endroit…, commença-t-il en regardant la femme. Si c'est vraiment sans danger…

— Si c'est sans danger, nous pourrons construire une vie ici. Avoir une communauté. Et ça ne veut pas dire que je ne te désirerais pas, ou que tu n'es pas important. Faisons de cet endroit notre chez-nous. Un nouveau départ.

Parker baissa les bras, l'arme toujours dans sa main droite. Les yeux de la femme allèrent au révolver, à Parker puis à Adam avant de retourner à l'arme et ainsi de suite, mais heureusement, elle resta silencieuse.

— J'ai peur, murmura Parker, la voix à peine audible.

— Moi aussi. Alors, nous aurons peur ensemble.

Adam tendit la main. Le métal était chaud et humide sur sa peau et il recula rapidement, jetant le pistolet aussi loin qu'il le put dans les profondeurs de l'océan.

Chapitre 16

LE QUAI AU bois usé craqua sous ses sneakers, l'eau s'agitant contre lui et les oiseaux criant au loin. Parker fixa l'endroit où l'arme avait disparu. Il entendit des pas s'approcher et il se tourna, se tenant prêt. Adam se rapprocha de lui, le gardant partiellement caché.

— Tout va bien ici ? demanda Kenny.

Il s'avançait vers *La Belle Vie* avec un homme plus âgé et barbu que Parker ne reconnut pas. Kenny fronçait les sourcils et il réalisa qu'il haletait et tremblait. Avant qu'il ne puisse trouver une quelconque excuse, la jeune femme répondit :

— Tout va bien !

Parker sursauta de surprise.

— C'était ma faute, pas la leur, ajouta-t-elle.

— Tu en es certaine, Bethany ? voulut savoir l'inconnu barbu. J'aurais juré avoir vu une arme et entendu quelques menaces.

— Il y a antécédents ici. Parker a eu une altercation avec… Bethany et ses amis.

— Où est l'arme ? demanda-t-il.

— Je l'ai jeté dans la mer, répliqua Adam en indiquant l'eau du menton. Parker a été pris par surprise. Il n'avait pas les idées claires.

— C'est ma faute, pas celle du gamin, insista Bethany.

L'homme fixa intensément Parker.

— Et tu as les idées claires maintenant ?

Parker hocha la tête. Il espérait que c'était la vérité.

— Tu n'as pas d'autre arme ?

— Non.

C'était la vérité, au moins.

— Je dois apporter ces tartes au réfectoire, intervint Bethany.

Elle bondit sur le pont.

— À plus, les gars, ajouta-t-elle pour Parker et Adam avant de partir à la hâte, ses tongs faisant un bruit sur le sol.

Kenny la suivit, leur lançant des regards par-dessus son épaule.

— Je ne pense pas que nous nous soyons rencontrés, déclara l'homme barbu en tendant la main. Je suis Damian Bautista.

Ses cheveux étaient noirs avec quelques mèches grises, sa peau était bronzée et son corps était svelte et tonique.

Forçant un sourire qui sortit plus comme une grimace qu'autre chose, Parker prit sa main et se présenta après Adam. La paume de Damian était froide et son emprise forte. Son compagnon resta très immobile, les yeux fixés sur le nouveau venu.

— Je suis certain qu'on vous a dit que les armes étaient interdites sur l'Ile du Salut. Si vous en avez d'autres sur votre bateau, apportez-les à Theresa aujourd'hui, s'il vous plaît.

— Nous le ferons, dit Adam.

— Merci.

Les yeux de Damian s'adoucirent en le regardant.

— Je sais que cette journée a été stressante. Mais nous sommes tous sur le même bateau. S'il y a quelque chose que je puisse faire pour aider, n'hésitez pas.

Parker hocha la tête, s'efforçant de retenir les larmes qui lui brûlaient les yeux.

— J'avais peur, lâcha-t-il en agitant sa main. J'ai vu le bateau et j'ai pensé…

La bile s'attardait dans sa bouche et sa gorge, et il essaya de déglutir.

— Elle était avec quelques connards. Il y avait un homme horrible. Il m'a fait du mal et je pensais qu'il était sur l'île.

— Oh. Oui. Bethany nous a parlé de ses précédents compagnons. Je peux comprendre votre réaction. Mais je vous assure qu'ils ne sont pas ici et des gens comme eux ne seront jamais acceptés par nous. Bethany s'est révélée être très travailleuse depuis le temps qu'elle est ici.

Une pensée traversa l'esprit de Parker et elle sortit de sa bouche.

— Vous avez vraiment des vaches ici ?

Damian sourit.

— Oui. Tout un troupeau, en fait. Des vaches laitières et bovines. Le but de cette île a toujours été écologique et autonome, mais ça s'est amélioré récemment. Les poules prospèrent en ce moment et nous quadruplons la taille du jardin. Si vous avez de l'expérience, nous aimerions que vous participiez.

— Je ne connais rien là-dessus. Désolé.

Parker souhaita soudain, désespérément, avoir de l'expérience dans ce domaine. Qu'avait-il à offrir ? Après avoir été effrayé et réticent pendant si longtemps, il trouvait qu'il avait à présent peur qu'*ils* ne veuillent pas de lui, *eux*.

— Pas de problème. Nous apprenons tous.

— Nous vous aiderons de toutes les façons possibles, l'assura Adam. Vous pouvez compter sur nous.

Damian hocha la tête.

— Je vais parler à Connie et Theresa de cet incident et je suis certain que l'une d'entre elles vous contactera. Entretemps, le petit déjeuner est servi si vous avez faim.

L'estomac de Parker se rebella à cette pensée, mais il hocha la tête brusquement. Adam et Damian échangèrent un regard avant que celui-ci ne s'éloigne sur le pont et ensuite et ils furent seuls. Soudain, se sentant totalement exposé, il se tourna vers la mer.

— Je suis désolé. Merde.

La voix d'Adam fut remarquablement calme.

— Parker, ça va aller. Regarde-moi.

— Je ne peux pas. Je suis un désastre.

Il s'entoura la taille de ses bras et ferma les yeux. Adam ne le touchait pas et Parker ne le blâmait pas.

— Je l'ai presque tué !

— Mais tu ne l'as pas fait.

— Mais je *voulais* le faire ! Je le voulais !

— Elle va bien. Tout ira bien.

Il pivota brusquement sur lui-même et ses bras s'agitèrent dans l'air.

— Non, ça n'ira pas ! Je voulais *tuer* quelqu'un ! J'aurais pu la tuer parce que je ne pouvais pas me ressaisir !

— Tu ne l'as pas fait, l'amadoua Adam, son regard si doux.

Regardant sa main droite comme s'il tenait toujours l'arme, Parker voulait à nouveau vomir.

— Je t'ai menti, coassa-t-il.

— À propos de l'arme ?

— Oui, mais plus que ça.

Adam se figea.

— OK. Dis-moi.

Il ne put croiser le regard de son amant. Les bateaux amarrés tanguaient doucement au gré des vagues, les goélands volant dans un ciel sans nuage. Un sanglot sortit de sa gorge.

— J'ai dit que je n'étais pas brisé, mais je le suis.

D'un mouvement rapide, Adam le serra contre lui, le tenant fermement. Les bras de Parker étaient croisés sur son torse et contre celui de son compagnon et c'était moite, chaud et *bon* ; il voulait y rester pour toujours. Les larmes glissèrent sur ses joues et il ne put en retenir le flux, cette fois-ci.

— Nous sommes tous brisés, murmura Adam, en caressant sa tête. Nous faisons de notre mieux. Tu fais de ton mieux. Tu es tellement dur avec toi-même.

— Mais…

— Mais quoi ? Tu ne devrais pas avoir peur ? Tu ne devrais pas être affecté quand tu es traumatisé ? Quand tu perds ta famille ? Quand tu es attaqué par un lâche ? Quand tu vois ton amie mourir devant toi ? Tout devrait te passer dessus sans laisser de séquelles ?

Il savait que son petit ami avait raison, mais la honte s'accrochait à lui avec des hameçons, s'enfonçant dans sa peau.

— J'essaye d'être fort, murmura-t-il.

Adam recula et prit le visage de Parker dans ses mains.

— Je t'ai déjà dit que tu étais la personne la plus forte que je connaisse. Être blessé n'est pas ce qui importe. C'est guérir qui a de l'importance. C'est que tu te reprennes et que tu continues. Et tu le fais. Tout le temps.

— Mais j'ai peur.

Frissonnant en dépit de la chaleur, il s'accrocha au vieux tee-shirt d'Adam.

Celui-ci posa son front contre le sien.

— Nous avons tous les deux peur. Nous n'essayerons plus de le cacher, OK ?

Parker pressa son visage contre le cou d'Adam, inspirant sa sueur et l'odeur du cuir qui semblait s'accrocher à lui, même quand il faisait trop chaud pour porter sa veste.

— Je pensais que je m'en étais remis. Mais la voir… c'était comme si j'étais de nouveau là. Il m'oblige à enlever tous mes vêtements et il me frappe et…

Le grognement d'Adam vibra à travers lui et il serra Parker dans ses bras.

— J'ai l'impression d'être une mauviette, tu vois ? D'avoir peur d'elle.

— Tu ne l'es pas.

À chaque souffle qu'il prenait dans l'étreinte d'Adam, le poids écrasant les poumons de Parker s'allégea.

— Je pense qu'elle disait la vérité. Je pense que Damian aussi. C'est un endroit sûr, un refuge. Même si je maintiens que les choses qui semblent trop belles pour être vraies le sont généralement.

Adam sourit et releva son visage avant de l'embrasser doucement.

— Je t'aime tellement.

— Ça doit être le cas, puisque mon haleine est dégoûtante.

Il éclata de rire et l'embrassa à nouveau.

— Tu as toujours eu le goût d'un rayon de soleil et…

— Tais-toi ! gloussa Parker.

C'était tellement chaleureux, léger et fantastique. Il poussa un
soupir, redevenant sérieux.

— Je veux la croire… Bethany. Qu'elle est désolée. Mais je ne
sais pas si je peux dépasser ça.

— Tu n'y es pas obligé, répondit Adam en embrassant son
front.

— Je ne veux pas ruiner les choses ici si ce qu'ils disent est
vrai. Je veux avoir tort. Je veux que ça s'arrange. Que nous soyons
tous en sécurité.

Adam recula et frotta leurs nez ensemble.

— Nous gérerons ça un jour à la fois, OK ? Peu importe ce
qu'il arrive, nous y sommes ensemble.

— OK.

Il jeta un œil vers la mer, vers la vaste étendue de l'horizon, et
l'endroit où l'arme avait été engloutie.

— Tu sais que nous aurions pu avoir besoin de ce pistolet dans
le futur, songea-t-il.

Adam suivit son regard.

— Hum. Ouais, c'est vrai. Je crois que je cherchais le symbolisme. Pas le côté pratique.

Le rire qui remonta dans la gorge de Parker enleva un autre
morceau du poids qui encombrait sa poitrine.

— Oups.

— Désolé ?

Ils se mirent à rire tous les deux, et Parker put respirer normalement de nouveau, le soleil sur sa peau l'apaisant.

— Nous trouverons une solution, le rassura Adam.

— D'une manière ou d'une autre, je suppose que nous réussissons toujours.

Jusqu'à présent.

Parker repoussa cette sombre pensée. Le monde était parti en vrille et Adam avait raison. Un jour à la fois. Merde, une heure. Une minute. Et à cette minute, tout allait bien. Ils étaient en sécurité et ensemble, et Adam avait mauvaise haleine, mais Parker s'en fichait.

Theresa s'avança sur le quai d'un bon pas avec un sourire crispé, sa queue de cheval noire se balançait d'un côté à l'autre. Elle portait des bottes de travail, un short kaki, et une chemise bleue boutonnée au-dessus d'un débardeur.

— Bonjour. Enfin calmé ?

S'éloignant d'Adam, Parker fit courir une main sur son visage. Il était plein de morve.

— Oui. Je suis désolé, répondit-il.

— Allons dans mon bureau pour en parler, déclara-t-elle.

Lorsqu'Adam ouvrit la bouche, elle ajouta :

— Oui, vous aussi.

Ils se tinrent la main tandis qu'ils suivaient Theresa, les doigts enlacés. Laissant l'océan derrière eux, ils prirent un plus grand sentier bien entretenu à travers les arbres, arrivant dans une clairière avec de nombreux petits bâtiments. Parker ne savait pas où se trouvait l'hôpital, car il ne l'apercevait pas.

Des rires d'enfants retentirent, un groupe de gamins allant de cinq à douze ans qui jouaient avec un ballon sur un petit terrain gazonné.

— Ils ont fini leurs corvées et l'école ne commence pas avant une demi-heure, les informa Theresa, hochant la tête vers un bâtiment qui semblait nouveau, les poutres de bois nues n'ayant pas les années de saleté et d'usure des autres structures. Nous avons deux professeurs avec nous maintenant, et chaque personne qui a un savoir particulier est encouragée à nous donner un coup de main.

Parker regarda les enfants, certains d'entre eux avec les mêmes yeux noisette qu'Adam, presque doré.

— C'est un… mélange d'enfants ?

— Oui. Nous sommes une seule et unique communauté maintenant.

Une petite fille marqua un but et son cri de victoire était en partie un hurlement de loup. Parker jeta un œil à son compagnon, qui fixait avidement la scène, l'expression tendre et un sourire jouant sur ses lèvres.

— Voici le réfectoire.

Theresa montra le plus grand bâtiment en forme de rectangle. L'odeur de bonnes pâtisseries emplit l'air.

— Nous avons prévu d'abattre le mur nord et de construire une extension. Nous servons le petit déjeuner, le déjeuner et le dîner et des collations sont toujours disponibles. Du moment que chacun fait sa part, vous êtes libres de manger autant que vous le voulez. Et comme vous l'avez vu, les chalets ont des kitchenettes si vous préférez cuisiner pour vous-mêmes. Cependant, nous encourageons tout le monde à participer aux repas communautaires.

— D'où vient l'électricité ? demanda Adam.

— Des panneaux solaires, répondit-elle en les indiquant.

Parker pensa que c'était le nord, le port se trouvant à l'ouest.

— Sur la colline, nous avons des panneaux solaires et une station d'observation. Mon grand-père était en avance sur son temps au sujet de l'énergie durable. Nous avons également des générateurs, mais nous avons beaucoup de soleil ici.

— Nous étions dans un endroit au Colorado qui utilisait l'énergie verte, déclara Adam. C'est certainement pratique maintenant.

Les visages de Jaden et d'Evie traversèrent l'esprit de Parker. Seigneur, il espérait qu'ils allaient bien. Les Pins avaient été si luxueux et énormes comparés aux structures de l'Ile du Salut, mais le fait que l'île opère depuis des années était rassurant.

Autour d'eux, des gens s'affairaient à leurs tâches, souriant et discutant, leurs fronts trempés de sueur. Un groupe coupait du bois, un couple sous leur forme de loups garous, s'occupait de leur arbre abattu, les griffes brillant sur la manche de leurs haches.

Pendant que Theresa les conduisait vers le côté Est de la clairière, ils traversèrent un bosquet d'arbres, un pâturage et deux granges. Des vaches parcouraient effectivement l'herbe, et se nourrissaient, leurs queues battant les mouches d'un air paresseux.

— Nous possédons notre propre poulailler et des vaches. Nous avons un transport maintenant et nous faisons des voyages réguliers à terre pour les fournitures pour le bétail.

Elle indiqua un pâturage où une douzaine de personnes travaillaient.

— Nous allons abattre plus d'arbres pour avoir des terres agricoles. Les jardins ne suffiront pas.

— Combien de personnes cette île peut accueillir ? demanda Adam. Si les survivants continuent d'arriver…

— Nous ne le savons pas exactement. Des milliers. L'île fait une quarantaine de kilomètres, donc nous avons de la place.

— Pourquoi ne l'ai-je jamais vu sur aucune carte ? s'enquit Parker. L'a-t-on toujours appelé l'Ile du Salut ?

Theresa les reconduisit vers les arbres.

— Non. Elle n'avait pas de nom avant récemment. Nous l'appelions juste l'île, je suppose.

Elle sourit.

— Oui, comme dans la série *Lost*. Mais nous n'avons aucun ours polaire ni des bunkers. Pour les cartes, mon grand-père était un homme influent. Il a même réussi à l'enlever de Google avant sa mort. Incroyable ce que l'argent peut accomplir.

— S'il était si riche, pourquoi l'île n'est pas luxueuse ? demanda Parker.

— Ce n'était pas sa vision. Il voulait que les loups redeviennent proches de la nature ici.

Ils passèrent devant les jardins potagers pour retourner aux bâtiments principaux, des gens de tout âge se penchaient et remplissaient des corbeilles.

— J'ai l'impression d'être dans le film de *Star Trek*, sur la planète où tout le monde porte du marron et personne ne lève la voix.

Parker n'avait pas voulu le dire à haute voix, et maintenant, Theresa le regardait, les sourcils froncés.

— Je voulais juste dire… c'est hallucinant. Comme une communauté ou quelque chose.

Elle sourit.

— C'est un peu ça. Quand ma mère m'amenait ici étant petite, j'adorais ça. Courir pieds nus avec les autres loups, ne cachant pas ma nature. Mais lorsque j'étais une adolescente, je pensais que c'était vraiment « nul ». Je ne sais pas comment ma mère m'a supporté.

— Non, ce n'est pas nul, intervint rapidement Parker. Je ne voulais pas le dire comme ça. C'est juste…

Bizarre ? Suspicieusement paisible ? Partiellement impressionnant ?

— Je ne sais pas. J'ai la tête qui tourne en ce moment.

— Je peux l'imaginer.

Theresa les mena vers quelques marches, puis un petit bâtiment qui avait une salle de réception et quelques bureaux. Elle s'assit derrière le sien et indiqua les chaises en bois.

Adam serra la main de Parker une fois qu'ils se furent assis, ne le lâchant pas même si leurs paumes étaient en sueur. Il parcourut le bureau des yeux. Une carte géographique du monde encadrée accrochée au mur et au-dessus d'une série de placards sur la droite se trouvaient des photos. Theresa était sur certaines d'entre elles, et Parker put apercevoir aussi un garçon qui avait onze ans sur la plus récente.

Tout ça semblait si... *normal*. L'Ile du Salut pouvait-elle être un havre de paix ? Son pouls s'accéléra, l'excitation le parcourant. Il voulait que tout soit réel... il le voulait tellement.

Theresa s'adossa contre sa chaise et les observa pendant quelques instants.

— J'ai eu une conversation rapide avec Bethany. Elle a insisté pour dire que vous n'y êtes pour rien, Parker. Quand elle s'est jointe à nous, elle nous a avoué qu'elle avait participé à des actes... d'agressions et de barbarie et qu'elle le regrettait. Elle ne nous a donné aucune raison de douter d'elle. Mais je comprends vos sentiments si vous avez été abusé par elle et ses acolytes dans le passé.

Il se tortilla sur sa chaise.

— En la voyant... j'ai paniqué. J'ai... je ne voulais pas venir ici. Mais Adam et les autres, si. J'étais sûr que vous alliez nous piéger. Et peut-être que c'est encore le cas.

Il essaya de rire et échoua, il s'éclaircit la gorge. Theresa le fixait patiemment.

— Lorsque j'ai vu le bateau, tout est revenu. Je n'ai pas réfléchi, j'ai réagi, poursuivit-il.

— Je peux l'imaginer. Et c'est la raison pour laquelle nous n'autorisons pas les armes ici. Vous nous avez menti et c'est inacceptable, Parker.

Adam intervint.

— Il est épuisé. Il a à peine dormi et...

— Ça va aller, l'interrompit Parker en serrant la main de son compagnon. Je n'ai pas d'excuses.

Il se tourna vers Theresa.

— Vous avez raison. J'ai menti. J'avais peur. Ce qui est encore une excuse, n'est-ce pas ? Donc je crois que je devrais juste me taire. Je ne le fais pas tout le temps, donc ouais, je vais juste…

Le sourire qui releva légèrement les lèvres de Theresa était sincère.

— Je comprends votre peur. Mais nous ne sommes pas votre ennemi. Nous vivons dans un Nouveau Monde et nous allons survivre – si nous *réussissons* – nous ne pouvons pas autoriser n'importe quelle menace. La miséricorde est un luxe et elle est rare, ces derniers temps.

Sa gorge était sèche.

— Alors, qu'est-ce qui se passe maintenant ?

Adam était un mur de tension à côté de lui, et Parker s'accrocha à sa main. Est-ce qu'elle allait le bannir de l'île ? *Est-ce qu'Adam m'accompagnera si elle le fait* ?

— Vous avez commis une erreur et les intentions sont importantes. Vous êtes pardonné, puisque rien n'est arrivé. Nous voulons que l'Ile du Salut soit sûre pour tout le monde. Cela vous inclut et inclut aussi Bethany. Vous n'êtes pas obligés d'être amis, mais vous pouvez coexister ?

Le pouvait-il ? Et s'il disait non ? Parker repensa à elle lorsqu'elle était avec Petit Homme, riant et ensuite, ce matin avec ses tartes, toute tremblante de peur.

— C'est une grande île. Je vais essayer.

— Très bien. Nous avons des choses ici que d'autres veulent, Parker. De la nourriture, de l'eau, des médicaments, de la stabilité. De l'espoir. Nous voulons aider les survivants de ce virus, et nous voulons que vous en fassiez partie. Voulez-vous en faire partie ?

À ce moment-là, agrippant la main d'Adam et fixant le regard calme et doré de Theresa, écoutant les enfants qui riaient à l'extérieur et une communauté qui se construisait, il le voulait vraiment… sincèrement.

— Oui. Je ne vous laisserai pas tomber. En supposant que vous n'êtes pas des psychopathes cannibales qui veulent nous enfermer dans votre donjon sexuel.

Elle éclata de rire.

— Vous savez manier les mots, Parker. Désolée de vous décevoir. Pas de donjons sexuels.

Elle sourit et baissa la voix d'un air conspirateur.

— Mais il y a beaucoup de sexe.

Adam et lui échangèrent un sourire tandis que des pas se faisaient entendre à la réception. Lilly bondit à l'intérieur du bureau, s'arrêtant quand elle les remarqua sur le seuil. Craig arriva quelques instants plus tard, derrière elle, essoufflé.

Lilly s'avança vers eux.

— Est-ce que Parker a des problèmes ?

— Chérie, on écoute, on ne pose pas de questions, dit son père en prenant sa main.

Puis il se tourna vers Theresa.

— Je suis désolé de cette intrusion, ajouta-t-il.

Lilly libéra sa main et se positionna à côté de Parker.

— Il nous a sauvés, déclara-t-elle. Il ne ferait de mal à personne, sauf s'ils le méritent.

Theresa sourit.

— C'est bon à savoir. Nous en avons discuté et tout va bien.

— Vous n'allez pas chasser Parker de l'île ?

Le visage de la petite fille était plissé d'appréhension en posant cette question.

— Non, répondit Theresa.

Lilly se tourna et se jeta dans les bras de Parker. La boule qui obstruait la gorge de ce dernier était trop grande pour lui permettre de parler, donc il l'étreignit en retour, Adam relâchant sa main pour qu'il puisse le faire. Elle était chaude et ses boucles chatouillèrent sa joue.

Craig posa une main sur l'épaule de Parker.

— Bonne nouvelle pour changer. Nous en avons besoin. Nous retournons voir Jacob. Tu veux venir avec nous ?

Caressant Lilly une dernière fois, Parker réussit à dire :

— Oui, j'aimerais ça.

Puis il regarda Theresa.

— Nous avons fini ? Je suis libre de… partir ?

— Oui. Nous vous faisons confiance pour que cela ne se reproduise plus.

Elle sourit doucement, mais il y avait de la fermeté dans sa voix. Il pouvait respecter ça.

Confiance.

Ce n'était pas un mot facile, toutefois, il devait en apprendre sa forme et son poids s'ils devaient construire une nouvelle vie et un vrai foyer.

Avec un grognement, Craig sursauta brusquement sur sa chaise, près du lit de Jacob.

— Quoi ?

Il cligna des yeux en regardant Jacob, qui dormait profondément.

— Ça va aller, dit Parker.

Il était assis sur l'autre chaise de l'autre côté du lit. Le reste de l'infirmerie était vide, et par les fenêtres du côté ouest, le soleil qui se couchait projetait une lumière jaune étincelante sur le carrelage blanc.

— Je ne voulais pas m'endormir.

Craig frotta sa barbe de trois jours avant de se redresser, tendu, regardant autour de lui.

— Où est Lilly ?

— Elle est avec Adam. Quelques enfants jouaient au Marco Polo à la plage. Nous avons pensé que ce serait bien pour elle de s'amuser un peu.

Craig hocha la tête et s'effondra sur sa chaise.

— Très bien. Merci, dit-il en repoussant les cheveux du garçon. Comment va-t-il ?

— Il semble aller mieux. Sa fièvre est descendue. Il est complètement assommé, mais il ne gémit plus, donc je pense que c'est un bon signe ? Connie semblait heureuse du résultat.

Parker et elle n'avaient eu qu'une brève conversation sur Jacob. Elle avait tapoté son bras gentiment et il dut admettre qu'il y avait quelque chose de véritablement réconfortant et de maternel à propos d'elle. Ce serait intéressant de la connaître un peu plus.

— Dieu merci.

La chemise de Craig était ouverte jusqu'au cou, les ficelles de son short pendaient et ses manches étaient remontées jusqu'à ses coudes. Une tâche de nourriture d'une origine inconnue ornait son torse.

— Tu veux aller prendre une douche ? Je vais rester avec Jacob.

— Non, je dois être là à son réveil.

— Tu as à peine dormi. Tu as besoin de te reposer, insista Parker.

Craig lui jeta un regard sceptique.

— Et combien de temps as-tu dormi depuis que tu t'es réveillé au milieu de la nuit pour nous faire traverser le Courant du Golfe ? Merde, je ne sais même pas quand c'était. Mais je sais que tu n'as pas beaucoup dormi. Ces cernes que tu as sous les yeux l'attestent.

— Je sais. Je vais le faire ce soir.

La journée déclinait et Parker ne pouvait nier la fatigue qui s'était installée lourdement dans son corps, comme du plomb.

— Hum. Je suppose que je ne serais plus obligé d'aller chez le dentiste. Je les ai toujours détestés. Le pire qu'il pourrait m'arriver serait qu'une dent tombe.

Craig fronça les sourcils.

— Le dentiste ?

Il agita une main avec un sourire.

— Désolé, c'était plus logique dans ma tête. Ouais. Je suis fatigué. Je l'admets. Mais sérieusement, va prendre ta douche. Je peux attendre.

— Est-ce que tu essayes de me dire quelque chose ? Est-ce que je pue ? le taquina Craig. Dis-le, mec.

Il sourit.

— Tu empestes !

Après un moment, le sourire de Craig disparut.

— Tout va bien après ce matin ?

Le ventre de Parker se serra, le souvenir d'un métal chaud dans sa main envoyant de la bile dans sa gorge.

Il déglutit.

— Ouais. C'était… Avant que nous nous rencontrions, quelque chose m'est arrivé. Je veux dire, à part le virus et la fin du monde que nous connaissons.

Craig écouta patiemment et Parker se lécha les lèvres, essayant de dire les mots.

— Adam était à terre et j'étais seul dans *La Bella*. J'étais stupide et j'ai laissé ce bateau me surprendre. J'étais inquiet à propos d'Adam et je n'ai pas fait attention derrière moi. J'ai été si stupide, et…

— Tu n'es pas stupide, ou idiot, ou tous les noms que tu pourrais imaginer. Tu es humain. Alors, comme ma femme me le disait souvent : arrête de dire des bêtises. Sois gentil envers toi-même. Nous faisons tous des erreurs. Nous oublions tous des choses.

Il baissa la voix pour murmurer :

— Ma femme disait toujours, n'agis pas comme si ta merde ne pue pas. Tu n'es pas parfait. Aucun de nous ne l'est à part le Seigneur.

Le sourire qui releva la bouche de Parker le fit se sentir *bien*.

— Ta femme était sûrement incroyable.

Craig soupira, une expression tendre sur le visage.

— Oh, elle l'était. Toujours.

Il regarda Jacob.

— J'ai toujours eu un bon goût en matière de femmes, si je peux dire ça. Les deux me manquent. Tellement.

Parker regarda ses mains, s'attendant presque à voir le sang d'Abby les tâchant, comme sur le pont du *Saltwater Taffy*.

— Je suis tellement désolé de ne pas l'avoir sauvé. J'aurais dû agir plus vite. Je…

— Arrête. Tu as fait de ton mieux. Je sais que tu peux entendre, mais j'aurais voulu que tu puisses *écouter*.

Il glissa ses sneakers sur le carrelage, ses semelles en caoutchouc couinant.

— J'essaye. J'essaye vraiment.

— Ce qui est arrivé à Abby n'était pas de ta faute, commença Craig en inspirant profondément. Ce n'était pas la mienne non plus et parfois, j'ai du mal avec ça. Mais c'est la vérité. Et peu importe ce qu'il t'est arrivé ce jour-là, ce n'était pas ta faute.

Croisant ses bras, Parker frissonna.

— C'était… je ne sais pas pourquoi je ne peux pas l'oublier. Je vais bien. Elle m'a dit que ce qu'ils m'ont fait n'était rien comparé aux autres.

— Elle ? La femme que tu as vue ici ? Bethany ?

— Ouais. Elle… ils étaient quatre, deux hommes et deux femmes. L'un des hommes semblait être le patron. Je l'appelais Petit Homme puisqu'il était petit et tout, raconta Parker.

Il frotta ses paumes sur son short. Il respirait difficilement, tentant quand même de faire sortir les mots.

— Il m'a obligé à enlever tous mes vêtements et il m'a frappé à la tête avec son arme. Il m'a giflé violemment les fesses et m'a menacé de me violer. J'avais vraiment peur. Je ne pouvais pas prendre mon pistolet et je me sentais juste… impuissant.

Il expira lentement. Le dire à haute voix à Craig l'avait aidé à relâcher la tension qui perdurait dans son estomac.

— Mon Dieu, je suis tellement désolé que ça te soit arrivé, murmura Craig en le regardant avec compassion et aucun jugement dans son regard. Est-ce que le reste d'entre eux est là ? Parce que si ce Petit Homme se trouve ici, je ne peux pas imaginer qu'il survive longtemps, ton petit ami va lui arracher la tête.

Il n'aurait probablement pas dû se sentir bien en entendant Craig dire qu'Adam tuerait pour lui, mais c'était le cas.

— Il ne reste qu'elle.

Il essaya de dire son nom, les syllabes aussi collantes que de la molasse.

— Bethany.

C'était étrange de penser qu'elle avait un nom qui n'était pas *rousse*. Il était étrange de penser à elle comme à une personne. Néanmoins, la crainte dans ses yeux avait été réelle. Peut-être que le regret aussi.

— Elle dit qu'elle est désolée. Je suppose… je ne sais pas. Je ne veux pas la voir.

— Hé, personne ne s'attend à ce que vous deveniez amis. J'espère vraiment qu'elle est désolée et j'espère qu'elle ne sera une menace pour personne ici. Elle a été gentille avec Lilly, ce matin, mais nous verrons. Nous assurons tes arrières, Parker.

— Merci. Je veux juste que les choses soient normales, tu vois ?

— Moi aussi. Normal n'a jamais été aussi fantastique. Je pense que nous pourrions l'avoir ici. Je veux dire, aussi normales que les choses peuvent l'être dans un sanctuaire de loups garous en pleine fin du monde. Mais hé, mon bébé joue au Marco Polo. Moi, je dis oui.

Puis son regard se fit sérieux.

— Et ce qu'ils t'ont fait ? Ce n'est pas quelque chose que tu peux juste…

Il s'interrompit en claquant des doigts.

— … surmonter.

— Je le voulais. Je pensais que si je pouvais m'envoyer en l'air avec Adam comme auparavant que cela voulait dire que j'allais bien. Qu'ils ne m'ont pas brisé. Et au début, je pensais que ça avait marché.

Il rougit violemment.

— Et tu ne veux probablement pas m'entendre parler de ma vie sexuelle.

Craig se mit à rire en levant ses mains.

— Hé, je ne juge ni ne reproche rien à personne. Et j'en ai entendu des bribes. Le son porte sur l'eau.

Parker éclata de rire.

— C'est ce que m'a dit Adam. Euh… désolé. Est-ce que les enfants ont entendu quelque chose ?

— Lilly était endormie et Jacob…

Même si ce dernier dormait maintenant, inspirant régulièrement par ses lèvres entrouvertes, Craig murmura :

— Je pense que ça ne le dérangeait pas vraiment. Il a peut-être été un peu jaloux. Pauvre gosse. Je me rappelle ce que c'était à son âge. Excité matin, midi et soir.

Parker sourit.

— Ouep.

— Papa !

Portant un maillot de bain violet avec une serviette autour de sa taille et ses boucles transformées en tresses, Lilly bondit dans la pièce. Elle s'arrêta brusquement, son visage se décomposant à la vue de Jacob.

— Comment va-t-il ?

— Il va bien, ma chérie, la rassura Craig en souriant. Comment c'était le Marco Polo ?

Adam la suivit et le cœur de Parker manqua un battement, l'affection et le désir le traversant simplement en regardant. Il voulait le toucher.

— Elle est douée, déclara Adam. Les autres sont convaincus

qu'elle est en partie louve puisque son ouïe est si bonne.

— Peut-être que Jacob pourra jouer, dit Lilly en se penchant vers lui et serrant sa main.

— Espérons que ce sera pour bientôt, renchérit Parker.

Il ajouta pour Craig :

— Allez prendre une douche et dîner. Je vais rester ici.

— Je peux rester aussi, intervint Adam en passant ses mains sur les épaules de son amant, laissant de la chaleur sur son chemin.

— Je pensais que tu allais parler à Miss Connie, lui rappela Lilly.

— Ça peut attendre.

— Non, vas-y. Tout ira bien.

Il lui avait fallu un long moment pour convaincre Adam d'accompagner Lilly à la plage. Parker prit sa main.

— Je vais bien. Je te l'aurais dit sinon.

— Vraiment ?

Il frotta son pouce sur la main de Parker.

— Ouais. Je te le promets.

— OK. Je ne serais pas long.

— Allez-y, allez-y, insista Parker. Nous irons bien.

Après un doux baiser d'Adam, ils partirent et le jeune homme écouta les oiseaux à l'extérieur et la respiration régulière de Jacob. Quand ce dernier marmonna quelque chose et ouvrit ses yeux un peu plus tard, Parker se redressa brusquement sur sa chaise, la faisant presque tomber.

— Jacob ? C'est Parker. Peux-tu m'entendre ?

Il frotta le bras mince du garçon. Ouvrant complètement les paupières, Jacob cligna des yeux et croassa quelque chose qu'il ne comprit pas.

— Attends, bois un peu d'eau.

Parker lui versa un verre de la table à côté et tint sa tête afin qu'il puisse boire.

S'effondrant sur les oreillers, Jacob se lécha les lèvres.

— Où sommes-nous ?

— L'Ile du Salut. Nous avons réussi.

Il regarda autour de lui, les yeux écarquillés.

— Tout va bien ? Ils ne sont pas mauvais ?

— Jusque-là, ça va. Nous pensons que nous sommes en sécurité ici.

Alors que Parker voyait le visage de Jacob se détendre de soulagement, il réalisa que c'était vrai et qu'il ne pouvait tout simplement pas cacher la vérité à un enfant malade.

Je pense que nous sommes en sécurité ici.

Une petite voix lui rappela les Pins, mais il la réduisit au silence. Ils avaient les yeux bien ouverts, toutefois, il était normal d'espérer.

— Comment te sens-tu ? demanda-t-il.

— Affreux. Mais mieux que d'habitude.

Jacob se déplaça et tapota son estomac.

— J'aurais dû dire quelque chose à propos de la blessure. C'était idiot.

— Nous faisons tous des erreurs. C'est fini maintenant. Tu iras bien. Tu te débarrasses de l'infection. Eh bien, toi et les antibiotiques.

Jacob leva son bras avec l'intraveineuse.

— Je suppose que c'est bien qu'ils aient tout ça.

Il semblait toujours anormalement pâle, des veines bleues bien évidentes sous sa peau et des cernes sous ses yeux.

— Où sont les autres ?

— Ils vont revenir bientôt. J'ai dû obliger Craig à prendre une douche et Lilly est impatiente de te parler. Adam est avec la femme qui dirige cette île. Connie. Elle travaillait comme infirmière et c'est une louve. Cette île en est remplie. Elle leur appartient, mais maintenant, ils permettent au reste d'entre nous de rester ici.

Jacob le regarda d'un air incrédule.

— *Louve* ? Nous sommes dans une île qui appartient à des

loups garous ? Comme Adam ? demanda-t-il.

— Ouais. J'espère qu'ils sont comme Adam. Jusqu'ici, ils semblent tous gentils.

Seigneur, j'espère qu'ils ne vont pas nous cuisiner pour le dîner de ce soir.

Il était presque sûr qu'ils ne le feraient pas. En grande partie. Un bon quatre-vingt-dix pour cent.

— Penses-tu que maman aurait aimé cet endroit ?

Jacob posa cette question si doucement que Parker l'entendit à peine.

Inspirant difficilement à travers la douleur et la culpabilité qui le submergeaient, il hocha la tête.

— Je pense que oui, répondit-il. Et je sais qu'elle aurait été heureuse de te savoir ici. Que tu sois en sécurité et que tu ailles mieux. Elle t'aimait tellement. Tu le sais ça, n'est-ce pas ?

Des larmes emplirent les yeux de Jacob et il acquiesça.

— Elle...

Parker s'interrompit brusquement et se redressa.

— Merde, j'ai complètement oublié !

Il tapota ses poches et ouvrit la fermeture éclair de celle de sa cuisse gauche. Doucement, il sortit un médaillon en argent, une petite colombe pendant de la chaîne, le soleil qui se couchait à travers les grandes fenêtres la faisant étinceler avec sa lumière.

— Ta maman voulait que je te donne ça. Je suis désolé de ne pas l'avoir fait auparavant.

La main tremblante, Jacob l'attrapa, l'intraveineuse suivant son geste. Il prit la chaîne et regarda la colombe.

— Merci.

La gorge de Parker se serra et ses yeux brûlèrent de larmes familières.

— Tu veux le mettre ?

— Mais c'est un médaillon de fille, non ? fit-il en pleurant librement maintenant, les joues humides.

— On emmerde les stéréotypes sexistes. C'est beau et il est à toi. Il t'ira très bien.

Reniflant, Jacob sourit un peu.

— Tu penses ?

— Je le sais.

La voix de baryton d'Adam ajouta :

— Absolument.

La porte se ferma derrière lui alors qu'il traversait la salle.

— Attends, laisse-moi t'aider.

Parker prit la chaîne et l'ouvrit doucement. Adam aida Jacob à relever la tête et il la lui mit rapidement. La colombe reposait juste sous la gorge du garçon.

— Parfait, remarqua Parker. Pas trop serré ?

Jacob secoua la tête, jouant avec son collier. Il renifla bruyamment et essuya ses joues.

— Merci.

Ses yeux étaient lourds à nouveau et ils discutèrent doucement à propos de l'île avant que ses paupières ne se ferment complètement. Il somnolait, la bouche ouverte et le torse montant et descendant dans un rythme régulier.

Adam tira une autre chaise à côté de son amant et ils se tinrent la main, entremêlant leurs doigts.

— Tout va bien avec Connie ? demanda Parker.

— Oui. Elle veut prendre le petit déjeuner avec nous demain. Pour nous connaître un peu plus. Nous parler un peu de l'île et de ce qu'ils attendent de nous.

— OK, répondit-il en expirant. C'est une bonne idée.

— Ouais ?

Il regarda Jacob qui était endormi, et au loin, il pouvait entendre un enfant qui aurait pu être Lilly rire. Il tint la main d'Adam dans la sienne, leurs paumes toujours humides de sueur. Puis il sourit.

— Ouais.

— BON SANG, je suis épuisé.

Trempé et nu après une douche délicieusement chaude, Parker s'effondra sur le grand lit. Les rideaux bleu marine camouflaient la nuit, la seule lumière venant de la salle de bain adjacente.

Nu aussi, Adam se tenait au pied du lit, à moitié dans l'ombre, frottant ses cheveux avec une serviette.

— Je sais. Endors-toi.

— Mmm. Je n'ai pas envie.

Adam se mit à rire.

— Tu es contradictoire.

— Peut-être.

Parker fit courir ses doigts sur son torse, effleurant ses tétons frissonnants. Il avait allumé le ventilateur installé au plafond et cela envoya un léger souffle sur sa peau qui séchait lentement. Ses jambes étaient étendues… pas complètement écartées, mais confortables. Sa queue était flasque, mais alors qu'il faisait descendre ses doigts sur sa poitrine, elle sursauta.

Adam le regardait avec intérêt, ses lèvres s'entrouvrant tandis qu'il suivait ses doigts des yeux, qui descendaient plus bas vers son nombril puis remontaient.

— Tu devrais te reposer.

— Tu ne veux toujours pas me baiser ? demanda Parker en gardant un ton taquin, mais la souffrance d'avoir été rejeté la nuit dernière le tenaillait toujours.

Adam le fixa sérieusement.

— Tu sais que je t'ai toujours désiré. Ce n'était pas ça, le problème.

— Je sais.

Et il le pensait vraiment. Il le savait, réalisa-t-il.

— C'est juste bon de t'entendre dire ça, dit-il.

Adam prit une profonde inspiration.

— Bon sang, je te veux tellement.

La serviette qu'il tenait toujours tomba au sol.

Avec un frisson, Parker écarta les jambes, inclinant ses genoux. Il se lécha la paume, sa langue rugueuse et humide, puis caressa son sexe lentement.

— Comment me veux-tu ?

— Juste comme ça, murmura Adam avant de ramper entre ses jambes et de relever ses genoux contre ses épaules.

— Est-ce que je te suffis ? lâcha-t-il.

Le regard intense, Adam prit le visage de son amant dans ses mains.

— *Oui.* Vouloir une communauté – une meute – ce n'est pas un jugement sur toi. Ce n'est pas parce qu'il te manque quelque chose. C'est d'en vouloir plus pour *nous.* Avoir des gens à qui nous pouvons faire confiance et qui nous rendent forts, nous protègent.

Avoir Adam entre ses jambes, lourd, fort et vivant, en sécurité dans leur propre chalet pendant que l'île s'affairait autour d'eux, Parker eut soudain le sentiment qu'il comprenait enfin. Pourtant, la crainte s'attardait dans les recoins de son esprit.

— Et si ça tourne mal ? Et si des gens mauvais viennent ?

— Alors, nous nous occuperons d'eux. Ensemble. Nous n'avons jamais de garanties dans cette vie. Nous n'en aurons jamais.

— C'est vrai.

Il inspira aussi profondément qu'il le put et hocha la tête.

— Aussi longtemps que nous serons ensemble, nous pouvons le gérer.

— Toujours ensemble. Peu importe ce qu'il se passe.

Le regard d'Adam le parcourait avidement, un tremblement le secouant, sa voix devenue désespérée.

— Putain, Parker.

— Quoi ? demanda-t-il, son souffle se bloquant en voyant l'émotion briller dans les yeux de son petit ami.

— Tu es tellement beau. Tu le sais, ça ?

Avant qu'il ne puisse répondre, Adam plongea entre ses jambes, écartant les fesses de Parker et le léchant presque frénétiquement. Ce dernier ne put ravaler son cri, une vague de plaisir submergeant directement sa queue.

— Oh merde ! *Adam* !

Grognant, Adam cracha sur son entrée, la rendant humide et étirée avant qu'il ne se transforme avec un grondement, laissant le loup sortir. Sa langue s'allongea et quand il le baisa avec, Parker était certain qu'il allait léviter du lit et heurter le plafond. Ce qui voulait dire qu'il serait découpé en petits morceaux par le ventilateur, mais ça en vaudrait *tellement* la peine.

Les griffes d'Adam éraflèrent ses cuisses, ses crocs effleurant sa peau sensible. Peut-être que ça n'aurait pas dû le rendre dur, pourtant, c'était le cas. Sa queue était déjà humide, et il enfouit ses doigts dans les cheveux épais d'Adam pour arrêter de se masturber.

Il ne voulait pas que ça se finisse. *Jamais.* Gémissant, il ne se souciait nullement que les loups garous qui étaient proches l'entendent, ni les humains d'ailleurs. Rien n'avait plus d'importance à part Adam. Son cul était trempé de salive, Adam y enfonçant sa langue, et c'était presque aussi bon qu'une queue, son visage poilu rugueux à l'intérieur de ses cuisses.

Après une autre minute, Parker était absolument en feu.

— Je te veux en moi. J'ai besoin de plus.

En reculant, Adam passa ses crocs sur l'une de ses jambes. Ses yeux étaient dorés alors qu'il se tenait au-dessus de lui et il ravala un hurlement lorsque son amant enfonça son sexe en lui.

L'étirement et la brûlure étaient incroyables. Parker espérait qu'il ne s'y habituerait jamais, qu'il n'arrêterait pas de ressentir ce sentiment de première fois, chaque fois qu'il aurait Adam en lui.

— Tu es incroyable, gémit Parker.

Son sexe mourrait d'envie d'une friction, piégé entre leurs deux corps pendant qu'il fixait les yeux dorés d'Adam, s'agrippant à ses bras, leur peau humide.

Ses crocs toujours sortis et ses griffes déchirant probablement les draps, Adam s'enfonça en lui violemment, encore et encore, la tête du lit frappant le mur en bois.

— Merde, Parker !

— J'espère que ces chalets sont bien construits, grogna Parker.

Adam était lourd et poilu au-dessus de lui, utilisant son cul comme il ne l'avait jamais fait auparavant.

Adam se mit à rire, les épaules tremblantes et son rythme s'entrecoupant. Sa respiration était haletante et il enfouit son visage dans le cou de Parker, son souffle chaud contre sa peau. Lorsqu'il releva la tête, ses crocs avaient disparu et ses yeux étaient d'un jaune pâle tandis qu'il reprenait sa forme humaine. Tendrement, il posa une main sur la joue de Parker, puis commença une lente ondulation de ses hanches.

La teneur avait changé et maintenant, Parker ne pouvait détourner ses yeux d'Adam tandis qu'ils se balançaient ensemble… il dut les garder ouverts même alors que le plaisir lui donnait envie de rejeter la tête en arrière et de se soumettre.

Le regard rivé l'un vers l'autre, il accrocha son genou sur l'épaule d'Adam, l'écartant autant que possible, ayant envie que son amant prenne plus. Qu'il le prenne. Le garde pour toujours.

Ils s'embrassèrent, leurs langues s'exploraient et se partageaient, leurs peaux claquant doucement l'une contre l'autre alors qu'ils gémissaient. Adam était si épais en lui, cette sensation d'amplitude se propageant dans tout le corps de Parker, comme si sa peau était trop serrée.

Son membre était tendu entre eux avec l'effleurement de leurs ventres et lorsqu'Adam l'empoigna, il ne fallut que quelques caresses pour qu'il explose, fermant les yeux malgré lui tandis que son orgasme le parcourait.

Quand il ouvrit les paupières, toujours tremblant des répliques de son plaisir, il trouva Adam qui le fixait, ondulant ses hanches plus vite, continuant à masturber Parker jusqu'à ce qu'il jouisse aussi.

Il serra le sexe de Parker trop fort et ce dernier couina. Adam le relâcha avec un grondement de rire qui laissa place à un halètement lorsqu'un autre jet sortit de lui.

Enlacés ensemble après que Parker ait baissé ses jambes, ils reprirent leurs souffles. Parker sourit au ventilateur du plafond, qui tournait dans un rythme régulier.

— OK, il est temps de dormir maintenant, dit-il, les yeux déjà lourds. Même si je veux dormir avec un œil toujours ouvert ici, mais ce n'est pas le cas.

— Nous sommes en sécurité, murmura Adam en se penchant vers lui, son souffle chaud contre son visage. Mais j'ai toujours une oreille attentive. Je te le promets.

— Je sais. Moi aussi. Même avec ma condition tristement humaine.

Il cligna des yeux lentement, les rêves le faisant plonger dans le néant.

— Attends, je veux juste…

Adam sortit du lit et s'avança vers le coin où se trouvait une chaise avec sa veste en cuir dessus. Lorsqu'il se retourna, la lueur rouge d'une caméra s'alluma.

— Si tu voulais faire un porno, tu aurais dû sortir la caméra un peu plus tôt.

Parker indiqua sa queue flasque.

— Et si ça ne te dérange pas…

Adam éclata de rire.

— Ce n'est pas ce genre de films que je veux faire.

Il alla à la salle de bain et revint avec un tissu humide. Il nettoya Parker avec de douces caresses puis il s'occupa de lui-même.

— Merci, bébé, souffla Parker. Je peux dormir pendant que tu filmes ? Tu as au moins besoin d'une scène où je ne parle pas.

S'agenouillant sur le lit, le sourire d'Adam disparut. Il fixa la petite caméra grise dans sa main, le visage sombre à présent.

— Je ne peux même couper les vidéos. Ils ont des ordinateurs, mais ils n'ont pas le logiciel.

Parker se mit sur ses coudes, repoussant le sommeil qui l'enveloppait.

— Bien sûr que si. Hello ! Le iMovie ? Ce n'est pas un logiciel pro comme tu en avais l'habitude dans ton studio, mais ça fera l'affaire.

Adam releva la tête, un sourire illuminant son visage incroyablement beau, ses dents étincelant dans l'obscurité.

— Tu as raison, dit-il.

— Tu devrais probablement t'y habituer maintenant. Je veux dire, je t'ai dit le premier jour que j'étais un excellent élève, le taquina Parker en tapotant sa tête. Pas juste un porte-chapeaux, tu sais.

Adam l'embrassa, longuement et doucement.

Lorsqu'ils se séparèrent, Parker avoua :

— J'avais tort à propos de ma première impression de toi. Et apparemment, j'ai tort aussi sur cette île. Donc, voilà juste ces deux fois. Les exceptions qui confirment la règle, ou un truc comme ça.

— Un truc comme ça.

Adam poussa Parker à s'asseoir, le positionnant sur le lit afin que la lumière de la salle de bain éclaire son visage.

— Alors, pourquoi tu me filmes maintenant ? demanda Parker.

— Pour marquer notre première nuit sur l'Ile du Salut.

Parker fronça les sourcils.

— Mais nous étions là hier.

— La nuit dernière ne compte pas. Nous nous sommes disputés.

— Mais nous étions là et il faisait nuit et...

Parker s'interrompit en secouant la tête, riant doucement.

— Tu sais quoi ? Oui. Tu as raison. Ça n'a pas d'importance.

Adam vérifia l'objectif de la caméra, se décalant légèrement.

— Je veux rendre ça réel. C'est pour ça que je veux te filmer.

Son pied reposant sur la cuisse d'Adam, le caressant doucement, Parker hocha la tête.

— La première nuit. Vas-y.

Adam appuya sur le bouton.

— Eh bien, nous voilà sur l'Ile du Salut. La première nuit du reste de notre vie. Notre longue, heureuse et sereine vie.

Il se pencha en arrière et frappa ses phalanges sur la tête du lit.

— Que penses-tu de l'île jusqu'ici ? demanda Adam.

Parker y réfléchit pendant quelques instants.

— Nous avons eu un début difficile, mais c'est comme ça que je fais les choses. Je pense que ça va être agréable. J'ai le sentiment que cette île est… prometteuse.

— Un endroit où nous pourrons construire notre vie ?

— Oui, répondit Parker en souriant, se rendant compte qu'il le pensait vraiment. C'est exactement ça.

Adam éteignit la caméra et la posa sur la table. Il prit en coupe la joue de son amant, faisant courir son pouce sur la barbe qui s'y trouvait.

— Mais peu importe ce qui arrive, ma vie est avec toi. Meute ou non, île ou non. Quoi qu'il arrive, ma place est avec toi.

Pour une fois, Parker ne put trouver les mots. Tandis qu'ils s'embrassaient dans la nuit paisible, cela ne sembla pas déranger Adam.

FIN

À propos de l'auteur

Keira cherche le parfait mélange de personnages, d'intrigue et de fougue dans ses romances MM. Elle écrit de tout, des pirates flamboyants aux escapades bouillantes et émouvantes. Ses sujets préférés sont les ennemis qui deviennent amants, la différence d'âge, la proximité forcée, et les vierges passionnés. Bien qu'elle aime une angoisse délicieuse en cours de route, Keira garantit les fins heureuses !

Lisez plus de romances MM torrides et émouvantes de Keira Andrews :
KeiraAndrews.com